Tong

Jo Kyung-ran

Tong

ROMAN

Uit het Koreaans vertaald door
Remco Breuker en Imke van Gardingen

J.M. MEULENHOFF

LTI Korea

Deze uitgave werd mede mogelijk gemaakt dankzij een subsidie
van het Korea Literature Translation Institute

Oorspronkelijke titel 혀
Copyright © 2009 Jo Kyung-ran
Published by arrangement with Barbara J. Zitwer Agency, New York, USA
Copyright Nederlandse vertaling © 2009 Remco Breuker en
Imke van Gardingen en J.M. Meulenhoff bv, Amsterdam
Vormgeving omslag Mijke Wondergem
Vormgeving binnenwerk CeevanWee
Foto voorzijde omslag © Corbis en Getty Images
Foto auteur © Jae-hong Park

www.meulenhoff.nl
ISBN 978 90 290 8418 5 / NUR 302

JANUARI

'Het verdient aanbeveling om de snijplank – een marmeren werkblad is nog beter – waarop wordt gewerkt, het kookgerei, de ingrediënten en je eigen vingers zo koud mogelijk te houden tijdens het hele kookproces.'

Joy of Cooking

1

Ik zie twee grote ogen, zwart met helderbruin gemengd. Ik had ooit ogen die straalden van wilskracht, ogen die flonkerden met zinnelijke spanning. De ogen die weerspiegeld worden op de bodem van de pan zijn waterig, ogen die iets van een ander verwachten, die weten dat het zal uitdraaien op een teleurstelling. Ik haat deze ogen. Ik smeek jullie, niet huilen! Ik sluit mijn ogen. Open ze. Het gaat wel weer. Ik pak de koperen pan en hang hem weer terug. Gelukkig, de tranen zijn verdwenen. Met mijn linkerhand pak ik een fles extra vergine olijfolie van het roterende rek waarop meerdere soorten olijfolie staan, en enigszins verfomfaaid draai ik me daarna langzaam om naar de negen leerlingen die zich om zeven uur verzameld hebben. Een pizzaoven van keramisch hardsteen, een koelkast, afwasmachine, koffiezetapparaat, blender, deegmachine, keukenmachine, een rijstkoker, een gasfornuis. Tientallen koperen en roestvrijstalen pannen gerangschikt van groot naar middelgroot naar klein aan een rek dat aan het plafond hangt, glazen, een ventilator, een compressor voor kookwater en afval, een elektrische grill, een opschrijfboekje, een afzuigkap, een fornuis, een bar met stoelen zonder rugleuning, en borrelend water dat tegen het kookpunt aanloopt.

Won's Kitchen.

Dat is waar ik nu ben.

In de keuken van mijn oma had een grote tafel gestaan. De familie kwam altijd samen aan die rechthoekige tafel, van hout gemaakt en zonder enige opsmuk net als een bureau, en zwermde dan 's avonds weer uit. Ook nadat ze in de grote stad was gaan wonen, stond er altijd een grote rieten mand vol met fruit en groente midden op de tafel. Als je levensmiddelen op een plek legt waar ze gemakkelijk in het oog springen, kom je makkelijker op een idee voor een gerecht. Soms lagen er ook zoete of gewone aardappelen bij waar al kleine scheutjes uit omhoog groeiden. Ik ken niemand die beter kookt dan mijn oma kookte, maar zoete aardappel, aardappelen en courgette vond ze toch gewoon gestoomd of gebakken het lekkerste. Warm met kaas erover of jus, je kunt er soep van maken of puree, maar dat deed oma allemaal niet. Dat moet je gewoon zo eten, het is de aarde die je eet, placht ze te zeggen. Tegen de tijd dat het tot me doordrong dat ze daarmee doelde op het sobere leven dat zij had gehad, leefde ze al niet meer. De op het oosten liggende keuken van oma waar ik mijn herderstasjessoep had opgelepeld, terwijl ik mijn ogen met een hand beschermde tegen het zonlicht dat 's ochtends tussen de perenbloesem en de appelbloesem door het raam naar binnen stroomde.

'Ping,' klinkt het klokje van de oven.

Ik besprenkel het deeg belegd met gedroogde tomaat, reepjes champignons, basilicum en mozzarella voordat het de voorverwarmde oven ingaat nog met twee grote eetlepels olijfolie. Nu moet het in zo'n vijftien minuten goudbruin gebakken worden tot de kaas gesmolten is en dan is het gerecht van vandaag, pizza met champignons en gedroogde tomaten, klaar. Maar dan dat kwartier waarop je wacht tot de pizza gaar is. Het is er vandaag de dag niet naar om in die tijd een eenvoudige snack te maken om samen te eten of om over het weer te praten. In plaats daarvan leg ik uit hoe ik verse tomaten heb gedroogd in de oven. Gedroogde tomaten hebben een veel sterkere geur en smaak dan verse tomaten, maar het is een van de duurdere ingrediënten op de boodschappenlijst. Nog tien minuten te gaan. Uit een mand pak ik het eerste wat voor het grijpen ligt: een appel.

'Je zou kunnen zeggen dat variëteit en improvisatie twee van de belangrijkste ingrediënten zijn van koken.' Alle ogen zijn gericht op de appel die ik op ooghoogte omhoog houd. Fruit waarvan monniken in de middeleeuwen dachten dat het de wil van de schepper bevatte. De wolkvormige appel met de smaak van de wonderbaarlijke natuur waar het ruisen van de wind door de bladeren in gevangen zat, maar die desondanks taboe was voor monniken. Dat was vanwege de zoete smaak die zich in de mond verspreidt bij de eerste hap. Die zoete smaak werd beschouwd als een verleiding die zou afleiden van het woord Gods. En dan de zure, bittere nasmaak op het puntje van de tong als de zoete smaak weg is. Dat werd gezien als de smaak van het gif dat de duivel voorstelde. De bitterzoete smaak van appels. De smaak van Eva die zwichtte voor de verleiding.

'Als je niet van champignons houdt, probeer het dan eens met stukjes appel gesneden in reepjes van zo'n vijf millimeter dik. In plaats van de eenvoudige, flauwe smaak van champignons, zul je een ietwat zoetige, maar ook knapperige, frisse smaaksensatie in je mond ervaren.'

Had ik maar een aubergine gepakt. Ik had nog nooit een pizza gebakken met appels in plaats van champignons. Een leugen. Was dat wat ik wilde, zijn leugens? De honingzoete woorden van de slang, de smaak van de appel. De bittere nasmaak van de appel die staat voor de verdrijving uit het paradijs. Anders dan veel fruitsoorten die zachter worden naarmate ze rijpen, worden appels steviger naarmate ze rijper worden. Uit het messenblok waar twaalf verschillende messen netjes in staan, haal ik een fruitmes met een gebogen punt. In plaats van de appel door midden te snijden, snijd ik er een partje uit en stop het in mijn mond.

Mijn eerste keuken.

Net als in de keuken van oma was in het begin alles hier te vinden. Zonnestralen en bloempotten, de klok en de krant, de post, fruit, groente, melk, kaas, brood en boter, grote melkflessen met fruitsap erin en kleine glazen potjes met specerijen, de geur van gekookte rijst en de geur van verse kruiden. En twee mensen.

Toen ik met hem op zoek ging naar een locatie met een grotere keuken waar ik een kookschool zou kunnen beginnen was een groot raam voor mij een absolute must geweest. Een souterrain was uitgesloten, hoe groot het oppervlak en hoe laag de prijs ook waren. Dat kwam waarschijnlijk omdat ik in de keuken was opgegroeid. Ik geloofde dat alles via de keuken binnenkomt en in dat geval moest er in ieder geval een groot raam in zitten waardoor het zonlicht goed naar binnen kon komen. Als ik ergens voor het eerst kwam, ging ik altijd op zoek naar een restaurant dat op de straatkant uitkwam. Hij had het twee verdiepingen tellende gebouw, met een groot raam dat eventueel nog groter gemaakt zou kunnen worden, ontdekt. Ik was al opgewonden voordat we de keuken uitgebouwd hadden. Dat is nog geen drie jaar geleden.

Oma had gelijk. Het is echt niet zo dat eten lekkerder wordt of dat mensen meer plezier hebben in koken als alle keukenbenodigdheden aanwezig zijn. En het belangrijkste in de keuken is niet hoe lekker het eten is, maar hoe gelukkig de tijd is die je daar doorbrengt. Je moest te allen tijde de keuken verlaten in een toestand van gelukzaligheid. Vroeger rende ik altijd de keuken in zodra ik thuiskwam, maar tegenwoordig deins ik terug, alsof iemand me met kracht terugtrekt.

Opgeschrikt door de kookwekker, laat ik de appel in mijn hand op de grond vallen. Het melkwitte sap van de appel spat op tegen mijn kuiten. Afwezig kijk ik naar Paulie, die braaf onder de tafel heeft gelegen en er nu als een speer vandoor gaat met de appel die een witte plek in de vorm van de letter 'V' in de rode schil heeft. Zelfs als je de appel zou bleken zou de plek waarschijnlijk niet verdwijnen. Als je een appel met het steeltje naar boven recht doormidden snijdt, zitten er in het midden van het ronde oppervlak in de vorm van een ster vijf pitjes ter grootte van meloenpitten. Ik vraag me af of ik mezelf niet wijsmaakte dat de appel niet zomaar een appel was, maar een symbool voor iets wat alleen ik kende. Terwijl ik de knapperig gebakken pizza uit de oven haal, denk ik bij mezelf: ik heb toch heel wat voor elkaar gekregen. Ik sluit mijn ogen weer. En doe ze open. Dan zeg ik: 'Vandaag was de laatste les.'

Veel boeken die ik gelezen heb, beginnen met het verhaal van een man en een vrouw die elkaar ontmoeten en de liefde die er dan ontstaat. Maar mijn verhaal begint met de liefde die eindigt. De woorden van Hemingway die ik ooit met veel plezier las, puur omdat hij zo'n epicurist was, kloppen niet. Het zijn niet alleen mannen die lichamelijk geleden moeten hebben om zichzelf te kunnen kennen.

2

Vroeg invallende schemering, koud weer, zware sneeuwbuien en wind. Terwijl de meeste mensen januari hiermee associëren heb ik geen idee van het weer, de sneeuwbuien en de wind buiten. Ik zit altijd voor het raam met twee handen stevig om een grote beker chocolademelk met een paar druppels hete espresso of cognac geklemd. Niets beters dan op een late namiddag naar zware sneeuwstormen te kijken terwijl je een hap neemt van een goudbruine baguette, rijkelijk besmeerd met boter en even gesopt in je warme chocomel, en klakkend met je tong uit te roepen: 'Jemig, wat een sneeuw!' Warm en lekker zoet. Dat is de smaak die ik me van januari herinner en de eerste smaak die ik kwijtraakte.

Ik proef de bittere, diepe smaak van de Franse Valrhona-chocola die uit vijfenzeventig procent cacao bestaat en de rijke smaak van de cognac niet meer. Ik voel dat mijn hele lichaam gespannen is als wanneer je voor een man staat die je voor het eerst zult zoenen. Ik laat nog een slok zojuist gemaakte chocolademelk door mijn keel glijden. Langzaam houdt het op met sneeuwen en komt de zon tussen de wolken door tevoorschijn. Maar in mijn mond gebeurt niets. Is deze drank heet of koud, vraag ik me af. Zinloos, net zoals jezelf afvragen of je warm of koud bent. Ik weet dat dit de eerste fase is waarbij woede en angst de boventoon voeren. In ons lichaam hebben we maar vier genen die ons vermogen om te zien reguleren, terwijl we er meer dan duizend hebben die zich ontfermen over geur en smaak. Maar die duizend verlies je makkelijker dan die vier. Deze keuken en warme en zoete smaken. Twee ben ik er al kwijt. Misschien raak ik alles wel kwijt, maar er is één ding dat ik absoluut niet wil verliezen. Het is niet vreemd dat hij dat niet meer is. Ik ken namelijk ook mensen bij wie het verlies van hun smaakvermogen tot hun dood geleid heeft. Voor mij is het belangrijk dat ik kan blijven werken en een keuken heb, of het nu deze is of een andere. Ik duw de koud geworden mok op tafel van me af. Ik moet bedenken wat ik nu kan gaan doen. En ook hoe ik mezelf kan oppeppen. Ik slik een keer, waarbij de frisse smaak van winterpeen en de pittige smaak van rettich hartje winter naar boven komen. Je hebt mensen die alles lekker vinden, of het nu iets geleiachtigs is of iets waar je je tanden in moet zetten zodat je het in je mond voelt openspatten; je hebt ook mensen die jus graag langzaam tussen hun tanden door laten sijpelen, en dan heb je mensen die als voorafje rauwe groente enkel afgespoeld met water smakelijk wegkauwen. Ik behoor tot de derde categorie. Als ik alleen al denk aan de smaak van een wortelamuse van dunne reepjes dagverse wortels met groene blaadjes en al ingelegd in olijfolie, knoflook, citroensap, zout en peper na zo'n vier uur te zijn ingetrokken in de koelkast, besprenkeld met peterselie, voel ik het speeksel van achter mijn tong opkomen. Zijn favoriete gerecht was met jus overgoten rosbief met geroosterde aardappelen, zacht en zo halfrauw dat bijna alleen de buitenkant gebakken was. Het eerste gerecht dat ik ooit voor hem gemaakt heb. De wortel is zoet en koud alsof ik in een stuk ijs bijt... Voorlopig red ik het nog wel.

Restaurant Nove. Het Italiaanse woord voor negen. Het enige restaurant waar ik als kok gewerkt heb.
Ik had niet gedacht dat ik hier ooit zou terugkomen. Twintig was ik toen ik de kastanjeboom voor de lobby van het twee verdiepingen tellende gebouw Kappertje noemde. Omdat opengebarsten kastanjes in de herfst er net uitzien als de bloesems van kappertjes

net voordat ze opengaan. Terwijl ik langzaam de trap oploop kijk ik door de glazen wand het restaurant in. Er zal toch wel iets veranderd zijn? Het lege restaurant, op dit uur van de dag gesloten voor gasten, waar de voorbereidingen voor de avond getroffen worden, de lichtgrijze linnen tafelkleden die van september tot februari in plaats van de witte gebruikt worden, en ook de chef-kok die bij een van de tafels aan het raam naar buiten staart of met gebogen hoofd wat neerkrabbelt terwijl hij een nieuwe kaart bedenkt, het is nog allemaal hetzelfde. Als het me maar zou lukken om naar binnen te lopen alsof er niets aan de hand is. Ik vraag me af of je dan zou denken dat ik gelukkig ben. Ik vraag het in mijn hoofd aan de chef-kok, de glazen wand tussen ons in.

Net als iemand die aan Koreaans zwaardvechten doet zijn zijn brede schouders en rug licht gebogen. Zou je in termen van dieren spreken, dan zou je kunnen zeggen dat hij net een stier is met doordringende ogen en een lichaam dat één brok kracht uitstraalt. Geen compromissen, vastberaden en zich resoluut voortbewegend, zo'n stier bedoel ik. En in termen van vissen zou hij beslist een grote, dikke zaagbaars zijn van meer dan veertig kilo. Bovendien is de zaagbaars een solitaire vis die tot de vleesetende vissoorten behoort. De eerste keer dat ik hem zag, zat hij ook zo voorovergebogen aan een tafel gedekt met een wit linnen tafelkleed. Op zijn gemakje een sigaar rokend alsof hij niet de chef-kok, maar de eigenaar van het restaurant was. Toen had hij nog lang haar dat hij in een staart droeg. Nu droeg hij het zo kort als een militair en zag je hier en daar grijze plekjes. Blijkbaar is het niet alleen voor kinderen zo dat ze zich op hun gemak voelen als ze omringd zijn door dingen die ze kennen. Ik duw de dikke glazen deur open en stap met ferme passen naar binnen, als een kok die na de lunchtijd even pauze genomen heeft en nu in een onberispelijk wit uniform weer terugkomt om het diner voor te bereiden.

'...!'

'Geef mij ook maar een kop koffie.'

Met mijn ogen gericht op de grote witte porseleinen mok die

voor de chef-kok staat en waar café au lait in geserveerd wordt, ga ik zitten. Dat moest het toch makkelijker maken om me aan te spreken en te vragen wat ik kwam doen.
'...'
'Ik kom gewoon even een kop koffie drinken.'
'Wat is er aan de hand?'
'Hoezo?'
'Wat wil je me vertellen?'
'...'
'We gaan zo beginnen met de voorbereidingen voor vanavond.'
'Ik wil weer werken.'
'Waar?'
'Hier.'
'...'
'...'
'En je zei dat er niets aan de hand is.'
'Er is niets aan de hand.'
Vanaf mijn twintigste heeft hij voor me gezorgd. Dertien jaar al weer. Nu hij hier zo tegenover me zit en me doordringend aankijkt, kan ik onmogelijk nog liegen.
'Dus, wat is er aan de hand?'
'...'
'... en je kookklas dan?'
'Daar stop ik mee.'
Nerveus staat hij plotseling op en verdwijnt de keuken in. De keuken is geen plaats waar iedereen zomaar naar binnen kan lopen. Ik nu ook niet. De gang waardoor het eten naar binnen gebracht wordt is kort, maar er zit een wereld van verschil tussen de keuken en het restaurant. Mensen die op het eten wachten en mensen die het klaarmaken, mensen die bediend worden en mensen die bedienen. En hoewel ik nu niet iemand ben die op eten wacht of het klaarmaakt en ook niet iemand die bediend wordt of bedient, voel ik een enorme afstand tussen de keuken waar hij nu is en het restaurant waar ik ben. Ik heb het warm. Terwijl buiten de

bergen sneeuw beginnen te bevriezen. Lusteloos kijk ik om me heen. De muur tussen de hal en de keuken is drie jaar geleden opengebroken, maar toen ik hier nog werkte, werd het in de keuken zo heet als in een voorverwarmde oven van tweehonderd graden. Als je zo'n vijf uur in de keuken had gestaan, waar zelfs midden in de zomer de ramen dicht bleven, omdat het eten anders zou afkoelen, leek het weefsel van je kleren te smelten en tegen je lijf aan te plakken. Het is hier te heet. Dat was iets wat niemand ooit zei. Een restaurant, hoe groot het ook is, heeft nooit een grote keuken. Want als er ergens ruimte te besparen is, moet er een extra tafel neergezet worden.

Als er echt niets veranderd is, zou zelfs het aantal glazen in de keuken hetzelfde gebleven moeten zijn. Maar er is duidelijk wel iets veranderd, al is het alleen al het feit dat ik de chef-kok niet zo maar de keuken in kan volgen. Voor mij is de keuken niet langer het vertrekpunt van alle lekkere dingen.

De chef-kok schuift me een grote porseleinen mok toe en komt weer zitten. Ik blaas erin en zet de beker aan mijn mond. Bitter en verfijnd, bitter en scherp, bitter en heet. Koffie met melk en gedroogde cichorei. Zoals ik het, toen ik hier nog werkte, altijd dronk op dit tijdstip.

'Misschien vind je het niet fijn om te horen.'
'Zeg het maar.'
'Het was ook wel gedoemd...'
Ik wil nu niets horen over gedoemde liefde.
'Het is nooit makkelijk.'
Op zulke momenten voel ik me altijd wat ongemakkelijk om met iemand te praten die ouder is. Het klinkt als de stem van mensen die hun hele leven volgens bepaalde zekerheden en overtuigingen geleefd hebben. Ik ben bang dat het me met twee flinke handen bij de strot zou grijpen en door elkaar zou schudden.
'Ik kan toch wel weer komen werken?'
Ik laat het hem me snel beloven.
Ik kom nu enkel een baan zoeken. Niemand mag nog weten dat

mijn liefde ten einde gekomen is. Ik onderdruk het verlangen om stilletjes via de achterdeur te verdwijnen, kijk met een afwezige blik in zijn ogen. Erger nog dan uit elkaar te gaan was om me ook na de scheiding nog zo met hem verbonden te voelen. Misschien moest je om iemand echt te leren kennen ooit van hem gescheiden zijn. Een keer, gewoon een keer maar. Vraag me nu alsjeblieft niets.

'Je hebt nog steeds die doordringende blik in je ogen.'

'Ik ben niets veranderd.'

'Toch wel.'

'...?'

'Als je uit elkaar gaat, moet je niet lang dralen, maar er een punt achter zetten. Na een tijdje betekent het niets meer.'

'Het zal wel beter gaan als het baarsseizoen weer begint.'

Zomer. Om vijf over vijf in de namiddag, op 20 januari, in de koudste periode van het jaar in Korea, begin ik plotseling te praten over de zomer die nog heel ver weg is. Met een enorme zucht staat de chef-kok op. Het is al over vijven. Het tijdstip waarop een kok zo ongeveer het drukst is van de hele dag.

'Eet eerst wat voordat je gaat.'

'Maar je hebt veel reserveringen.'

'Goed, dan ga maar gewoon.'

'Nee, ik lust wel wat. Wat zou je me aanraden vandaag?'

'Japanse zeebaars.'

'Graag, Japanse zeebaars dan.'

3

Als ik midden in de nacht een verlichte woonkamer zie, zijn er twee beelden die bij me opkomen. Het beeld van twee mensen die met een glas wijn tegenover elkaar zitten in het licht van bescheiden geurende kaarsen. Of anders ruzie tussen twee mensen die de hele nacht door lijkt te zullen gaan. Mensen ruziën nu eenmaal niet in het donker. In het donker bedrijf je de liefde of praat je met elkaar. Of nog beter, praat je met elkaar terwijl je aan het eten bent. Het is in ieder geval geen goede zaak als er tot diep in de nacht licht brandt in huis. Wat ik nu het liefst zou doen, is niet de liefde bedrijven, praten of koken. Wat ik wil is op blote voeten door het hele huis heen lopen en een voor een alle lichten uitdoen. Gewoonlijk ben ik rond deze tijd in mijn slaapkamer of zit ik in de keuken bij schemerlicht nog een klein hapje te eten. Nu doe ik geen van beiden. Het is één uur 's nachts en alle lichten branden nog als in een broederij. Dit kan toch eigenlijk niet. Ik kijk naar zijn gestalte, terwijl hij op zijn dooie akkertje alle plekken in huis afgaat om zijn spullen bijeen te pakken.

's Avonds lekker op de bank komen de leukste momenten van de dag nog eens voorbij. Dan sta je langzaam op, doe je alle lichten in huis uit en ga je rustig naar de slaapkamer. En dan sluit je zachtjes de deur. Liggend in je bed, onder de lakens, komt uit je kussen de geur van gedroogde lavendel. Belangrijk is dan wel dat jij altijd naast me ligt.

Dat soort dingen zei hij tegen me.

Mijn vriendin M. heeft het me ooit wel eens uitgelegd. Verliefd worden is net als iets op je hand schrijven. Hoe je ook je best doet om het te wissen, er blijven altijd sporen achter. Dus je moet zeker weten dat je dit wilt. Denk er goed over na. Hoewel M. hem nooit ontmoet had, sprak ze regelmatig over hem. Of nee, waarschijnlijk had ik het over hem en zat M. te luisteren. En dat heeft M. allemaal onthouden. Je hebt gelijk, M., ik heb nu zekerheid nodig. De zekerheid dat dit nog niet voorbij is.

'Kom hier, Paulie!'

Paulie, die aan mijn voeten ligt, kijkt even naar me op en beweegt zich langzaam zijn kant op. Zowel Paulie als ik weet wat dat betekent. Hij wil mij iets zeggen. Vanaf een bepaald moment is hij begonnen Paulie te roepen als hij mij bedoelde. Ik strijk een keer met mijn hand over de snijplank en ga naar de woonkamer.

'Voor dat schilderij stuur ik nog iemand om het in te pakken en op te halen. Ik zal ze zeggen dat ze moeten komen als jij thuis bent. Ik ben bij de bank geweest en heb het bankboekje bijgewerkt. Je hoeft op zich niet veel meer te doen. Als ik nog iets vergeten ben, dan bel ik je wel... Ik weet ook niet precies hoe het moet, dit afronden. Over een week ga ik voor mijn werk naar Dubai. Dan ben ik zo'n twee weken weg. Ik wil de sleutel liever niet afgeven. Want ik wil Paulie kunnen opzoeken.'

Hij houdt plotseling zijn mond stijf dicht alsof hij zich geneert. Ik vraag me af of als we een kind hadden gehad, hij op zo'n moment gezegd had dat hij het kind zou komen opzoeken. Ik heb ook geen idee hoe je iets als dit moet afronden. Moet ik, net als hij, maar doorratelen alsof de duivel me op de hielen zit of moet ik tijd rekken door in tranen uit te barsten?

'Wil je niets eten?' vraag ik, terwijl ik zijn wat grauwe gelaat bestudeer.

'... Jij bent ook ongelofelijk,' lacht hij flauwtjes.

Het waren niet de meest gebruikelijke woorden om te zeggen tegen iemand die je verliet, maar ik kon niets anders verzinnen. Ik wist ook niets beters te zeggen. De Russische schrijver Gogol heeft obsessief veel verhalen geschreven over eten. In zijn verhalen uiten echtparen hun liefde voor elkaar door altijd allerlei gerechten voor elkaar te bereiden, gerookte Chinese steur of fruitgelei, worstjes, pannenkoekjes, paddenstoelen of watermeloen. Er is een echtpaar dat elf uitgebreide maaltijden per dag eet. Op een dag vraagt de man voor de allerlaatste keer aan zijn op sterven liggende echtgenote: 'Is er iets dat je graag zou willen eten?' En als de vrouw overleden is, moet hij huilen als hij eten ziet waar zij van hield. In de roman hongert de man zich uiteindelijk dood. Ik zou wel willen dat iemand dat nu aan mij zou vragen: 'Heb je ergens zin in?' Misschien zal ik het jou wel op je sterfbed vragen. Het is nog niet te laat. Bestel maar. Ik maak het voor je. Wat denk je van rosbief, net als toen alleen aan de buitenkant heel even dichtgeschroeid?

Ik moet denken aan de dag dat hij me kwam opzoeken.

Het gebeurt zelden dat een kok de keuken uitkomt. Ook onze chef-kok vertoont zich niet in het restaurantgedeelte als hij aan het koken is, behalve als er iemand zit die hij kent. Hij heeft geen fiducie in koks die zich bemoeien met het gastengedeelte en dat werd mij dan ook ten strengste verboden. Die avond kwam ik voor het eerst in het restaurant terwijl er gasten zaten. Onze maître d' hôtel, de heer Pak, strak gekleed in een wit overhemd en een zwart vest, riep mij bij zich. Er was iemand binnen die mijn naamkaartje, Chŏng Chiwŏn, bij zich had. En of deze Chiwŏn zijn eten kon maken. Wie dat was, iemand die ik kende? Ah, zo. Ik dacht even na. Wie zou het kunnen zijn? Ik keek nog eens naar de man die zojuist met mijn naamkaartje was binnengekomen en rosbief had besteld. Ik keek hem nog een keer doordringend aan.

... Inderdaad. Hij was het. Het was de man die ik in een pizzeria in Napels ontmoet had waar ik tien dagen onbetaald had gewerkt om pizza te leren maken. Mijn gezicht werd rood. Ik was een maand terug in Seoel. En hij was echt gekomen, een maand later.

Ik liep naar de grillplaat en bakte het gekruide vlees, legde de aardappelen waar ik een kruis in gesneden had in de oven en liet ze bakken. Het zweet stond op mijn voorhoofd. 's Ochtends had ik nog een mooie tiramisu gemaakt en overdag had ik een half uurtje geslapen. En 's avonds zat hij daar. Wat zal ik hier nog van nagenieten, straks als ik in bed lig. Dat bleef ik als een mantra herhalen. Het is lastig werken als je je down voelt of als je gestrest bent. Dat mag geen invloed hebben op het eten. Ik lachte hardop. Draaide het vlees om. Het zal vast lekker zijn, zei ik zo hard dat zelfs de aardappelen het konden horen. In de ingesneden aardappelen smeerde ik zure room. Ik legde mijn mes neer en deed het vlees op het bord. Ernaast deed ik mosterdsaus en gebakken asperges die er normaal niet bij lagen. Zo was het goed. Ik zette het bord op de counter. Wat drinkt hij erbij? Ik vroeg het aan Pak. Barolo Zonchera. Dat is een goede keuze. Pak pakte het bord op met die bepaalde lichtheid die hem kenmerkte en liep naar zijn tafel. Vanuit de keuken leunde ik met twee armen over de counter, mijn lichaam voorovergebogen. Ik zag hoe hij het linnen servet uitvouwde over zijn broek en langzaam zijn mes en vork pakte.

Hij leek eerst met zijn mes bedreven in het vlees te prikken. Ik was nerveus. Er verscheen een tevreden lach om zijn mond. Even stuitte hij op wat weerstand, maar het vlees was gaar genoeg om het mes er moeiteloos doorheen te laten glijden. Begin nou maar met eten, moedigde ik hem aan. Hij sneed een stuk vlees af, nam een hapje in zijn mond en begon te kauwen. Hij knikte met zijn hoofd, waarmee hij leek te zeggen dat de smaak uitstekend was en sneed nog een stuk vlees af. Ik bleef met ingehouden adem kijken, tot zijn hele bord leeg was. Tot zijn lippen dik waren. Als je eet stroomt er meer bloed door je lippen en worden ze roder en dikker. Net zoals geslachtsorganen tijdens de liefdesdaad. De lippen en geslachtsorganen hebben net als de tong bijzondere erogene zones. Het zijn plekken met veel zenuwuiteinden en ze scheiden slijm af. De tong is het gevoeligst wanneer hij met eten in aanraking komt. Hij dronk water en nam een slok wijn. Hij sneed het vlees, deed het in zijn mond en kauwde er waarderend op... Iemand met een goede eetlust. Een relatie met iemand die niets wil eten is onmogelijk, hoeveel je ook van die persoon houdt. Mijn oom had eens bitter opgemerkt: 'Als iemand eetlust heeft is er ook ruimte om jou binnen te laten.' Hij sneed intussen weer een stuk vlees af en at energiek verder. Ik verloor hem geen moment uit het oog. Mijn blik was zo gefocust, dat het was alsof ik het vlees zelf aan het opeten was. Ik had het gevoel dat mijn lippen zo rood en vol waren als overrijpe Roma-tomaten.

De volgende keer maak ik truffels voor je klaar. Zei ik in mezelf terwijl ik mijn mond afveegde met de rug van mijn hand.

Truffels en asperges. Dat zijn mijn favoriete producten. Komen allebei rechtstreeks uit de aarde omhoog. Zo groeit de liefde ook, dacht ik toen.

'Eten? Daar is het toch veel te laat voor,' hoor ik hem zeggen.

Zijn stem klinkt niet langer toenadering zoekend of afgeknepen. Ik knik kort. Samen eten of de liefde bedrijven is tussen ons niet meer mogelijk. Daar moet je beiden een warm lichaam voor hebben.

Hij houdt de klink van de haldeur stevig vast.

'Tot ziens,' zegt hij terwijl hij zijn ogen gericht houdt op Paulie.

Paulie komt naar mij toegelopen en duwt zijn kop zachtjes achter tegen mijn knieholte aan. Al is het niet helemaal gepast, lach nog eens naar me zoals toen je me voor het eerst zag. Ik zie hem met zijn lange benen de stap naar buiten zetten en draai me om. Kon je vroeger van ons nog zeggen dat we helemaal op een lijn zaten, nu was alles helemaal scheefgetrokken. Maar ook scheefgetrokken lijnen kunnen ooit weer bij elkaar uitkomen. Dat is voor mij even vanzelfsprekend als dat water altijd naar beneden stroomt. Daarom kan ik hem nu laten gaan. Het zou alleen wat tijd kosten.

Even iets zoets eten, dan zal het wel weer gaan, Paulie. Als er geen taart is, is drank ook geen slechte optie. Moet je een glas helemaal volschenken en wat over de rand heen gaat, snel oplikken. En dan in een teug leegdrinken, tot de afdruk van je tanden in het glas staat. Kaboem. Ik hoor de deur dichtslaan. Niet blaffen, Paulie! Ik zwaai de deuren van de koelkast open alsof ik de gordijnen opendoe. De koude lucht bezorgt me rillingen.

4

Als je dingen als eenzaamheid, droefheid of blijdschap in ingrediënten zou kunnen uitdrukken, dan zou eenzaamheid basilicum zijn. Het is niet goed voor de maag, het vertroebelt het zicht en benevelt de geest. Vermaal je het en laat je het in de vijzel en op de stamper zitten, dan kun je verder malen wel vergeten, zo stroef gaat het. Blijdschap is saffraan. En dan niet zomaar saffraan, maar de saffraan die in de lente tot bloei komt. Een minieme hoeveelheid brengt al een krachtige smaak naar boven en de geur blijft lang nahangen. Je ziet het overal, maar het is niet altijd makkelijk te ontdekken. Het is bijzonder goed voor het hart en als je wijn drinkt waar het in zit, dan zorgt die sterke smaak ervoor dat je meteen dronken bent. Saffraan van de allerhoogste kwaliteit breekt zacht ritselend in je handen, waarna de geur ogenblikkelijk vrijkomt. Droefheid is een knobbelige augurk die je al van verre ruikt. Hij voelt ruw aan, laat zich moeilijk verteren en kan hoge koorts veroorzaken. De absorberende celstructuur zorgt ervoor dat marinades zich gemakkelijk een weg naar binnen vinden, waardoor een augurk langer kan worden bewaard. Het lekkerste wat je van een augurk kunt maken is een zure bom. Breng krachtige azijn borrelend aan de kook en schenk die over de augurken heen. Strooi er dan zout en peper over. Stop ze in een goed gedesinfecteerde glazen pot en sluit deze luchtdicht af. Zet de pot dan weg op een donkere en droge plaats.

Won's Kitchen.
Het uithangbord bij de entree op de eerste verdieping is weggehaald. Hij had de naam met de hand geschreven en die hadden we met een zijdezeef op ijzer laten drukken. Op de ochtend dat mijn kookschool geopend werd, heeft hij het eigenhandig opgehangen. Ik wilde het een bijzondere naam geven. Hij had zijn spierwitte tanden bloot gelachen. 'En ik vond jouw naam, Chŏng Chiwŏn, de meest bijzondere naam ter wereld.' Hij had opnieuw mijn naam geroepen, Chiwŏn! Terwijl hij door het huis liep en plagend mijn naam riep, zoals Eskimo's die geloven dat als je ergens iemands naam roept, de ziel daar dan naartoe komt, strooide ik voorzichtig, opdat de eidooier niet kapot zou gaan, de emmentaler, zout en peper over het ei dat ik gebakken had. Over de theetafel lag het witte tafelkleed dat in de zon te drogen had gehangen en daarop stond het bord met het zojuist gebakken ei, ongezouten boter, blauwebessenjam en de in de oven verwarmde baguette. Dit was het ontbijt waar wij beiden gek op waren, eenvoudig, warm en zoet. Hij doopte zoals altijd zijn dik met boter en jam besmeerde baguette in zijn koffie en ik deed altijd een theelepeltje jam in de kop hete, sterke koffie en wachtte tot de jam opgelost en de koffie lekker zoet was. Ik herinner me nog steeds het gevoel van het zachte vochtige brood dat lang tegen je gehemelte bleef plakken en de zoete smaak van de jam die helemaal onder op de bodem van het koffiekopje bleef liggen. Net als zijn plannen met de kookschool, zijn kantoor en het huis dat hij voor ons wilde ontwerpen. Zonder hem te antwoorden bestreek ik de rode, harde radijsjes waar nog wat waterdruppels op lagen, met olie, strooide er zout over en at ze op. In mijn mond klonk een knapperig geluid. Ik maakte knabbelende geluiden en al kauwend hoopte ik dat die geluiden zouden klinken als 'o ja, vast wel'. Voor mij hebben frisse radijsjes met bovenop de groene steeltjes, de smaak van de liefde, al zijn het qua vorm net gekrompen appeltjes. Hoewel, als je ze net als een appel doormidden snijdt, zit er in het

midden geen stervormig klokhuis.

Toen het uithangbord verdwenen was, had ik geen idee wat ik met mezelf aan moest en had ik het gevoel dat mijn naam voor eeuwig uit deze wereld verdwenen was.

Nadat hij zijn laatste spullen bijeengeraapt had en vertrokken was, kroop ik op de bank in de kamer en bleef daar roerloos liggen. Buiten waaide het, de zon ging onder, het werd ochtend, de kou werd voelbaar en mijn keel deed pijn. Ik voelde het terwijl ik stil bleef liggen. Ik maakte geen omelet en maakte het brood niet warm. Af en toe kwam ik overeind om water te drinken, en toen ik de neiging kreeg om met de lange spitse uiteinden van een uitgedroogde baguette in mijn voorhoofd te prikken, kreeg ik het met pijn en moeite en met een gepijnigd gezicht voor elkaar om water heet te maken en een kopje koffie te zetten. In dit huis leek ik nu niet meer binnen te kunnen houden dan water, koffie en lucht. Na vier dagen hield ik op de datum bij te houden. Mijn schouders en armen, mijn hoofd en mijn nek leken zich langzaam van elkaar te verwijderen. Als ik doorhad dat het weer avond werd, bonsde het in mijn hoofd, alsof mijn uitgeputte lichaam in een hete, enorme koperen braadpan lag. Zou ik zo, zonder dat iemand er weet van had, als een klein puntje langzaam in het niets verdwijnen? Ik wilde mijn lusteloze lichaam in beweging krijgen en mijn vingers en tenen die bevroren leken te zijn, aanraken, maar ik kon me niet verroeren... Laat me opstaan, fluisterde ik tegen de dichte, zwarte duisternis. Ik moet hieruit komen. Je moet je niet in je verdriet wentelen, zei mijn oom. Sta op! Iets groots, warms en nats streek over mijn wang.

Ik opende mijn ogen.

Paulie likte met zijn tong over mijn gezicht. Wijd opengesperde zwarte pupillen staarden mij rustig aan.

'... Hé, is daar iemand aan de deur?' vroeg ik Paulie terwijl ik omhoog kwam.

'Woef,' gromde Paulie een keer.

Hij knielde zachtjes voorover, hield zijn kop naar achteren en wapperde zijn gestrekte oren twee keer naar voren. Dat betekende dat hij honger had. Ik legde dan altijd mijn hand op Paulies zij en streek hem rustig over zijn zijdezachte, gladde vacht. Paulie prikte zacht met zijn neus in mijn knie. Jij zorgt toch voor mij? Ja. Als antwoord streek ik Paulie, die zo liefdevol en zelfstandig was en zo'n slecht oriëntatievermogen had, twee keer over zijn kop. Paulie blafte nog een keer met een lage grom. Wil jij ook bij me weg? vroeg ik Paulie. Paulie ging met zijn buik op de vloer liggen en legde zijn kop tussen zijn twee voorpoten, waarmee hij leek te zeggen, ik ga hier even rusten. Paulie was zijn hond.

Hij had hem getraind, want je wist nooit of het misschien mogelijk was om hem woordjes te leren. Hij reageerde immers ook op zijn naam, had hij gezegd. Zit, sta op, naar achter, naar voor, ga, niet blaffen, lig, mag niet, wacht. Hij hield er niet van Paulie dit soort bevelen te geven. In plaats daarvan wilde hij hem vragen leren waar hij op kon reageren als hij die hoorde: 'heb je honger', 'ga je mee wandelen', 'is dat een bekende?' Het was niet helemaal perfect, maar op bepaalde terreinen konden we met elkaar communiceren als we ons concentreerden op de hoogte van Paulies geblaf, de lengte en de frequentie ervan. Maar zoals een hond de wereld enkel in grijze, bruine en groene kleuren ziet, zat er ook een grens aan de woorden die wij met elkaar konden wisselen. Dat was ook voldoende. Daar was hij tevreden mee. Die hond die hij al had voor hij mij ontmoette en gedurende vijftien jaar zo had afgericht, liet hij uiteindelijk bij mij achter. Toen we besloten om uit elkaar te gaan, hebben we veel spullen als knikkers onder elkaar verdeeld, maar het probleem bij wie Paulie zou blijven was buiten verwachting gemakkelijk opgelost. De doorslaggevende factor was dat zij niet van honden hield.

Wij zijn in de steek gelaten, jij en ik. Wij twee.

Ik ging op mijn knieën zitten en wilde mijn neus in Paulies vacht begraven. Zul jij van nu af aan voor mij zorgen? Ik kreeg een brok in mijn keel. Met mijn hand wreef ik over mijn gezicht en als iemand die zich geen raad weet, raakte ik bedachtzaam mijn vingers, mijn voet en mijn neus aan. De lichaamsdelen die het slechtst tegen de tijd bestand zijn, zijn de uitstekende delen zoals je neus en je vingers. Mijn lichaam was niet perfect, maar alles zat op de juiste plek en mijn vingers en tenen bewogen nog afzonderlijk van elkaar. Als ik nu ontspande, als ik me nu liet gaan, zou mijn lichaam gaan trillen door een plotse levendige pijn alsof druppels kaarsvet op mijn huid vielen, en door een genot dat met onweerstaanbare kracht aan me trok en waarvan ik niet had gedacht dat dat zou blijven toen ik het voor het eerst ontdekte. Ik moest niet meer blijven stilstaan bij het gevoel dat ik verlaten was, waar ik me nu bewust van moest zijn was wat deze pijn was en wat de oorzaak ervan was, en ik moest een manier vinden om me daar aan te ontworstelen. In het raam van de woonkamer zag ik mijn gestalte weerspiegeld en ik voelde dat mijn ogen straalden, dat mijn huid en mijn spieren strak gespannen waren, net zoals wanneer ik een mooi en lekker gerecht aan het maken ben. Net als een kurk die niet zinkt, kwam ik weer gemakkelijk aan het oppervlak bovendrijven. En ook alle angsten die mij in de toekomst nog zouden overvallen, zou ik van me afschudden, schreeuwde ik met luide stem tegen Paulie.

Zullen we gaan wandelen, Paulie?

FEBRUARI

'Op zoek naar goud kan men lauw zijn, maar eenieder wil zout vinden. Het maakt namelijk alle vlees lekkerder.'

Cassiodorus, 523 na Christus

5

Op de laatste vrije dag van de Koreaanse nieuwjaarsvakantie was het zo koud dat ik op de weg terug van een wandeling een donzen jack kocht. Bij iedere beweging had ik het gevoel dat ik kraakte als een hoop oude botten. De volgende dag trok ik deze lichtgroene jas aan en ging ik op weg naar Nove. Ik rende de zeven treden van de houten trap op die aan weerszijden bevroren was, naar het restaurant op de eerste verdieping. De trap die ik vanaf mijn drieëntwintigste tot mijn achtentwintigste toen ik hier stopte om met de kooklessen te beginnen zes jaar lang iedere dag ben opgelopen. Het zou fijn zijn geweest als ik had kunnen zeggen dat ik er even tussenuit was geweest, ergens waar niemand het kent, maar dat ik nu op mijn tweeëndertigste weer terug was op de plek waar ik hoorde. Maar ergens onder de dikke kleren die je draagt, blijven er op je lichaam altijd sporen achter, net als de kleine en grotere littekens op je polsen van olie die uit de pan is opgespetterd. Ik pakte het koude, bevroren handvat van de glazen deur met beide handen stevig beet. Mijn hand vroor direct vast. Ik was nu een van de zeven koks hier. Zachtjes duwde ik de deur piepend open, die beleefd en onverschillig weerstand leek te bieden. Ik haalde diep adem. In de keuken was iemand al brood aan het bakken.

De andere zes koks waren op de hoogte van mijn doen en laten tijdens mijn afwezigheid, en toen ik mijn plek eenmaal weer had teruggekregen had ik dat snel genoeg in de gaten. Ik probeerde mezelf als iemand anders, iemand die K. heette voor te stellen, hier tussen hen in, in deze keuken die 's ochtends langzaam op gang kwam met vlees snijden, brood en taart bakken voor de hele dag en rucola wassen. K., leerlinge van de chef-kok, die direct na haar studie aan de Italiaanse koksschool Appennino bij dit restaurant was komen werken, die zes jaar lang als de beste leerling van de chefkok medeverantwoordelijk was geweest voor het restaurant en nog geen jaar nadat ze chef-kok geworden was voor zichzelf was begonnen met de kookklassen, waarna een deel van de vaste clientèle van Nove naar Won's Kitchen ging om te eten of voor speciale catering; het gerucht ging dat juist op het moment dat de kookschool van K. naam had gekregen in heel Kangnam, ze was gescheiden van de jonge architect met wie zij zeven jaar had samengewoond, dat hij verliefd was geworden op O., die iedereen kende, dat K., die achter was gebleven met een hond, de kookschool had opgedoekt en weer bij Nove was komen werken... Zo gemakkelijk was het leven van K. in een paar zinnen te vatten. Zodra ik me bedacht dat zo gezien ikzelf het verhaal van K. ook wel verteld zou hebben als ikzelf niet K. geweest was, voelde ik me eigenlijk gerustgesteld. En het leek er in ieder geval op dat K. geen leven had geleid dat niet genoeg stof voor een gesprek bood.

In de pikorde kwam ik na onze maître d'hôtel, Pak, die toen ik hier wegging nog de jongste kok was geweest. Ik hoefde me niet te bemoeien met de garnalen of de kip of het snijden van de groente. Zonder me wat aan te trekken van de andere zes koks die nauwelijks iets afwisten van het leven van K., stonden we samen in de smalle keuken te braden, te koken, stomen, bakken, frituren, marineren en te koken. Ik vroeg me af of als een of andere kletskous iets over K. had gezegd, het niet iets geweest zou zijn in de trant dat toen K. weer voet in de keuken zette, zij weliswaar gepast timide was geweest tussen de koks die daar al langer werkten, maar dat dit feit alleen al haar onuitblusbare ambitie leek te laten zien en dat ze de keuken nu al te veel domineerde.

Dus was er niemand in de keuken die wees op het feit dat ik na vier jaar afwezigheid weer was opgedoken, maar het was duidelijk dat het ieders aandacht had. Ik hield mijn mond stijf dicht, alsof ik niets over K. wist. Je praat nu eenmaal makkelijk over een sneetje in je vinger of pijn aan je voeten van de schoenen die je draagt, maar het achterste van je tong laat je niet zien. Toen ik na een drukke lunch de gestreken witte tafelkleden als een hoeslaken met twee armen uitvouwde om de tafels opnieuw te dekken, ving ik op dat er werd gevraagd, 'waar zou K.'s leven verkeerd gelopen zijn?'

Het was nog steeds zo dat het restaurant tussen drie en vijf gesloten was. Dan werden de ingrediënten voor de gerechten van het avondmenu klaargemaakt en een van de koks zorgde dan voor een klein hapje, een eenvoudige wrap met avocado en *tobiko*-kuit of een klein bakje noedels, dat we samen opaten. Ik maakte dan vaak een omelet met suiker of een fruitsalade van het overgebleven fruit, met versgeperste jus d'orange en honing. Zout of zoet, een tussendoortje moet een van deze twee smaken hebben.

Ik stond tegen de muur aan geleund, aan het einde van de gang waar het toilet en een brandtrap naar beneden waren, toen ik voetstappen hoorde naderen. K. bedacht zich dat ze liever niet aangesproken werd als ze alleen stond, veegde haar handen af en draaide zich om alsof ze op het punt stond om weer naar binnen te gaan. De chef-kok zag eruit alsof hij kwaad was en kwam mijn kant op gelopen met een flink stuk baguette in zijn hand dat hij, zonder er woorden aan vuil te maken, hard en snel mijn mond in duwde.

'Ik heb niets aan een kok die niet eet.'
'...'
'Ben je soms vergeten dat je dit alleen kan als je lichamelijk sterk bent?'
'...'
'Beloof me dat je gaat eten.'

Ik kon hem niet antwoorden omdat mijn mond vol zat met baguette. Zowel tijdens mijn leerperiode als nu geef ik in de keuken mijn ogen altijd goed de kost, luister ik aandachtig naar de gesprekken die ik hier en daar opvang, snuif ik alle geuren op en in plaats van te vragen wat ik wil weten, proef ik, als hij even weg is, snel hoe het smaakt. Maar wanneer zou hij erachter zijn gekomen dat ik niets eet? Ik was nog maar vier dagen aan het werk.

Ik realiseerde me dat ik na al die tijd op bed te hebben gelegen, at alsof ik een asceet was. Met mate, kleine beetjes en langzaam. Ik bedoel, alleen al de wijze waarop ik tot nu toe alles wat met eten te maken had vermeden had. Als dansen zonder passie liet eten op deze manier bij mij mijn smaakzin niet ontwaken. K. was nog wel meer kwijt. Denken aan lekker eten en de sterke drang voelen om het direct te maken. De chef-kok had gelijk. Je hebt niets aan een kok die niet eet. Koken doe je niet alleen als je in de keuken staat en een mes vasthoudt.

Het voelde alsof mijn keel dichtgeknepen werd. Ik knikte een keer. Hm, je hebt brood besmeerd met camembert en mosterdsaus met hele mosterdpitjes gemaakt, belegd met koud rundvlees carpaccio, gegarneerd met champignonsalade, augurkjes, ui en tomaat. Terwijl ik de baguettesandwich door mijn keel naar beneden voelde zakken, keek ik hoe de chef-kok het restaurant inliep. Het komt al zelden voor dat ik een tussendoortje voor mezelf maak, maar ook een maaltijd is voor mij vaak niet meer dan een banaan, sinaasappel of een kop koffie. Je bent niets veranderd, zei ik in mezelf terwijl ik de sandwich die hij voor mij gemaakt had doorslikte.

Maar goed, dit was in ieder geval enorm groot en lekker.

6

Ik zie Munju de trap opkomen in een grasgroene jas. Het is de eerste keer dat ik haar zie sinds ze me afgelopen maand zelfgemaakte rijstepap was komen brengen. Ik ben blij dat zij het is. Nadat ik hier ben komen werken, komen onverwachte gasten opduiken die me na het eten steevast bij hun tafel roepen om een glas wijn met hen te drinken. Het lijkt erop dat Won's Kitchen veel populairder was dan ik ooit geweten heb. Braaf drink ik mijn glas dan leeg, blikken vermijdend die zeggen, 'gaat het wel?' of 'het is zwaar zeker?', en biedt dan zwarterijstijs of een citroensorbet van het huis aan. Als je een nagerecht van de kok krijgt aangeboden dat je niet besteld hebt, kan dat twee betekenissen hebben. De ene is: 'Dit is absoluut de moeite waard, probeer het eens en laat u verrassen', de andere: 'Sta alstublieft snel op'. Een dessert stuur ik tegenwoordig uit in zijn oorspronkelijke betekenis: de tafel leegruimen. Er is een spreekwoord dat zegt: 'Geef geen zure vruchten aan iemand die ziek is.'

Munju, die de menukaart als een boek vasthoudt, bestelt uiensoep en risotto met zeeoor op een manier alsof ze wilde zeggen dat ze helemaal geen trek heeft, maar toch wat moet bestellen, en geeft me de kaart terug. Ze kijkt me niet aan.

'Het is half tien geweest. De keuken is gesloten.'

'Dat komt goed uit. Als ik jou zie, heb ik helemaal geen zin meer om te eten.'

'... Hoezo?'

'Dat lijkt toch nergens op! Je lijkt wel een uitgehongerde vrouw uit India.'
Ik schiet in de lach. Hoeveel mijn gewicht ook is afgenomen, zo erg kan het niet zijn. Ik ga de keuken in en vraag de jongste kok, Ch'oe, die verantwoordelijk is voor de ingrediënten, of hij iets kan maken, en loop met een mandje vol kruidenbrood en knoflookbrood dat die ochtend vers gebakken is terug. Munju eet liever brood dan warm eten, heeft liever alcoholvrije drankjes als thee, koffie of chocolademelk dan drank. Van mijn kooklessen had ze dan ook de cursus 'koken met brood' gevolgd die ik in het weekend gaf. Voor iemand met honger, iemand die ontevreden is of veel zorgen heeft, is niets zo lekker als een mandje met warm gebakken brood.

Onze blikken ontwijken elkaar, we drukken de korstjes van het brood met onze vingers wat in of vegen de stukjes die naast het bord gevallen zijn met onze vlakke hand bijeen. Kon ik nu maar zeggen dat het allemaal achter de rug was. Ik wil haar zeggen dat ze niet moet denken dat alles wat mij overkomen is haar schuld is. Omdat het ook echt niet haar schuld is.

Het was de dag dat er iemand langs zou komen van een tijdschrift om foto's te maken. Het was een tijdschrift over eten, met die maand een speciale thema-uitgave over spinazie. Van aansprekende Franse, Italiaanse en Koreaanse restaurants zouden daarin gerechten komen waarin spinazie verwerkt was. Een bekend gerecht op het menu van Nove was de geroosterde eendenborst op een bedje van jonge spinazieblaadjes van de chef-kok. Ik stond in de keuken de oesters te openen die op het avondmenu stonden, toen de chef-kok binnenstormde, me toeriep: 'Maak jij het deze keer?' en weer weg was. Dat was een uur voor de fotosessie. Het was niet zo dat er een speciale gast kwam proeven, het was voor een foto, maar toch was ik nerveus. Ook omdat het best ook een test zou kunnen zijn van de chef-kok die me alles geleerd had vanaf de juiste manier om een mes vast te houden. Het was misschien ook een goede kans om te laten zien dat het niet simpelweg om een recept ging, maar dat ik zijn smaakzin, de smaakzin van mijn leraar, doorgrond had. Ik brandde van verlangen om de geroosterde eendenborst op een bedje van jonge spinazieblaadjes van de chef-kok zo te bereiden dat die er niet alleen goed uit zou zien voor de foto, maar dat die je ook het water in de mond zou doen lopen, alleen al door ernaar te kijken. Zonder mijn handen te wassen, stopte ik een glibberige, natte oester in mijn mond.

Door zijn felle kleur en zachte geur past spinazie goed in groentegerechten, maar juist hierdoor wordt het ook veel in vleesgerechten gebruikt. De enige mensen die alles gebruikten van het blad tot aan de wortel waren mijn oma en de chef-kok. Wat heb je weer voor iets pretentieus gemaakt, riep mijn oma altijd uit als ik spinazie klaarmaakte door het kort in zout water te blancheren, het water eruit te knijpen, boter in de pan te smelten, het op een laag pitje te bakken en daar zout, peper en rozijnen aan toe te voegen, maar ze at het ook altijd met smaak op. Maar het allerlekkerst is spinazie natuurlijk als je het maakt zoals mijn oma het deed, blancheren in zout water en dan kruiden met knoflook, zout en sesamolie. De chef-kok haalt altijd alleen de buitenste blaadjes en de taaie stelen van de spinazie af en laat de blaadjes helemaal intact in de stoompan zachtjes gaar stomen. Hij strooit daar enkel wat van de dikste zongedroogde zoutkorrels op, de blaadjes zijn van zichzelf lekker fris en de steeltjes ietwat bitter. Die bitterscherpe smaak die bij het kauwen vrijkomt past gevangen in een sap van uitgeperste spinazie goed bij eendenborst die direct gegrild wordt op de steakgrill. De smaak die het langst in je mond blijft hangen, is niet de smaak van een flink stuk vlees, maar de smaak van jonge spinazie, scherp en knisperend als je erop kauwt. Maar voor mensen die meer hechten aan zoete smaken is het moeilijk om deze weliswaar eenzijdige, maar eerlijke smaak te waarderen.

Ik droeg het enorme ovale, witte bord waar de geroosterde eendenborst op een bedje van jonge spinazieblaadjes op lag naar binnen alsof ik een kostbare kruik droeg en zette het op de tafel neer waar de redactrice met het korte haar, haar pony halverwege haar voorhoofd in een kaarsrechte lijn afgeknipt en grote goudkleurige oorringen samen met de fotograaf zat. Ze zaten op de plek aan het raam waar het meeste licht naar binnen kwam. Het goudbruin geroosterde eendenvlees en de kleur van de zachtgroene spinazie zouden goed uitkomen in het natuurlijke licht.

Ik wachtte buiten het restaurant, geleund tegen de muur bij de ingang waar de ijzeren trap liep tot ze klaar waren met fotograferen. Sneller dan verwacht zag ik de glazen deur opengaan en de vrouw en de fotograaf via de trap naar beneden gaan...? Ik liep naar binnen. Onaangeroerd stond het witte bord daar als een stilleven op tafel bij het raam. Vliegensvlug duwde ik de deur open en rende de trap af.

'Wacht even!'

Ik bonsde met mijn hand op de deur van de auto die nog net niet vertrokken was en nog op de parkeerplaats stond. De fotograaf, die zijn fotospullen in de achterbak aan het leggen was, richtte zijn hoofd op en keek mij aan.

'Hé, luister eens!'

De journaliste, die op de bijrijderstoel zat, deed haar raampje omlaag.

Ze keek omhoog met een blik van 'wat is er?'

'U kunt toch niet zomaar weggaan?'

'Huh?'

'Hoe kunt u hier een artikel over schrijven als u het niet eens geproefd hebt?'

Ik ging tegen haar tekeer met een gezicht alsof ik op dat moment de autodeur open zou maken en haar bij de arm zou grijpen. De vrouw, die duidelijk tegen haar zin uitstapte, vroeg bruusk of ik bedoelde dat ze pas weg kon als ze het opgegeten had.

Ik antwoordde niet. Zo had ik het niet bedoeld. Maar ik had mijn uiterste best gedaan op het eten en het voelde vreemd genoeg als een soort minachting als er dan niets van gegeten werd. Maar ik zag deze vrouw vandaag voor het eerst. Ik deed een stap terug als iemand bij wie de moed in de schoenen was gezakt.

'Hé, je meent het ook nog hè?'
Ze pakte me bij mijn arm en keek me recht in mijn ogen. Opeens schoot ze in de lach.
Yŏ Munju, de vriendin die nu tegenover me zat. Het magazine waar voor de eerste keer een gerecht van mij in stond, was *Wine and Food* waar Munju in die tijd werkte. Ze was ook degene die me later overtuigde om een kookschool te beginnen.
'Alles afgerond voor de deadline?'
'Nog niet. Ik denk dat ik morgen alles afkrijg.'
'Je zult wel moe zijn. Eet even wat.'
Munju neemt een stukje brood, doopt het in de olie en eet het tegen heug en meug op. Ik was vergeten dat dit voor haar de drukste periode van de maand is. De redactie van haar blad zit in een gebouw op vijf minuten loopafstand van het restaurant. Na die ene fotosessie van de geroosterde eendenborst op een bedje van jonge spinazieblaadjes komt ze telkens als er een deadline aan zit te komen met al haar collega's naar ons restaurant en vraagt dan, al is de keuken al gesloten, of we een pasta of een koude gemengde noedelsoep willen maken. Ik maak dan met plezier iets voor haar en haar collega's klaar en trek een fles wijn open. Dat was in de dagen voordat we echt bevriend raakten, maar toen wel al wederzijdse belangstelling en een gevoel van spanning onze verstandhouding verwachtingsvol maakten, in de dagen voordat we dertig werden.
Ik voel dat Munju me doordringend zit aan te kijken.
'Waarom neem je niet wat rust, dan kun je in de lente toch weer beginnen. Je zou jezelf eens moeten zien.'
Toen ik haar had gezegd dat ik weer bij Nove zou gaan werken, had Munju niet staan juichen. Ze stelde voor om samen eventjes, al was het maar dichtbij, ergens naartoe te gaan, maar daar had ik geen zin in. Ik wilde helemaal nergens naartoe. Als ik in de keuken was, voelde ik me op dit moment het meest op mijn gemak. Wat ik nu nodig had, was geen rust, maar werk.
'Men zegt dat landbouwproducten als rettich en wortels heel vroeger zelf de grond uit kropen. Dan gingen ze naar de boer die

dat land bewerkte en stonden voor zijn deur netjes in de rij te wachten tot hij had uitgezocht wat hij nodig had. Op een dag had de boer zo'n vreselijke kater dat hij zelfs niet op kon staan. Hij vroeg de groenten om de volgende dag terug te komen. Dat bleef zich herhalen, en de boze groenten deelden de boer mede dat ze vanaf nu rustig in de grond zouden blijven wachten. Als hij iets nodig had, moest hij maar naar hen toe komen en hen uit de grond trekken.'

'Helemaal niet grappig, dat verhaal.'

'Zo is het fenomeen werk ontstaan.'

'Dan zul je ook wel weten hoe rust ontstaan is?'

Munju lijkt niet in de stemming om te lachen.

'Ik moet dit doen zodat ik in de lente dingen kan doen die je alleen maar in de lente kunt doen,' zeg ik, terwijl ik mijn twee handen boven mijn schouders uitstrek als iemand die de bergen ingaat om spruiten van de Koreaanse wilde ui, spruiten van de Japanse engelenboom en aster te plukken die alleen in de lente groeien.

'Zet het van je af. Wat moet je anders? Wees blij dat jullie samenwoonden en nog niet getrouwd waren. En hij heeft een geweten. Als je ziet dat hij het huis gewoon netjes aan jou heeft gegeven.'

Maar netjes was het helemaal niet. We waren niet getrouwd, zoals Munju zei. Maar er is iets dat ik weiger op te geven. En dat is niet het huis en ook niet de bankrekening.

'Munju.'

'Ja?'

'Ik red me wel.'

'Goed dan.'

'Echt waar.'

'Goed dan, je redt je wel.'

Het is al over elven, maar opeens krijg ik honger. Ik heb zin in een flinke steak die met niets anders dan peper en zout gekruid is.

Op een dag, toen haar collega's al vertrokken waren en wij met zijn tweeën tegenover elkaar in het schemerig verlichte restaurant zaten, zei ik haar dat wij zo langzamerhand moesten opstappen en ik wilde opstaan toen Munju me vroeg, alsof het haar net te binnen schoot: 'Waarom wilde je eigenlijk kok worden?'

7

Het laatste wat mijn oom me heeft gegeven voordat hij wegging was een wolkige steen, ongeveer zo groot als een mannenvuist. Ik bekeek de steen, die eruitzag als een roze kristal met schimmige, roze zaagtandpatroontjes aan de oppervlakte, aandachtig. Hij voelde vreemd en hard aan als een stuk van een meteoriet van een andere planeet of als een stuk steen dat van een rotspartij van een enorm land waar ik nog nooit geweest ben, zo in mijn hand gevallen was, maar schitterde afhankelijk van de lichtinval prachtig, dan weer eens een mystiek groen, roze of soms helder wit, alsof hij een nieuwe taal ten gehore bracht. Mijn oom zei dat hij de steen in een mijnwerkersdorpje gekocht had, in het Spaanse Cataluña. Hij corrigeerde me en zei dat het geen steen was van een rotsblok, maar een klomp zout die gewonnen was in een zoutberg. Ik kon niet geloven dat die prachtige, enorme klomp die zo hard was als de hardste diamant, van zout was en likte eraan met het puntje van mijn tong. Ik voelde hoe zich langzaam een zoutige smaak door mijn hele mond verspreidde. Het was een prettige zoute smaak die ik proefde toen ik die dikke klomp zongedroogd kristal die met veel moeite door verdamping door de zon was verkregen, op mijn tong legde. Ik legde de zoutklomp op een bordje bij het raam naast de basilicum, lavendel, tijm en rozemarijn. De steen leek inderdaad nog te leven, zoals mijn oom zei. Op zonnige dagen weerkaatste hij zulk sterk licht, dat hij je kon verblinden, op dagen dat het regende vormden zich aan de oppervlakte witte zoutkristallen. Als de zon weer scheen, verdampte het vocht en verschenen er kristallen in de vorm van melkwit poeder. En zo leek de zoutklomp als een klein, gevoelig beestje rustig in en uit te ademen.

Op de dag dat oom me de zoutklomp gaf, vertelde hij me een verhaal. Er was eens een prinses die tegen haar vader zei: 'Ik houd evenveel van u als van zout.' De koning, die dacht dat het een belediging was, verbande de prinses uit het land. In dit Franse volksverhaal werd de koning zich na een tijd bewust van de waarde van zout en de diepe liefde die zijn dochter voor hem voelde. Ik lachte bitter. Ik vroeg me af of dat kwam omdat ik wanhopig was dat ik dit soort verhalen nog steeds deelde met mijn oom zelfs nu ik volwassen was. Of was het omdat ik geraden had wat oom me wilde zeggen? Dat hij van me hield zoals hij hield van zout? Ik vroeg hem dit omdat ik hem aan het lachen wilde maken. Maar hij lachte niet. Met strakke gezichten dachten we allebei tegelijkertijd aan dezelfde persoon. Op zo'n moment zou je willen dat je een flinke voorraad verhalen bij de hand had om de ander aan het lachen te maken, maar alles wat ik had, was een mes. Mijn oom was toen op een twee maanden durende huwelijksreis in Spanje geweest. De dag nadat hij me het zout gegeven had, werd mijn oom in het ziekenhuis opgenomen in Inch'ŏn. Hij had daar zelf toe besloten, maar dat had veel tijd gekost. Soms ben ik bang dat ik haar naam vergeet, zei hij. De naam van de vrouw die ooit mijn tante geweest was. Dat er tijden zouden komen waarin hij zich haar naam niet kon herinneren. De ziekte waar mijn oom aan leed is het korsakovsyndroom.

De zoutklomp lijkt niet kleiner te worden.

Op een ochtend, nadat het de hele nacht had geregend, zag ik dat er zich witte kristallen op de klomp gevormd hadden. Ik nam een dag vrij en pakte de bus naar Inch'ŏn. Mijn oom had liever niet dat ik hem daar kwam opzoeken, maar dat maakte deel uit van mijn taak als degene die in het ziekenhuis stond geregistreerd als zijn officiële voogd bij curatele. Ik vroeg me af of hij zich wat beter zou voelen als ik zijn woorden dat er in deze wereld geen dood zout bestaat, zou weerspreken. Vanaf het moment dat ik de snelweg opging, zag ik dat de regendruppels vermengd met sneeuwvlokjes dunne ijstekeningen vormden op het raam.

Degene die mij geleerd heeft dat zout niet zomaar zout is, is mijn oom, maar degene van wie ik geleerd heb hoe je zout bij het koken moet gebruiken, is de chef-kok. Met zout kun je de kleur van groente behouden als je het kookt, in de salade zorgt het ervoor dat de bittere smaak van de groente wordt weggenomen, het kan schepijs bevriezen, kokend water snel laten afkoelen, vis en vlees pekelen, een bloemstuk vers houden, vlekken in kleren oplossen, nekpijn verlichten, je kunt er zelfs zeep mee maken, maar de waarde van zout komt het best tot zijn recht bij het pekelen van vis en vlees. Omdat het levensmiddelen zijn die heel gemakkelijk bederven zonder zout. Toen we het pekelen met zout leerden, was het allereerste voorbeeld dat de chef-kok gebruikte een kleine, vette haring met rugvin en een gespleten staart. Je wast de haring, snijdt de buik open, haalt de ingewanden eruit, wast hem nog een keer, neemt een vuistvol zout, strooit het erover, en als er nog water uitkomt, pak je hem bij de staart, zwaait het er in de lucht vanaf en strooit er dan weer zout overheen. Het maakt niet uit hoeveel haring je hebt, al deze handelingen moeten binnen een paar uur afgerond worden. Anders dan kabeljauw of andere vis, is haring heel vet en moet hij binnen twee dagen na vangst ingemaakt worden om de versheid te bewaren. Bovendien moet je, omdat hij verder gedistribueerd moet worden, de haring heel snel met zout bestrooien als je hem eenmaal in de hand hebt. Zout staat ook symbool voor zegening en vervult de rol van het verjagen van het kwaad, zoals blijkt uit het ritueel waarbij zout op de tong van een kind gelegd wordt. Een smakeloos gerecht zullen koks allereerst met zout op smaak brengen.

Toen ik de kooklessen verzorgde, maakte ik niet alleen regelmatig gerechten om te laten fotograferen, maar heb ik ook verschillende interviews gegeven voor kranten en tijdschriften. Ze vroegen me vaak welk ingrediënt voor mij het meest waardevol was. Dan liet ik ze altijd de wijnvoorraadkast zien naast de enorme koelkast.

Het meest bewerkelijke toen we de keuken lieten bouwen, was het u-vormige marmeren aanrechtblad waar in het midden een gat zat om afval in te deponeren tijdens het koken, maar het zorgvuldigst waren we geweest toen we de koelkast en de wijnvoorraadkast uitkozen. Daar waren we stad en land voor afgereisd en we hadden er een flinke prijs voor betaald. En de plek waar ik het zout opgeslagen had, was de wijnvoorraadkast. Mijn oma zei altijd dat de vaardigheid van je handen het belangrijkste bij koken is, en dat die vaardigheid uit je hart komt, maar ik breng mijn eten op smaak met zout. Als zout uitdroogt, vervliegen de mineralen die een belangrijk bestanddeel vormen van het zout en veranderen de smaak en de geur. Het is belangrijk om het net als wijn op de juiste temperatuur en de juiste vochtigheidsgraad te bewaren. Als ik van de vele ingrediënten die er zijn er een moest uitkiezen om mee te koken, dan zou het zonder twijfel zout zijn.

Maar het kan kloppen dat de tijd van koken met 'een snufje zout' toen de chef-kok nog op school zat, voorbij is, zoals hij zelf zegt. Ook eten is onderhevig aan trends. Als je de koks van tegenwoordig in twee soorten zou moeten indelen, dan heb je de koks die geen zout gebruiken en de koks die wel zout gebruiken: de chef-kok hoort bij de laatste groep. Nove heeft als specialiteit kaviaar met zee-egel, dat wordt opgediend op een blauw, doorschijnend en enorm groot bord met bolletjesreliëf, zo groot als een saladeschaal, waar een flinke hoeveelheid zongedroogd zout op ligt met daarop met veel precisie gelegd de zee-egels met hun schaal eromheen en theelepels. Het zout dient niet ter decoratie, maar ligt er met de bedoeling om de zee-egel in te dippen, maar de gasten die tegenwoordig geloven dat zout eten niet goed voor je gezondheid is, doen dat geen van allen. Zee-egel eten zonder die lekkere zoute smaak eraan is als ongezouten ansjovis eten. Toch neigt een mens naar zout eten, wat een instinctieve bescherming is tegen een zouttekort. Of het zoals bij mijn oom nog een verborgen betekenis had, weet ik niet, maar de dag voor de feestelijke opening van mijn kookschool, kreeg ik van de chef-kok een pot met doorzichtig, gelijkmatig glanzend zout, olijven, gist en drie stukken eenvoudig brood enkel op smaak gebracht met zout.

Ik loop het ziekenhuis in. In de lente en de herfst bloeien de Chinese voorjaarskornoelje, het gebroken hartje en de appelbomen daar zo uitbundig, dat het meer had van een recreatieoord dan van een ziekenhuis. Misschien was het ook wel zo dat mijn oom niet zozeer aan het genezen was als wel dat hij een plek nodig had om tot rust te komen. Nu ik weer alleen was, zou oom bij mij kunnen wonen. Als er iemand in huis was, zou ik hem Paulie die het soort hond was dat geen dag zonder een wandeling kon, kunnen laten uitlaten en zou ik voor het ontbijt niet meer één enkel eitje hoeven te koken. Maar ik wist dat ik er nog niet klaar voor was. Ik ben nog steeds het schokkende beeld niet vergeten van mijn oom die in het donker mijn eau de toilette waar alcohol in zit opdronk alsof het een energiedrankje was. Mijn oom zei dat het door de liefde kwam, maar in mijn ogen toonde het hoe een man te gronde gericht kan worden door een vrouw. Inmiddels wist ik dat ik mezelf moest voorbereiden op de omgekeerde situatie.

Laat ik nog maar even wachten. Iedereen kan fouten maken en als hij zich daarvan bewust wordt is het immers niet onmogelijk om van gedachten te veranderen. Ik wacht tot de lente. Dit zo overdenkend voel ik me wat opgewekter. Ik kan me de wereld niet voorstellen zonder zout. Iedereen heeft zout nodig. Wat nu pijn doet, is niet dat we uit elkaar zijn, maar dat ik niet meer kan zeggen dat ik van hem houd. Als we niet opnieuw kunnen beginnen precies zoals het in het begin was, dan moeten we het maar beëindigen zoals het in het begin was. Met een thermosfles pittige zeevruchtensoep met tomaten en basilicum, waar mijn oom gek op is, loop ik met ferme stappen naar de receptie.

8

Er is iets vreemds aan de vraag waarom ik kok geworden ben. Het is net zoiets als vragen waarom je van alle mensen die er zijn juist op die ene persoon verliefd geworden bent. En daar kun je natuurlijk geen duidelijk antwoord op geven. Dat is zelfs moeilijk uit te leggen aan de persoon op wie je verliefd geworden bent. Ik zal een voorbeeld geven. Stel je eens voor dat jij de zon bent. De zon haalt de puurste en lichtste bestanddelen van het zeewater omhoog en laat ze in de lucht verdampen. De in het water opgeloste zouten blijven door hun gewicht en volume achter en uiteindelijk ontstaat door deze handeling van de zon zout. Om hier een passend voorbeeld van te maken, moet de zon het brandende verlangen of de intentie hebben om zout te maken. Dat de zon zout maakt is nu eenmaal voorbestemd en niet iets wat de zon kan weigeren. In de wereld van de gastronomie speelt zout een grote rol in het vergroten van het aanzien van de zon. Alle daden van een mens zijn in eerste instantie niets meer dan een droom. Soms komen die dromen uit door het lot, soms door het toeval en soms door een leugen. In mijn geval begon het met een fazant.

    Ik was twintig toen ik een keer met mijn handen onder mijn kin in gedachten verzonken bij een geschiedeniscollege zat. Ik was twintig geworden, maar zat in een fase waarin ik totaal geen idee had wat ik wilde doen. Op je twintigste ben je als een ananas, een kroon op je hoofd, en een schil die je niet zomaar af kunt pellen, maar met een mes er vanaf moet snijden om tot het binnenste vruchtvlees te komen. De leeftijd waarop er genoeg vruchtsap is, maar nauwelijks vruchtvlees en er binnenin nog geen pitten of een hart zitten. En mijn grootste probleem was dat ik nog niets had ontdekt waar ik me met passie voor wilde geven. Voor sommige mensen mag de lente een seizoen zijn waarin alles weer opnieuw tot leven komt, andere mensen zijn nog niet over de naschok van de vorige winter heen die ze met moeite doorgekomen zijn en staan daar nog met een been in. Tijdens het college-uur keek ik verveeld naar buiten of naar de wolken die langzaam voorbijgingen in de wind en zat ik met mijn neus naar de lentewind toe die ik heel licht kon voelen. Toen ik daar in de ondergaande zon in april zo in de collegezaal aan het raam zat, voelde twintig jaar zijn niet zozeer als een ananas, maar onderging ik een lichte zinsbegoocheling alsof ik licht als een lentebries een subtiele smaak was, maar wel een met substantie, de smaak van jong groen. Verbaasd was ik er getuige van dat er in die zinsbegoocheling plotseling een kleurige kip de collegezaal in kwam fladderen. Het duurde even voordat ik erachter kwam dat het geen kip was, maar een fazant, die kortere poten en een langere staart heeft dan een kip.

De collegezaal veranderde in een ogenblik in een waar pandemonium.

Toen ik klein was stak mijn oma eens haar hand uit waarin ze iets roods en ronds vasthield en leerde me toen dat het een appel was. Appel. Ik onthield het woord appel. Mijn oma liet me hem aanraken en vroeg me hoe hij voelde. Zo kwam ik erachter dat een appel stevig, koud en heel glad aanvoelt. Daarna liet oma me eraan ruiken en er een hap uit nemen. Dan moest ik haar vertellen dat de appel lekker rook, dat hij zuur en zoet was. Ik groeide op terwijl ik achter mijn oma door de fruitgaard liep en peren en appels zag rijpen en van de bomen zag vallen, witte appelbloesems en perenbloesems als wolken in bloei zag staan en weer zag verwelken. Als ik een rijk, delicaat gevoel voor smaak heb, dan komt dat enkel en alleen door de bijzondere lessen van mijn oma die ik in de fruitgaard en de keuken kreeg. Maar net als de meeste mensen die sterk ontwikkelde zintuigen hebben, heb ik minder met de ratio. In ieder geval was de wereld van het zicht, het gehoor, de tast, de smaak en de geur die ik door één appel leerde kennen oneindig groot. Daarna leerde mijn oma me alles over de vele smaken en de delen van de tong die deze smaken herkennen, om zo te leren hoe ik de ingrediënten en het kruiden van gerechten kon beoordelen. Dat gebeurde voordat mijn puberteit voorbij was.

De witte snavel, de diepzwarte schitterende ogen, rood omrand, de nek, diepblauw met paars, de goudkleurige borst. Ik staarde de stevige, gladde fazanthaan die zo'n tachtig centimeter lang geweest zal zijn, doordringend aan, terwijl ik hem vol opwinding en met trillende handen vastgreep. Even later hielden de geschiedenisdocent en drie, vier jongens zijn vleugels uit alle macht vast en terwijl de fazant zich verzette alsof zijn laatste uur geslagen had, werd hij via het raam weer met kracht naar buiten gegooid. De onrust ebde weg, maar de les was verstoord en iedereen fluisterde met elkaar over de fazant die plotseling was komen binnenvliegen. We hadden hem niet zomaar het raam uit moeten gooien, maar moeten vangen en aan de conciërge geven, het was geen haan, die monotone goudkleur wees erop dat het een hen was, nee het was een witte fazant die je nergens ter wereld zag en als enig bewijs dat hier echt een fazant naar binnen was gevlogen en geen kip, wat sommigen beweerden, waren er de veertjes die nog ronddwarrelden. Ik keek weer gedachteloos uit het raam. Opeens besefte ik dat ik een fantastische sprankel had gezien. Als getroffen door de bliksem sprong ik ineens op. Wat ik nodig had was geen onbestaanbaar saaie geschiedenisles, maar iets waar ik mijn geur, smaak, gevoel, zicht en gehoor bij kon gebruiken. Ik had dwars door het vlees van de fazant heen gezien. Je ziet er prachtig uit, maar jouw vlees bewerkt met mes en vuur, zal als een stevige hap door mijn keel glijden. Dat waren de eerste woorden die ik tegen de fazant zei, en dat was ook het moment dat ik voor het eerst besefte dat de gastronomie geen simpele zintuiglijke gewaarwording is, maar een heel duidelijke, logische kwestie van beoordelingsvermogen. Dat beoordelingsvermogen fluisterde me in dat ik zelf een richting moest bepalen in mijn leven die bij me paste. Het had in mij een instinct wakker gemaakt dat ik iets wat me sterk trok, iets waar ik van zou kunnen houden, met huid en haar wilde doorslikken.

De volgende dag stopte ik met studeren en schreef me in bij de allereerste Italiaanse koksschool van het land. Ik was nog steeds twintig jaar, maar nu was ik twintig en had ik iets wat ik gisteren nog niet had. Een licht dat je enkel zag met ogen die gewend waren aan het donker. Dat licht had mij nu in zijn greep.

De vraag waarom ik kok ben geworden doet er nu niet meer toe. Als we de vooronderstelling dat we de zon zijn nog niet verworpen hebben, dan moeten we nog dieper, nog meer naar het midden toe graven om bij een punt te geraken met meer zout. Je moet nooit de gepassioneerde nieuwsgierigheid naar datgene waar je van houdt verliezen, maar je er blindelings en krachtig op storten. De vragen die je je nu stelt en waar je over twijfelt zijn of dit echte liefde is of niet en of jij van mij houdt of niet. Deze vragen, die uiteindelijk samenvallen tot dezelfde vraag, blijven tot het einde toe over.

9

De korte februarimaand, zonder bijzondere feestdagen, is gewoonlijk de rustigste maand van het jaar in het restaurantwezen. Maar het is niet zo dat er minder werk is en dat je eerder naar huis kunt, omdat de klanten wegblijven. Februari is voor Nove de maand waarin de nieuwe kaart wordt samengesteld en vergt daarom meer dan andere maanden ook geestelijke inspanning. Het is de tijd waarin de kaart voor het zomerseizoen, dat in juli echt van start gaat, wordt samengesteld.

Net zoals veel andere dingen bij Nove, was ook in de afgelopen vier jaar het principe van de chef-kok niet veranderd dat de kaart twee keer per jaar moest worden vernieuwd, een keer in de eerste helft van het jaar en een keer in de tweede. De chef-kok stuurde twee keer per jaar, in januari en juli twee koks naar Italië om het vak te leren. Of de twee dan samen een regio doorreisden en in de leer gingen bij een restaurant of dat ieder los van de ander een regio naar eigen keus bezocht, liet hij aan henzelf over. Gedurende vijftien dagen reizen in Italië deed je niets anders dan eten en drinken, eten en drinken. De onkosten werden helemaal vergoed door Nove, en de enige opdracht die je meekreeg, was om bij terugkomst een verslag te schrijven van het meest indrukwekkende eten dat je wilde aanbevelen voor de nieuwe kaart. En uiteraard stelde Nove op basis van die rapporten een nieuwe kaart samen. Sommige van de koks lukte het om een compleet recept mee te krijgen of om een gerecht ter plekke in de keuken geleerd te hebben, maar dat was meestal niet het geval. Meestal werd, afgaand op eigen smaak en smaakpapillen gegist met welke ingrediënten een gerecht op smaak gebracht was. Want zeker bij de beroemde restaurants geven ze hun recepten absoluut niet prijs. Het rapporteren bracht een grote verantwoordelijkheid met zich mee, maar het was ook niet zomaar iets om vijftien dagen te mogen rondreizen, eten, drinken en slapen in een regio naar keuze. Waarschijnlijk had het hiermee te maken dat het verloop van personeel bij Nove veel kleiner was dan bij andere restaurants.

In de zes jaar dat ik bij Nove werkte, ben ik ook vijf keer in Italië geweest. In de tijd dat ik door Toscane reisde, heb ik de bereidingswijze geleerd van foie gras gegarneerd met gebakken appel, in Bologna de bereidingswijze van mager ijs en in Napels dat bekend staat om zijn pizza's, heb ik door tien dagen gratis in de keuken te werken van een restaurant dat Pizzeria heette, geleerd om met mozzarella belegde pizza margherita te maken waar er dagelijks vierduizend van verkocht werden. Als je droomt over een leven dat alleen maar draait om eten en waarin je niets anders doet dan drie maaltijden per dag eten, drinken en slapen, dan is er geen beter land dan Italië. Italië is het land waar je altijd honger hebt als je niet aan het eten bent, net zoals je altijd honger hebt als je de deur uitgaat. Voor mij was het daarbij ook nog eens zo dat ik behalve eten ook wat anders uit dat land had meegenomen.

Als alle gasten weg waren, bleef de chef-kok nog tot diep in de nacht debatteren met de koks die net ervoor op kookreis geweest waren en met degenen die nieuwe ideeën hadden geopperd voor de kaart, waarbij iedereen at, kookte en zijn mening gaf. Hoe lekker een bepaald gerecht ook is, mensen die elf uur per dag in de keuken staan, weten dat het niet altijd alleen maar lekker kan zijn. Februari was een bijzondere maand. Ik begon 's ochtends om elf uur en bereidde eten, at en dronk iedere dag tot na middernacht. Als je het zou moeten classificeren, ging het in deze periode niet zozeer om eten dat in het teken stond van samenklank of harmonie, maar eerder om eten dat in het teken stond van dissonante smaken die je maag meteen op stelten zetten.

Ook als Munju niets had gezegd wist ik dat ik moest aankomen en dat ik geen kok wilde zijn die zelf niet at. Vanaf het moment dat de ideeën voor de kaart vorm begonnen te krijgen, ging ik me te buiten aan eten. Terwijl anderen het meestal bij een, twee happen hielden bij het proeven, nam ik een heel bord. Hoe goed je smaakpapillen ook ontwikkeld zijn, je kunt geen oordeel vellen over een heel gerecht als je een hapje neemt; dat is net iets als een oordeel vellen over iemand die je maar een keer even gezien hebt. Dat is hetzelfde als een weigering om te eten. Dat was de angst waarmee ik voor het eerst geconfronteerd werd toen ik van hem scheidde. Weigeren te eten is een afschrikwekkende ziekte die gelijkstaat aan het weigeren van een relatie en in extreme gevallen tot de totale ineenstorting van alle intermenselijke relaties kan leiden. Ik at de hele dag door tot ik uitgeput was. Net zoals Munju dat tien jaar geleden gedaan had. Maar wat me echt uitputte was niet eten, maar de geur ervan. Het was geen strenge, lastige chef-kok die de smalle keuken onder controle hield, maar de onweerstaanbare geur van eten.

Mijn eerste confrontatie met Paulie ging ook om een geur.

De Engelse setter is een elegant en sterk ras, rijk aan uitdrukkingen, die niet blaft als hij een prooi ontdekt, maar stil voor de voeten van zijn baas gaat liggen om hem zo de plek waar de prooi zich bevindt te laten zien. Nu echter raken mensen niet langer in zijn ban omdat hij een jachthond is, maar vanwege zijn prachtige, goudkleurige vachtharen, lang als zijdedraden, die zijn hele lijf bedekken en vanwege het aanzicht van zijn aristocratische schoonheid als hij met wapperende vacht langzaam voorbijloopt. Toen ik bij mijn oma het huis uitging, had ik nooit kunnen denken dat ik ooit een hond als huisdier zou hebben. De eerste keer dat ik bij hem thuiskwam, zag ik midden in de zonovergoten tuin een enorme, bruingekleurde hoop liggen. Hij heet Paulie. Hij zei het alsof hij zichzelf aan me voorstelde. Voor het eerst hoorde ik iemand de naam van een hond zo liefdevol uitspreken. Het is zelfs zo dat als iemand me zou vragen waarom ik verliefd op hem geworden ben, het wel eens zou kunnen zijn dat ik zou zeggen verliefd te zijn geworden op de stem waarmee hij 'Paulie!' riep. Ik vroeg me af met wat voor een stem hij mij zou roepen, als hij zijn hond al zo riep. Als ik er maar aan terugdacht voelde ik me al licht in mijn hoofd, zoals wanneer je een zoete, warme drank in een teug opdrinkt. Zelfs als hij lag, zag hij er kolossaal uit en die eerste keer maakte ik de grap dat ik dacht dat het een beer was. Hij lachte hard en riep: 'Paulie, kom eens snel kennismaken.' En inderdaad, daar kwam die grote hond langzaam omhoog, mijn kant oplopen en duwde met zijn vierkantige neus met ronde hoeken heel zachtjes tegen mijn knie aan. Deze lichaamstaal betekende 'Alles goed?' in een taal die later alleen Paulie en ik maar zouden verstaan.

Nu zijn Paulie en ik met zijn tweeën overgebleven, maar ik had niet kunnen vermoeden dat er zich tussen ons later ook problemen zouden voordoen. Ik had niet de puf om daarover na te denken. Dat ik bij tijden zomaar stopte met eten, dat ik soms helemaal nergens naar toe wilde, was voor Paulie moeilijk om te begrijpen. Net zoals ik wel eens vergat dat Paulie iedere dag steevast zijn wandeling moest maken en dat als hij met ontblote tanden blafte dit geen bedreiging was, maar een teken van volgzaamheid. Ik vergat zelfs dat Paulie geen hond was om in een huis te houden waar vaak niemand is, en dat het voor hem, loyaal als hij was, moeilijk was om de hele dag alleen zonder zijn baasje te moeten zijn.

Vanaf de tweede helft van februari toen ik iedere dag laat thuis kwam, lagen de boeken, kussens en kleren die Paulie overal heen gesleept had, door het hele huis verspreid. Ik kwam erachter dat hoe nauw onze band ook geworden was, er iets was dat een mens en een hond nooit zouden delen en dat was geur. Geuren die we lekker vinden ruiken en geuren die we vinden stinken. Die lagen mijlenver uiteen. Paulie had een hekel aan het parfum dat ik gebruikte en ik walgde van de geur van Paulies uitwerpselen waar hij van hield en die hij achterliet op de kussens en het tapijt. Paulie was vanaf zijn geboorte goed getraind, maar sinds hij weg was, liet Paulie zijn uitwerpselen overal in huis achter. Het was niet zo dat ik dat niet begreep. Omdat Paulie ook begrip had voor het feit dat ik soms absurd lang sliep of zijn bakje per ongeluk niet met water maar met sinaasappelsap vulde. Het was niet fijn om alle spullen die Paulie opzettelijk door het huis verspreid had, 's avonds als ik laat thuiskwam nog op te ruimen, maar het kwam vaak voor dat de indringende stank van zijn uitwerpselen die roken alsof er overal rotte eieren lagen niet te harden was en zo ondragelijk werd dat ik mijn neus moest dichthouden. Geen enkel bevel drong tot hem door. Paulie bleef het doen.

Alle honden, zelfs honden van hetzelfde ras, zijn net als mensen allemaal verschillend van elkaar en sommige honden zijn zelfs compleet uniek.

Als ik naar huis ga, bedenk ik me altijd dat ik moet opschieten, zodat ik nog een blokje om kan met Paulie, maar eenmaal thuis, loop ik eerst naar de badkamer om mijn haar te kammen dat tot op mijn hoofdhuid naar eten ruikt, en te douchen en als ik daarmee klaar ben, stort ik in en wil ik alleen nog maar slapen. Wat ik ook eet, mijn lichaam is gewoon uitgeput. Het zal de aankomende lente wel zijn. Fluisterde ik hypocriet, languit liggend op de bank, terwijl ik Paulie in zijn nek aaide. Paulie schudde zich uit, stak zijn kop uit en leek iets te ruiken. Zijn neus trilde. 'Wat is er aan de hand, Paulie?' Paulie schudde weer met zijn kop en al zijn haren vlogen in een keer overeind. Ik hield mijn hand die zo even nog in Paulies nek gezeten had en over zijn vacht had gestreken, bij mijn neus en rook eraan. Een geur die ik maar al te goed kende. De geur verspreidde zich langzaam door de lucht. Ik ging met mijn hand weer door Paulies nekharen en als teken van goedkeuring boog Paulie zacht en rustig zijn rug. De geur van blauwe schimmel die als een bloem op blauwe schimmelkaas zit, de geur van een stuk lamsvlees dat in de lucht hangt om helemaal gedroogd te worden, de vieze, bitterzurige geur van de okselpartij die van een T-shirt komt dat doordrenkt is met zweet. De frisse visgeur van winterha-

ring die daarna te ruiken is. De geur van een man. Zijn geur. Een hond herkent een mens aan de geur van de hand die zijn lichaam aanraakt, de voetstap die we op aarde nalaten.
 ... Dit is een geur die we allebei heerlijk vinden.
 Paulie schudde hevig met zijn kop. Ik sloot mijn ogen. Misschien was het wel zijn geur die helemaal in deze bank doorgedrongen was. Minuscuul kleine stukjes van bloedlichaampjes. De geur die langzaamaan vervloog uit dit huis en Paulies vacht. Maar het was niet alleen zijn geur die me tot nu toe bijgebleven is. Dat geldt voor jou ook hè, Paulie?

Er zijn van die avonden waarop je, zonder dat er enige aanleiding toe is, je helemaal ontspant, ruimdenkend wordt en de deuren van je hart wagenwijd open zet. Iedereen heeft wel eens zo'n avond en ik geloofde dat zij die dag ook zo'n dag hadden. Tot hij gepassioneerd haar naam uitschreeuwde.

Op dinsdag en donderdag als we de kookklassen hadden, ging ik altijd naar de markt in Kyŏng-dong en naar een groothandel zoals Costco in Yangjae-dong om boodschappen te doen. Vaak ging ik samen met hem, maar als hij geen tijd had, nam ik zelf de auto en ging ik ook wel eens alleen. Toen ik zes volgepakte plastic tassen in de hal neergezet had en mijn pantoffels aantrok, richtte Paulie, zittend voor de ondoorzichtige schuifdeur die de hal van de woonkamer scheidde, zich op en duwde hard met zijn neus tegen mijn knie. Anders dan normaal duwde hij zo hard dat het onprettig was en ik gehurkt een stap achteruit deed.

'Wat is er, Paulie?'

Als een hond zich anders gedraagt dan normaal, dan kun je maar het beste de richting opgaan die hij wil. Ook als we aan het wandelen zijn en ik een bepaalde kant op wil, doe ik dat niet door aan zijn halsband te trekken, maar door eerst de kant op te gaan die hij wil en dan rustig de andere kant op te draaien. Als je aan zijn halsband gaat trekken, zal hij juist de andere kant op willen. Wat er over honden te leren valt, heb ik van hem geleerd. Rustig duwde ik Paulie die, terwijl ik een stap naar achter deed, met mij naar buiten wilde, terug. Ik had het gevoel dat er binnen, achter het scherm iets aan de hand was.

'Is er iemand, Paulie?'

Hij liet een jankend geluid horen en zuchtte toen diep. Toen we leerden om met Paulie te communiceren, kwam ik erachter dat honden maar een heel beperkt aantal dingen kunnen uitdrukken. Maar ook dat er nooit leugens tussen zaten.

'Aan de kant, Paulie,' beval ik hem met een lage, resolute stem. Paulies kaken stonden zo strak dat het opviel. Hij was ergens onrustig over. Hij beet me een paar keer hard in mijn scheenbeen.

'Braaf, Paulie.'

...

'Aan de kant, Paulie.'

...

'Nu!'

Tegen zijn wil in kroop hij voorzichtig achter me. Ik liep naar de schuifdeur. Ik legde mijn hand tegen de schuifdeur aan, zette kracht en schoof de deur open.

De tijd dat ik met Paulie voor de schuifdeur heb gestaan, was maar kort, maar zelfs die korte tijd was genoeg, heb ik het gevoel, om me allerlei voorstellingen te kunnen maken van wat er zich binnen achter de deur kon afspelen. Er is niets vreemd aan het beeld van een naakte vrouw en man. Dat is even natuurlijk als twee verschillende smaken in een gerecht. Zij was gekleed in een regenjas en daaronder de abrikooskleurige jurk van chiffon die ze toen ze vorig najaar was begonnen met kooklessen had aangehad en die ik en de andere leerlingen haar zo goed vonden staan dat we die zelfs nog bewonderend hadden aangeraakt. Toen ik daar bij de deur stond, vond ik nog steeds dat het een mooie jurk was, maar het leek me wat koud om die in november te dragen. Met de chiffon jurk tot om haar heupen omhoog getrokken waardoor haar naakte onderlichaam zichtbaar was, zoog ze terwijl ze met twee handen de zoom van haar jurk vasthield op een van zijn als een droge pruim verschrompelde ballen terwijl hij op het werkblad zat.

Met zijn handen diep begraven in haar naar voren gewaaierde bos haren, trok en duwde hij zacht haar hoofd naar voren en weer naar achteren.

Toen ik een klein meisje was, vertelde mijn oma me op een dag het volgende verhaal. Lang, lang geleden was er eens een man die heel lang in een boom had liggen slapen. Dat was in de tijd dat er nog bijna geen mensen waren, en dat er nog dinosaurussen door de lucht vlogen. Op een dag werd de man uit zijn slaap gewekt. In de hemel dreven vederwolken rustig voort en de wind blies de geur van gras rond. De man ontdekte al snel dat het niet de geur van gras was, maar een geurige bloem. De bloem bloeide onder de boom waar hij in lag. De man sprong met zijn dikke, stevige benen direct uit de boom naar beneden. Op de grote, brede bloemkroon, zo groot als een bord, lag een cirkelvormig plasje regenwater dat zich daar verzameld had. De man keek even naar het water, boog voorover en begon langzaam van het water te drinken.

Dat zal er wel zo ongeveer uitgezien hebben, denk ik.

Hij liet haar, nu helemaal naakt, rechtop op de bank zitten en op zijn knieën zittend keek hij roerloos, alsof hij uit zijn slaap ontwaakt was en het eerste plasje regenwater ter wereld zag, naar haar geslacht dat wijd open lag als een vijg. Hij zat met zijn rug naar me toe, maar ik wist wat voor blik hij in zijn ogen had. Ik had in de veronderstelling verkeerd dat dat een blik was die alleen ik kende. Alsof hij haar masseerde, begon hij haar geslacht met zijn handen zachtjes en ritmisch te strelen. Zij deed haar benen wijder uit elkaar zodat zijn vingers dieper naar binnen konden en terwijl ze hijgend op hem neerkeek, met een blik van 'kijk eens hoe perfect ik geschapen ben', sloot ze haar ogen. Zonder enige haast en zonder enige angst. Dat betekende dat ze niet voor het eerst seks hadden met elkaar. Geconcentreerd, ernstig en stiekem als mensen die paddenstoelen plukten, trokken en duwden ze, stopten het er krachtig in en versmolten ze samen alsof ze met z'n tweeën in een natte, glibberige tong waren samengegaan in een verstijfde stilte vol onrust. Hij en zij gingen totaal op in het elkaar bijten, zuigen en likken alsof het de gangen van een banket waren waar het niet om het soort eten ging, maar om de manieren van eten. Hij trok haar heupen rond en rood als in wijn ingelegde perziken tegen zijn heupen aan. Hij had haar van achteren met twee handen stevig om haar middel vastgegrepen en met een trillend lichaam schreeuwde hij haar naam uit. Mijn lichaam trilde mee alsof de ogen ook een erogene zone zijn. Ik wilde hem vragen hoe het voelde om bij haar binnen te zijn. Een perzik ingelegd in wijn is namelijk het lekkerst als je er met een heel scherpe vork in prikt.

MAART

'U krijgt eten geofferd. Daarom moet u al mijn wensen inwilligen.'

Het Sherpa-volk, Tibetaanse boeddhisten

10

De winter kwam en ging als de scholen blindvissen die met de getijden mee zwemmen. Het was een lange, koude winter geweest waar geen einde aan had lijken te komen. Een wonder dat ik het overleefd had. Ik was in mezelf gaan praten, maar toen ik de gele narcissen bloeiend uit de bevroren aarde naar boven zag komen, kreeg ik vanzelf een goed humeur. Ook voor een kok is de lente een prachtig seizoen. Het is net alsof je een tonnetje gepekelde haring opent waarna de verse visgeur en het witte pekelwater met een knal alsof er iets ontploft met een enorme kracht omhoogkomen, want je kunt overal horen hoe in de bergen, in de zee en op de velden van alles met elkaar vecht om het eerste naar boven te schieten. Daartussen is het mooiste geluid dat van de octopussen die, zich langzaam voortbewegend over schelpen, naar boven komen. De gevangen octopussen wriemelen geschokt door elkaar en spuiten pikzwarte inkt, alsof ze de wonden van de hele winter er in een keer uitspuwen. De smaak en voedingswaarde van de taaie, lichte inktvissen zijn op hun best in maart en april als ze vol eitjes zitten. De octopuspasta van Nove verkocht dan ook het best in maart. Toen ik alle voorbereidingen getroffen had voor de lunch, had ik nog even adempauze voordat de drukte van de lunch begon. Ik blancheerde een stuk of vijf, zes octopussen in zout water, dipte ze in plaats van in zure rode peperpasta in basilicumpesto en nam er een flinke hap van. De octopus was zacht, maar je voelde ook de veerkracht van het vlees, en mijn hele mond vulde zich met de geur van de zee. En daar dan de scherpe, frisse smaak van basilicum bij. Dat is nu echt de smaak van de lente.

Nu ben ik tiramisu aan het maken. Dit is het typische Italiaanse nagerecht en het past overal goed bij, maar het lekkerst is het natuurlijk in de lente. Het is vergeleken met ander gebak vrij ingewikkeld om te maken en ook niet eenvoudig om te bewaren, dus vaak maak ik het niet, maar in de lente maken we het altijd om van het huis aan onze vaste gasten te geven. Tiramisu werd in de achttiende eeuw veel gegeten door Venetianen en het betekent *verbeteren van het humeur* in het Italiaans, wat de oorspronkelijke betekenis van *omhoogtrekken* nog in zich draagt. Bij de bereiding wordt espresso gebruikt, dus het heeft ook werkelijk een positieve uitwerking op je humeur. Als je het in de winter eet bij een heet kopje koffie met een druppel cognac erin is de troostende werking ervan nog groter. Eerst maak je de espresso. Als die afgekoeld is, doe je hem met suiker in een pan en verhit je dit. Dan doe je bij eiwit en water het merg uit een vanillestaafje en klopt het los met een garde. Dit is het eerste nagerecht dat ik met de cursisten maakte toen ze de zesde week ingingen. Eerst een laag slagroom met mascarpone, daarbovenop giet je de espresso en als het geheel opgenomen is, komt er een flinke laag cacao over en het geheel gaat de koelkast in. Als het goed gekoeld is, kan het er tegen de middag uit. Dit is het eerste nagerecht dat ik maak sinds ik weer bij Nove terug ben. Als een gerecht te zout is, kun je het met honing neutraliseren, als het te zoet is, met zout. Wanneer de andere koks er voorzichtig vanaf de rand stukjes van afsnijden en het in hun mond stoppen, hoop ik dat ze tegen elkaar zullen zeggen dat K. eindelijk grip op de zaken heeft gekregen.

De jongste kok Ch'oe, die verantwoordelijk was voor het op voorraad houden van de ingrediënten, was vergeten om salami en mozzarella te kopen, waardoor de avondploeg in de problemen kwam. Het is nog tot daaraantoe als de gedroogde salamiworsten ontbreken, maar zonder mozzarella kan de insalata caprese, het best verkochte voorgerecht, niet gemaakt worden. Mozzarella is een kaassoort die maar heel kort vers blijft, waardoor je er geen grote hoeveelheden tegelijk van kunt bestellen en opslaan. En vandaag was ook nog eens de dag dat de heer Ch'oe, de voorzitter van Mido, de invloedrijkste gastronomische vereniging in het land, een reservering had gemaakt. Maître d'hôtel Pak legde aan de koks voor dat het beter was om niets te laten weten aan de chef-kok, en 's middags ging ik naar de dichtstbijzijnde supermarkt om mozzarella te kopen. Het stond me tegen dat het net bij Costco in Yangjae-dong was, maar ik stond al met een been buiten in de tochtige steeg.

Ik vraag me af hoe andere mensen ermee omgaan als ze enorme angsten hebben doorgemaakt in hun relatie met een ander. Ik kwam erachter dat ik als een klein dier mijn best deed om er zo onbedreigend mogelijk uit te zien. Ik maakte me klein en ging net als nu niet terug naar die plekken van toen. En natuurlijk at ik de dingen niet die we samen hadden gegeten of gemaakt. Toch kwam het niet in me op om ergens anders te gaan wonen. Hier had ik namelijk mijn met moeite verkregen keuken en extra grote koelkast. Naar verluidt kan juist degene van wie je het meest houdt op elk moment veranderen in iemand van wie je niet langer kunt houden. Maar ik hield nog steeds elk moment van de dag van degene om wie ik het meest gaf en ik koesterde nog steeds hoop. Ik kon niet accepteren dat hij me verlaten had. De een wil wel, de ander niet. Dat is wat verdriet is denk ik. Ik ken daar geen betere woorden voor en ik kan het ook nog niet in een gerecht uitdrukken. Wat we wel weten over verdriet is dat het een heel eenzame aangelegenheid is.

11

Wat doen vrouwen in de tijd dat ze op een man wachten? Haren kammen, je opmaken en iets aantrekken wat je altijd al een keer had willen dragen, parfum opdoen, echt voor de laatste keer in de spiegel kijken. Als je dat allemaal nog doet, dan zit je in de periode dat je nog verliefd bent op de man op wie je wacht. Het is anders wanneer je wacht op een man van wie je nog houdt, maar waarvan je gescheiden bent. Omdat de oprechte blijdschap ontbreekt. Van iemand houden is zoals M. het zei als op je hand schrijven: ook al ziet voor de rest niemand het, in de ogen van degene die weg is gegaan licht het op als neonverlichting. Dat is voor mij nu voldoende. Ik overweeg om het huis schoon te maken voor hij komt of om Paulie in bad te doen, maar uiteindelijk plof ik gewoon op de bank neer. Ik denk nu even niet aan opruimen of Paulie in bad doen, maar aan de dingen die we samen hebben gedaan toen hij nog van me hield, aan mijn eigen dingen, maar daar lijkt nu niets meer van over te zijn. Er zijn toch ook tijden geweest dat er heel veel dingen waren die we wilden delen, dingen waarmee we elkaar blij maakten, dingen die ons opwonden. Ik draai me om. Als hij op de afgesproken tijd om twee uur komt, lig ik diep te slapen. De allereerste keer dat ik hem ontmoette, lag ik ook zo, op straat, en toen ik mijn ogen opendeed, keek hij van zo dichtbij naar me dat hij mijn neus kon aanraken. Paulie geeft een teken door de slof te grijpen die ik draag. Ik open mijn ogen. Ik zie dat hij voorover gebogen staat bij de schuifdeur. ... Kom maar. Net als toen. Dichtbij. Alleen verroert hij geen vin. Verlegen ga ik zitten en fatsoeneerde mijn haren.

'Hoe is het met je?' groet hij me onwennig met een vraag die noch in het bijzonder tot mij noch tot Paulie gericht is en hij legt de tas die hij om zijn schouder heeft in een hoek bij de schuifdeur als een gast die zo weer zal vertrekken. Paulie loopt langzaam naar hem toe en likt zijn uitgestoken handpalm. Met zijn andere hand aait hij Paulie in zijn nek. Zijn geur zal nu wel even in Paulies nek blijven hangen. Ik sta op van de bank. Ik wil niet dat hij me zo slaperig ziet.

'Wil je niet iets eten?'

'Nee, ik heb al geluncht.'

Twee uur was voor ons de tijd om na een late brunch rustig aan de lunch te beginnen.

'Nu al?'

'Ik ga even met Paulie wandelen.'

Hij is nog geen drie minuten binnen.

'Prima, doe maar.'

Ik loop naar de keuken. Paulie werpt een steelse blik op me en reagerend op zijn fluitje schiet hij de hal in. Zijn fluitje, het is lang geleden dat ik dat gehoord heb. Een geluid dat ik niet kan nadoen, hoe hard ik ook oefen. Ik hoor de deur dichtslaan. Wat is nu het lekkerst om te eten om twee uur 's middags. Ffft, fft. Terwijl ik probeer te fluiten open ik de deur van de koelkast. In de koelkast liggen aardappelen, courgette, bloem en spaghetti, verschillende sausen waaronder tomatensaus, verschillende soorten bevroren vis als schijnbot, platvis, makreel, en verse ansjovis en kaviaar waar je een luxe salade van zou kunnen maken. Het is misschien niet echt fantastisch, maar hier zou je toch een prima gevulde tafel mee kunnen dekken. Telkens als ik de koelkastdeur opendoe, heb ik het gevoel dat dit een bepaald privilege is.

Marian, de hoofdpersoon in de roman *De eetbare vrouw*, bakt een taart in de vorm van haar naakte lichaam dat ze aan haar man wil geven die haar probeert te temmen en kapot te maken, en zegt:

'Je ziet er smakelijk uit. Heel appetijtelijk. Inderdaad, dat is jouw lot. Dat is de prijs die je betaalt als je etenswaar bent.' Ze roept de man bij zich en haalt de taart tevoorschijn. De man voelt zich ongemakkelijk en vertrekt, waarop de vrouw de taart met een vork begint op te eten, vanaf de voeten. De verzadiging die je voelt als je samen iets deelt. Zou dat niet zijn geweest wat zij wilde? Het verhaal eindigt ermee dat de vrouw zegt: 'Het is maar een taart,' en de vork in het lichaam prikt en van top tot teen verorbert. Als vrouwen in Rome hun onvrede wilden uiten over hun man, maakten ze gebak in de vorm van een vagina en dienden dat aan tafel op. In een kleine kerk in Sicilië is een fresco bewaard gebleven waarop een bord staat afgebeeld met daarop gebak in de vorm van een borst, gemaakt van zware, gele custard met een rode kers erbovenop als tepel. Als vrouwen koken, is het niet puur eten dat ze maken. Hun woede, ontevredenheid, verlangens, verdriet en eisen zitten er waarschijnlijk ook in verwerkt. Natuurlijk is eten waar liefde in zit verwerkt het beste eten.

Het belangrijkste in de keuken is hoe plezierig de tijd is die je er doorbrengt. Zo is het ook belangrijk dat je tijdens het koken de hele tijd denkt aan degene die het eten gaat eten. De smaak van die persoon, wat hij wil, wat hij lekker vindt, wat hem behaagt, wat hem ontroert: dat moet je zien te maken. Het is helemaal goed als degene die kookt de eetgewoontes van de eter kent. Want als er iets is dat onverbeterlijk is aan iemand, zijn het zijn eetgewoontes. Mensen nemen, als ze ver van huis gaan en zelfs als ze emigreren, altijd hun eetgewoontes met zich mee. Toen ik net begon met kookles, zei de chef-kok vaak tegen zijn leerlingen dat we met koken het gevoel moesten opwekken dat je moeder je gaf als ze vroeger je avondeten klaarmaakte. Ik had geen moeder dus ik verving moeder in gedachten door oma en toen ik in het Napolitaanse restaurant werkte, moest ik dan ook glimlachen toen de chef-kok daar tegen me zei dat het bij Italiaans eten belangrijk is dat je de gasten het gevoel geeft dat hun oma in de keuken stond te koken. Het is iets anders wanneer ik voor gasten kook of wanneer ik voor cursisten in de kookklas sta die van mij leren koken, maar enkel en alleen als ik voor hem kook, wil ik iets maken waarvan je alleen al door naar mij te kijken honger krijgt.

Ik haal wat sla uit de koelkast, maar leg het weer terug en draai me om naar het raam waar om twee uur 's middags de zon vol op staat. Hier zie ik alles wat ik bezit. Een keuken zo groot dat je er tien personen tegelijk kookles in kunt geven, een woonkamer en tuin zo groot dat je er een Engelse setter in kunt houden, een jonge vent van nu eenendertig, groot en stevig als een flinke palmboom, die door de tuin rent. Niet zo vanzelfsprekend om dat allemaal te hebben op mijn leeftijd. Ik heb het allemaal gehad. Dingen die ik, zelfs nu we in deze vervelende situatie zitten, niet gemakkelijk kan opgeven. Het probleem is nu niet meer of we nog van elkaar houden, maar of alles wel of niet teruggedraaid kan worden. Dat zou ik hem moeten zeggen, als een vriendelijke aansporing. Zelfs als het niet terug te draaien is, dat het dan nog niet helemaal voor niets geweest is. Dat als de scherven aan de oppervlakte komen bovendrijven, daar dingen tussen zullen zitten die de moeite waard zijn. Laat ik daar maar op wachten. Dat hij nu hier is, in maart, lijkt van mij een positievere, genereuzere, stralendere persoon gemaakt te hebben.

Ik denk dat ik een sandwich met sla en kruiden ga maken.

Op een zondagmiddag om twee uur is er niets lekkerder dan dat. De groenten voor op de sandwich kunnen ook beter licht zijn. Als hij tenminste echt al geluncht heeft. De blikjes koude kip en gerookte zalm gaan terug in de koelkast. Eerst smeer ik een dun laagje boter op beide kanten van de baguette, daar schenk ik een flinke scheut olijfolie over met geplette knoflook en tijm erin. Als je er geen olijfolie met knoflook en tijm op doet krijg je een vrij saaie sandwich. Hierop wordt meestal een laagje mayonaise gesmeerd, maar omdat hij niet van mayonaise houdt, weglaten! Nu hoeft alleen de groente er nog op. Daarbovenop komen de gedroogde sla, plakjes gekookt ei en tomaat, komkommer en ui. Eén baguette is altijd meer dan genoeg voor ons tweeën. Met een broodmes snij ik hem in drie gelijke stukken schuin af en dan leg ik ze in een met linnen bekleed mandje. Het is gemakkelijk te maken, maar mijn filosofie voor een goede sandwich is dat je goed brood moet uitzoeken, dat de ingrediënten die erop gaan in harmonie zijn met elkaar en dat er altijd kruiden op moeten, of het nu tijm of basilicum is.

'Neem maar een stuk.'

Hij wacht met een stuk baguette te nemen en het in zijn mond te steken. Met iemand met wie je samen kunt eten, kun je ook seks hebben en als je seks met elkaar hebt, kun je ook met die persoon eten. Daarom beginnen afspraakjes van geliefden altijd met een etentje. De instinctieve verwachting van en nieuwsgierigheid naar seks ervaar je niet allereerst in bed, maar al aan tafel. Het tegengestelde komt ook vaak voor. Samen eten kan de relatie verdiepen, maar ook een stap terugzetten. Het is één van de twee. Samen eten, samen vrijen. Wij hadden op beide vlakken een intieme relatie met elkaar en we wisten van wanten.

Ik eet in mijn eentje. Ik eet twee stukken. Daarna heb ik genoeg. Het vult goed, maar het is niet bevredigend. Voldoening voel je als je iets met een ander deelt. Ik kan me al niet meer herinneren hoe groot die vreugde is.

'Neem dan toch tenminste een hapje om te proeven.'

Is het eten te eenvoudig om zijn eetlust op te wekken? Hij doet geen moeite om me aan te kijken.

'Ik heb toch gezegd dat ik niks hoef. Waarom doe je toch zo?'

'Waarom denk je?'

'Het is voorbij, hou hier toch eens mee op.'

'Voorbij? Wat is voorbij? Je weet nu niet goed wat je doet. Binnenkort kom je terug en vraag je me vergeving voor je fouten.'

'Vergeet het maar, dat gaat niet gebeuren. En, ik zou graag willen dat je geen vervelende dingen over Seyŏn loopt rond te bazuinen.'

'...?'

'Jullie hadden toch ooit een goede verstandhouding met elkaar? Waarom doe je dat dan?'

'Maar ik heb helemaal niets rondverteld.'

'... Nee, nou goed dan. Dan was Munju het zeker.'

'Jij hebt ook lef. Je komt hier binnenlopen, hebt het alleen over Yi Seyŏn en vraagt niet eens hoe het met mij gaat.'
'Zo lijkt het wel alsof het allemaal mijn schuld is.'
'...'
'Sorry. Sorry, maar ik kan er ook niets aan doen.'
'Je kunt toch weer terugkomen. Ik heb je gezegd dat ik er begrip voor heb.'
'Jij bent niet meer degene met wie ik mijn leven wil delen, dat is Yi Seyŏn. Hoe vaak moet ik je dat in hemelsnaam nog zeggen?'
'Met diezelfde mond heb je gezegd dat je van me houdt. Weet je dat niet meer? Ben je dat allemaal vergeten?'
'Dat klopt, dat heb ik ooit gezegd. Maar dat is nu voorbij.'
'Kom terug.'
'...'
Mijn rechterhand glijdt heimelijk over zijn linkerelleboog. Zelfs als we niet onder het dekbed sliepen lagen onze lichamen altijd verstrengeld met elkaar, een been, een arm of een hand, waardoor het net was alsof het dekbed onze buik bedekte.
'Ik wacht op je.'
Hij duwt mijn hand bruusk weg.
'Het doet mij ook pijn om te zien wat er van ons geworden is.'
'Dat is geen pijn, dat is het schuldgevoel dat je voelt.'
'...'
'Denk je niet?'
'Ik denk dat het beter is als ik Paulie voortaan in de tuin ophaal.'
'...'
Als ik een taart zou bakken, zou ik niet mijn eigen lichaam, maar dat van Yi Seyŏn maken. Terwijl ik giechelend zou kijken naar zijn ontzette gezicht, steek ik dan eerst met een vork in de met chocolade gevulde ogen en eet die lekker op. En dan vraag je oprecht aan mij hoe het smaakt. Hoe lijkt je dat? En omdat je heel benieuwd bent naar de smaak, eten we hem samen helemaal op, vanaf de voeten. Vind je dat wat?
... Hij is nergens meer te zien. Ik ren snel naar de hal. Hij wacht

even met zijn schoenen aantrekken en kijkt om.
'Je moet jezelf eens in de spiegel zien.'
Voor het eerst klonk er iets van medelijden voor mij in zijn stem door.
'Besef wel dat je nu weggaat bij de persoon die het allermeest van je houdt. Ik zou nog maar 's goed nadenken als ik jou was.'
'Ik wil het niet meer horen.'
'...'
De voordeur valt dicht.
Als ik nu omkijk, kan ik nog een keer zien hoe hij door de tuin loopt, hoe hij Paulie teder en hartverscheurend omhelst en fluistert: 'Tot gauw'. Ik genoot er altijd van om te kijken naar zijn langgerekte schaduw die zich in de namiddag als een kolossale boom door de tuin bewoog. Ik ben te gespannen om iets anders te doen dan aangeslagen pardoes op de schoenen te gaan zitten. Er is iets dat zwaar op me drukt, maar ik zou niet weten of het honger is, een gevoel van machteloosheid of dat het Paulie is... Goed dan. Het beste dan maar. Ik had alles, maar nu je zelf vertrekt, voel ik pas dat ik alles verloren heb. Ga maar. Maar ik weet zeker dat je nog aan mij zult moeten denken, al heb je nu haar. Maar zelfs naast haar zul je nog af en toe aan mij moeten denken. Omdat ik mijn verdriet hiervandaan stukje bij beetje de wereld in zal sturen.

12

Als het inderdaad zo is dat er altijd een bepaald moment is waarop je op intieme voet met iemand komt te staan, dan is dat voor mij en Munju, behalve het feit dat we even oud zijn, misschien wel het moment geweest dat ik haar eetlust was gaan begrijpen. Munju is de oudste van vijf meisjes, zei ze. Ze stopt met praten en vraagt me of ik het licht uit wil doen.

Het was al laat in de avond, al haar collega's waren al vertrokken en ik had haar het verhaal van de fazant van toen ik twintig was verteld, een verhaal dat ik verder nog nooit aan iemand verteld had. Ik deed het lichtknopje in de keuken uit. Ook de lamp die aan het plafond boven de tafel op Munju's ooghoogte hing ging uit. Ik stelde me voor dat we in een gewichtloze toestand rondzweefden, zonder smaakzin en zonder reukzin te midden van het lawaai van de claxons van de auto's die diep in de nacht voorbij raasden over de achtbaansweg en de lichten die af en toe voorbijflitsten over de ramen van het restaurant.

Mijn vader heeft zijn dochters heel streng willen opvoeden, ging Munju verder. Dat kwam waarschijnlijk door een gevoel van onrust dat hij geen zonen had.

Het sprak vanzelf dat hij strikt reguleerde wanneer we sliepen, opstonden en studeerden, maar wat erger was, was dat we zelfs absoluut geen rok of een blouse mochten dragen. Ik verzeker je dat wij dochters echt als kleine militairen moesten opgroeien. Maar daarmee veranderen dochters niet ineens in zonen. Onze relatie verslechterde na moeders overlijden. Mijn vader lette er niet alleen uiterst streng op wanneer we thuiskwamen, maar verbood zelfs dat we met vrienden omgingen. Dat hij het strengst was tegen mij, was waarschijnlijk omdat ik de oudste dochter was. Een keer bracht een jongen me na een buitenschoolse activiteit thuis, vader had dat gezien. Alsof ik besmeurd was met iets smerigs at mijn vader een maand lang geen eten dat ik klaargemaakt had. Het moeilijkste van vaders regels waren die over het eten. Iedere zondag zette vader mij op de weegschaal. Volgens hem waren dikke vrouwen helemaal nergens goed voor. Het is moeilijk voor te stellen hoe zwaar dat was. Ik was in die tijd geen magere spriet, maar zeker ook niet dik. Toen raakte ik helemaal bedreven in het stiekem eten zonder dat mijn vader erachter kwam. Ik had geen andere manier om te rebelleren. Om te beginnen liep ik altijd met een zak bruine suiker in mijn tas. En als ik me niet fijn voelde of verdrietig was, snelde ik direct naar de koelkast. Het vreemde is dat ik met de tijd wel enorm moet zijn aangekomen, maar dat vader er nooit iets van zei. Maar daardoor voelde ik me weer genegeerd door hem, wat ik ook niet uit kon staan. In mijn dromen zei mijn vader: Ik vreet je helemaal op, zoveel houd ik van je. Ik werd steeds dikker en dikker. Ik droomde wel eens dat ik zo dik werd dat het huis op een dag uit zijn voegen barstte. Zo snel mogelijk het huis uit. Dat werd mijn doel om voor te leven. Eens denken, ja zeventien was ik toen... Ik vraag me af of extreem veel eten en extreem weinig eten wel van elkaar verschillen. Ze hebben allebei hetzelfde doel, weet je. Een pervers gevoel iets gepresteerd te hebben, dat je kunt zeggen dat jij en jij alleen de beste bent als het tenminste gaat om veel eten of om niet eten. Meer was het niet. En in die periode heb ik jou ontmoet. Het eten dat jij klaarmaakte, at je niet zomaar even op, jij hebt me voor het eerst geleerd hoe het voelt om te eten. Als ik alleen maar keek naar het gerecht dat je die dag maakte, de geroosterde eendenborst op een bedje van jonge spinazieblaadjes, liep het water me al in de mond. En toen wilde ik daar heel snel weg. Maar jij kwam me tot aan de parkeerplaats achterna. Waarom ik weg ging zonder het op te eten. Hoe ik een artikel ging schrijven zonder het ook maar geproefd te hebben. Echt, wat een grap. Je was zo oprecht verontwaardigd dat we moesten lachen. Toen ik die dag naar huis ging, moest ik nog aan je denken. Er leek iets speciaals in jouw eten te zitten. Het was lang geleden dat ik iets had gegeten en me daarna zo prettig, zo opgelucht voelde. Ik had het gevoel dat ik de afgelopen tien jaar voorbij heb laten gaan met het vechten tegen eten, in plaats van met andere dingen. Ik was zo kwaad dat ik bijna een beroerte kreeg, echt.

Ik schoof de doos met tissues naar Munju. Ze huilde. Er is een verschil tussen iemand die een volle buik heeft en iemand die honger heeft. Iemand die honger heeft kun je niet naar je hand zetten of overtuigen, iemand met een volle buik wel. Daarom bleef ik ook daarna iedere keer als Munju naar ons restaurant kwam eten voor haar klaarmaken. Door de porties telkens kleiner te maken hielp ik haar om minder snel te eten en bleef ik haar vertellen wat ze absoluut niet moest eten en wat ze moest vermijden, wat ze wel moest eten en waar ze niet zonder zou kunnen. Net zoals de meeste intellectuele en creatieve mensen wist zij heel goed wat ze wilde en gaf ze zich daar helemaal aan over. De angst voor eten overwinnen, niet door eten te vermijden, maar juist door te eten. We spraken het niet uit, maar dat is wat we nu allebei wilden.

Eetlust is net als zout in de zeventiende eeuw. Om de belastinginners te ontlopen die zout bij de mensen probeerden weg te halen en de zouthandel probeerden te reguleren, verstopten vrouwen klompjes zout tussen hun borsten, tussen de spleten van hun korset, tussen hun dijen en tussen hun billen. Als de belastinginners met hun vingers op die bepaalde lichaamsplaatsen kwamen, barstten de vrouwen in jammerlijk gehuil uit. Het spreekt voor zich dat hoe meer de een iets probeert af te pakken, hoe meer de ander het zal verstoppen. Het is rustig afwachten en kijken wat er gebeurt, net zoals wanneer je wacht op eten uit de keuken dat het laatst klaar is. Dat was wat ik voor Munju kon doen en als dat vriendschap was, was het iets wat iedereen kon. Als Munju dat in het bijzonder aan mij had opgemerkt, gold dat net zo goed voor mij. Ik maakte het en zij at het op. Ik maakte een beetje en zij at steeds minder.

Ze werd niet slank, maar na zo'n twee jaar was Munju zo mollig dat een ieder die haar zag er een goed humeur van kreeg. Munju is nu iemand die zelfs als het eten voor haar neus staat niet meer aanvalt als een uitgehongerd beest, maar weet hoe ontspannen van het eten te genieten. Ze maakt ook geen tweede afspraakje meer met iemand die zich bij de eerste date direct op het eten had gestort zodra het op tafel kwam, iets waarmee ze als ze dat nadeed mij ook altijd aan het lachen kreeg. Ze heeft veel afgeleerd, maar de angst dat ze misschien ooit weer eens dik zal worden kan ze nog niet van zich afzetten.

De angst om ooit dik te worden heeft mij nooit in de greep gehad. Het plezier om te eten is bij mij groter dan de angst om dik te worden. Het smaakzintuig is als een edelsteen die feller schittert naarmate je hem polijst. Mensen met eetlust hebben de wil om te leven. Het eerste wat mensen verliezen die de wil om te leven niet meer hebben, is het smaakzintuig. Sommige mensen voelen dat ze leven als ze een instrument bespelen, sommigen als ze schrijven en anderen als ze shoppen. Ik voel tegenwoordig dat ik leef als ik eet. Ik ben altijd en overal klaar om te eten. En er is iets dat ik per se wil eten. Als ik het niet krijg wordt mijn verlangen alleen maar groter en groter.

De. Man. Van. Wie. Ik. Nu. Houd. Ik staar naar het grootste en diepste gat in zijn gezicht. Zijn tong beweegt soepel als de tong van een vis, als de tong van een vogel, omsloten door zacht kraakbeen. Hij beweegt omzichtig als wanneer je het lekkerste stukje opeet. Yi. Se. Yŏn. Zegt dat diepe gat. Stijf en ruw, met een donkerrode gloed en bedekt met bobbelige schubben als de tong van een beest op vier poten. Ik kijk naar zijn rode tong waar ik nog een keer aan wil zuigen. Een tong die net als een truffel vrouwen en mannen zachter maakt, makkelijker om op te kauwen, die er zwak uitziet. Ik doe een stap naar voren. Met. Die. Mond. Heb. Je. Toch. Gezegd. Dat. Je. Van. Me. Houdt. Ik sta zo dichtbij dat ik 'm zo kan doorslikken. Hou. Me. Nog. Een. Keer. Vast. Ik smeek je. Doe. Niet. Zo. Hij duwt me ruw weg. Ik word heet als kokende olie. Het enige wat ik wil is dat ding opeten alsof ik uitgehongerd ben. Mijn keelgat wordt langer en uitgerekter, als dat van een gans die altijd maar met plezier zijn keelgat openspert. Hij duwt mijn getuite lippen met een hand van zich af en doet een stap achteruit. Ik. Wacht. Op. Je. Waarschuw ik hem zacht. Met een droge tong, alsof er geen sappen meer in zitten, likt hij zijn lippen af en zegt. Vergeet. Het. Maar. Zijn intieme, welgevormde tong die eens uit aanbidding en bewondering had bestaan en mijn lichaam had gelezen, betast. Ik slik hem gulzig door. Als een spartelende vis stribbelt zijn tong in mijn mond tegen. Ik doe mijn mond stevig dicht en houd hem tegen zodat hij niet naar buiten kan. Mijn tanden verpletteren 'm behendig over de hele breedte. Mijn tong doordrenkt hem met het speeksel dat hij in overvloed afscheidt, draait hem om, beweegt zich als de sterke spier die het is, en dringt zich diep zijn keelgat in. Mijn tong steekt stijf omhoog om nog dieper, nog completer door te dringen. Niet één stukje, niet één druppel ontsnapt naar buiten. Hij glijdt volledig mijn maag in. Zenuweinden over mijn hele lichaam trillen subtiel als de uiteindes van naalden, dan blaas ik mijn adem uit. Ten slotte likkebaard ik om de smaak van het zojuist verorberde gerecht nog na te proeven.

De smaak van eten waarover je fantaseert is sterker en tastbaarder dan echt eten. Net zoals je de dingen die je in je droom hebt meegemaakt nog heel levendig kunt voelen op het moment dat je wakker wordt. Net zoals dat iemand die een moord wil plegen dit altijd eerst in zijn droom een keer uitprobeert. Het uitspelen van je fantasie in het echt is altijd armoediger. Het spreekt namelijk vanzelf dat er altijd iets van die fantasie in je is blijven hangen. Hetzelfde gevoel dat je bij een onafgemaakt kunstwerk hebt. De mens rent in de richting van het genot. Maar helaas is de mens een wezen dat zo in elkaar zit dat hij lijden altijd veel beter zal voelen dan genot. Dat is synesthesie.

13

Ik was alleen achtergebleven met een zwijgende, oude hond. Als een hond niet langer blaft of gromt, is hij erachter gekomen dat de geluiden die hij maakt niet langer als taal op de ander overkomen. Alleen als er iemand is die praat en iemand die luistert, komt taal tot stand. Dat datzelfde niet alleen voor mensen geldt, maar ook opgaat voor een relatie tussen een mens en een hond ontdekte ik dankzij Paulie en ik realiseerde me dat ikzelf degene was die zweeg. Als ik had geweten toen we uit elkaar gingen dat ik weer bij Nove zou gaan werken, had ik misschien de zorg voor Paulie niet op me genomen. Niet omdat ik niet dol op Paulie was, maar omdat ik dan tijdig tot het oordeel had kunnen komen dat ik niet in de juiste omstandigheden verkeerde om voor een hond te zorgen. Paulie kwam nu niet meer blij naar me toegelopen, hij kwispelstaartte niet meer en hij maakte zijn wil niet meer kenbaar door te grommen. Maar toch was het ook weer niet zo dat hij agressief of ruiger van karakter werd zoals de meeste honden die gestresst zijn als ze te lang verwaarloosd zijn geweest. Het was alleen alsof alle veranderingen hem in verwarring hadden gebracht en dat hij tijd nodig had om deze te kunnen verwerken. Als een hond oud is, voelt hij zich zelfs in de war gebracht door kleine veranderingen die hem overkomen. Ik streelde zacht de nek van Paulie die als een hoop viesbruine theedoeken op de grond lag. Als we iets gemeen hadden dan was het dat we op het moment allebei door onrust en verwarring geplaagd werden. Hij voelde hetzelfde al zag je het niet in zijn ogen. Hij likte voor het eerst in lange tijd weer met zijn ruwe tong de rug van mijn hand en zijn zwarte ogen keken me vanuit een ietwat scheefgehouden kop aan alsof hij me wilde zeggen dat hij het allemaal nog niet vergeten was. Alsof hij alles kon verstaan, wat ik ook zei. Maar het lijkt me moeilijk om Paulie ervan te overtuigen dat hij ons in de steek heeft gelaten. Dat is moeilijker dan hem leren wanneer hij mag springen en wanneer niet.

Het komt wel goed, Paulie.

Paulie maakt een soort kreunend geluid – keuh – dat met moeite uit zijn buik omhoog geborreld komt. Ik geef Paulie een knuffel. Ik zou willen dat er iemand naast me stond die alles zou begrijpen wat ik zeg. Ik heb geluk dat ik nu niet alleen ben, maar ik heb het gevoel dat ik dat spoedig wel zal zijn. Paulie kruipt dicht tegen me aan.

Er begint een vast patroon tussen mij en Paulie te ontstaan. Hoe moe ik ook ben, als ik na mijn werk thuiskom ga ik een blokje om met Paulie. Ik heb nooit geweten dat er na elf uur 's avonds zoveel mensen naar het sportveld van de basisschool komen om te sporten. Voorheen ging ik namelijk altijd 's middags met Paulie wandelen en gingen we er 's avonds bijna nooit uit. De avonden gingen al zo snel voorbij met het koken en eten, muziek luisteren, met Paulie in de tuin spelen en thee drinken. Op een dag, toen hij met Paulie in de tuin met een bal aan het spelen was, zat ik thee te drinken en naar hen te kijken toen ik me plots realiseerde dat de aanblik van deze avond die overal om me heen was, de kristallisatie van mijn leven was, solide en schitterend als witgoud. Alles was op zijn plaats en ik had alles wat ik wilde hebben en dat terwijl we nog zo jong waren. Alles wat dit verhaal nu nog behoefde was een laatste zin: en ze leefden nog lang en gelukkig. Ik zie Paulies energieke bewegingen terwijl hij achter de bal aan ging nog zo voor me, zijn heldere gefluit klinkt nog luid en duidelijk na in mijn oren. Alles wat er nog over is van die avond: de achter de bal aanjagende Paulie en de bal die ik in mijn hand houd.

Hielden we toen eigenlijk wel echt van elkaar? Ik vraag het terwijl ik naar de bal in mijn hand kijk. Waf, blaft Paulie. Ik maak een grote zwaaibeweging met mijn arm en gooi de bal. Alsof hij mijn aandacht wil trekken springt Paulie hoog in de lucht en vangt de bal op in zijn bek. Dan tilt hij statig zijn kop hoog op en laat de bal weer voor mijn voeten uit zijn bek vallen. Ik gooi de bal weer hoog in de lucht. Zijn bruine vacht wappert om hem heen terwijl Paulie de kant van de bal uit rent. Paulie ziet er veel mooier uit, veel energieker ook, als hij rent in plaats van gewoon langzaampjes te lopen. We blijven het spelletje van het gooien en vangen van de bal herhalen. Paulie ziet er nog niet uit alsof hij er genoeg van heeft. Ik wil weten of we echt van elkaar gehouden hebben, of we echt bemind zijn door de ander.

Ik doe alsof ik de bal gooi, maar gooi niet echt. Paulie springt hoog de lucht in met kwispelende staart, zijn lijf tegen mijn been aan schurend: gooi dan, gooi dan, laat hij me weten. Ik ben moe. Kom we gaan, Paulie. Paulie negeert me en heeft slechts aandacht voor de bal in mijn rechterhand. Zijn lichaamstaal verraadt dat hij meer opgewonden is dan normaal als we het repetitieve spelletje van de bal gooien en vangen spelen. Om te kijken hoe hij reageert, houd ik de bal hoog in de lucht en doe ik alsof ik ervandoor ga. Paulie komt als een speer door de lucht aangevlogen. Dat hij nu niet bij de bal kan, lijkt hem alleen nog maar meer op te winden. Misschien is het spelletje niet dat we elkaar de bal overgooien, maar dat we het wat spannender maken door de ander te beletten de bal aan te raken. Ik heb opeens het gevoel dat ik een ontdekking heb gedaan. Ik knijp steeds harder en harder in dit vreemde ronde voorwerp dat bal heet. Het is zacht, maar veerkrachtig en tastbaar.

Vanaf het moment dat ze mij aanzette om kookklassen te gaan geven, liet Munju er geen misverstand over bestaan dat zij ook de volledige verantwoordelijkheid op zich zou nemen om voor leerlingen te zorgen. Als het er om ging mensen te mobiliseren, kende Munju van ons twee verreweg de meeste mensen, gezien het feit dat ze al vanaf haar eerste jaar aan de universiteit altijd bij een tijdschrift gewerkt had. En al was dat niet zo geweest, er waren nog altijd meer dan genoeg vrouwen die wilden leren koken. Er was een groeiende belangstelling voor goed eten dat het niveau van een liefhebberij oversteeg. Goed kunnen koken was in deze tijd zoiets als één taal meer kunnen spreken of een instrument meer bespelen dan anderen. Geleidelijk aan begon het aantal mannelijke leerlingen ook opvallend toe te nemen. De reden daarvoor was dat men dacht dat een man die goed kon koken aantrekkelijk voor een vrouw was en dat klopte ook. Het liefst zag ik stelletjes die samen kwamen leren koken. Zelf had ik het liefst samengewoond met iemand die niets van koken afwist. Wat ik nodig heb is iemand die op mijn gerechten wacht, iemand die mijn gerechten eet.

Op een dag bracht Munju iemand mee, een nieuwe leerlinge. Een vrouw in een mini-jurkje met groot bloemenmotief, een retro zijden sjaaltje in haar haar, een bruine boodschappentas aan haar arm, een vrouw die bovendien zo lang was dat ze alleen al vanwege haar lengte overal direct in het oog zou springen. Een vrouw met een lichaam dat zonder een moment van onachtzaamheid geschapen leek te zijn. Ze zei dat ze Yi Seyŏn heette. Munju stelde haar voor als een ex-model dat ze had leren kennen toen ze nog bij het nu opgeheven tijdschrift *Fashionista* werkte. Ik had haar wel eens gezien toen ik nog bij Nove werkte. Ze was daar een speciale gast die het restaurant wel eens afhuurde voor een feestje of een bijeenkomst. Ze begon een keer per week met de klas 'koken met brood', maar na ongeveer een maand schreef ze zich ook in voor 'Italiaans koken' en kwam ze twee keer per week naar onze keuken. Elke keer als ze ons huis binnen kwam lopen was het alsof er een goed geklede mannequin uit een etalage parmantig binnen kwam stappen met haar lange flamingobenen. Ze was gestopt met modellenwerk, maar ze was nog steeds modebewust en genoot ervan om op te vallen. Ze was het type vrouw dat verdorde, als iemand met hevige dorst, als er niemand naar haar keek. Ze was zo mager dat het leek alsof ze alleen maar het sap uit vruchten likte en verder niets at. Ze zag er ook uit alsof ze vrees koesterde jegens eten. Ik kon me niet voorstellen dat zo iemand was gekomen om te leren koken. Maar tegen mijn verwachting in at ze meer dan je zou denken als je haar zag en hield er ook van te eten. Toen ik er ook nog achter kwam dat zij net als ik en de andere leerlingen altijd het eerst naar de keuken ging wanneer ze thuiskwam, liet ik mijn gereserveerdheid ten opzichte van haar helemaal varen. Dat maakte haar schoonheid nog aantrekkelijker, zoals regendruppels de plaats waar ze vallen langzaam wegslijten. Als ik een man was geweest dan zou ik haar denk ik hebben willen meenemen naar een onbewoond eiland om daar met zijn tweetjes te gaan wonen. En daar zou ze dan de rest van haar leven hebben moeten doorbrengen.

Tijdens het wachten op het garen van een gerecht in de oven dronken we meestal samen thee of maakten we een eenvoudige pasta of noedelgerecht voor het avondeten. Als hij in zijn werkkamer op de eerste verdieping was, aten we altijd met z'n allen in de keuken. Hoe langer het geleden is hoe vaker ik denk aan de eerste keer dat zij hem zag. Het ogenblik dat zij hem zag sloeg ze haar oogleden razendsnel op en zette heel even grote ogen op, waarna ze haar gezicht afwendde en deed alsof ze ergens anders naar keek. Toen draaide haar nek toch weer subtiel onze kant uit en glimlachte ze met hoog opgeslagen wimpers alsof iemand eraan trok. Ze had een uitdagende, stralende lach. Het moment was heel kort geweest, maar het is een moment dat vreemd genoeg lang in mijn herinnering is gebleven. Haar lach was zo onbevangen, zo overrompelend geweest, dat ik niet anders kon dan in een korte proestlach uitbarsten. Even leek het alsof alles tot stilstand kwam. Hij keek naar mij, net uitgebarsten in een proest, zij keek naar hem en ik keek naar haar. Ik was erachter gekomen dat die heel sterke parfumgeur die ze verspreidde als ze langs me heen liep de geur van een kruid was, majoraan, een kruid waarvan ik alleen maar gehoord had. Ook de volgende dag was die geur nog niet uit de keuken verdwenen. Dit gebeurde allemaal aan het begin van de vorige herfst.

Ik kalmeer altijd als ik iets veerkrachtigs aanraak. Ik knijp hard in de bal in mijn hand. Als er niemand is die de dingen wil hebben die jij bezit, dan voel je je heel onaantrekkelijk. Dan is het enige wat ons overblijft, Paulie, het terughalen van de bal. Jij voelt het toch ook, hè? Dat er van links droefheid komt en van rechts woede. Ik maak een grote zwaaibeweging met mijn arm en gooi de bal zo hard als ik kan weg. Paulie vliegt opeens omhoog door de avondlucht. Hij ziet er zachtaardig uit, maar hij is wel een dier met wapens in zijn bek die het tegen een mes kunnen opnemen. Datzelfde geldt voor de mens.

14

'Ik stel voor dat jij de leiding neemt over de bijeenkomst vanavond.'

'...!'

De chef-kok kijkt me doordringend aan, de handen in zijn zakken. De leiding nemen over de keuken voor een bijeenkomst heeft verschillende betekenissen. Het betekent: ik vertrouw je en ik laat dit aan je over, maar ook: ik vertrouw je en ik probeer uit of ik dit voortaan aan je kan overlaten. Verder zal de chef-kok mijn creativiteit en ervaring uit het eten af kunnen lezen. Dit is de eerste gebeurtenis van belang nadat ik weer bij Nove ben gaan werken. Het ziet ernaar uit dat er vandaag speciale gasten komen. Ik ben opgewonden, net als de eerste keer dat ik in de keuken van mijn oma een mes in mijn handen hield.

'Wat is het hoofdgerecht?'

'Dat mag je zelf beslissen.'

'...?'

'Degene die de reservering heeft gemaakt zei overigens ook de keuze van het menu aan jou over te laten.'

Zoiets kwam maar heel zelden voor. Als het inderdaad een vaste gast was dan was het normaal om vanaf de reservering alles direct zelf met de kok te regelen.

'Wie komt er dan?'

'De Japanse zeebaars is vers en de eend is ook goed, dus doe je best.'

'...'
'Je bent kok.'
'Als je me niet vertelt wie het is, dan doe ik het niet.'
Ik hoor het tikken van de regendruppels. Op een dag als deze is een gerecht met eend beter dan een gerecht met Japanse zeebaars en een dikke steak met hete, volle zoete pompoensoep weer beter geschikt dan een gerecht met eend. Ik geef niet toe, ook al ben ik in mijn hoofd al met dit soort ideeën bezig. Ik moet weten wie het is. De chef-kok en ik staan tegenover elkaar, handen in de zakken. Ik houd uit gewoonte mijn handen altijd in mijn zakken uit vrees dat ze stinken. Voor een kok die altijd een mes in zijn hand heeft waardoor het net lijkt alsof een van zijn vingers is uitgegroeid, is het ook het veiligst om je handen altijd in je zakken te houden, behalve als het echt niet anders kan. Echt alleen als het niet anders kan.
'Yi Seyŏn.'
'...!'
Yi Seyŏn was al lang een vaste gast van Nove, iets wat niets met mij te maken had. Ik had altijd gedacht dat zij een fijnproever was, gezien het feit dat ze telkens Nove in zijn geheel afhuurde voor bijeenkomsten. Want mensen die zo makkelijk veel mensen bij elkaar weten te krijgen zijn bijna onvermijdelijk altijd fijnproevers. Maar zij was geen geboren fijnproever. Een fijnproever namelijk staat altijd welwillend tegenover schoonheid, maar steelt geen dingen van anderen. Er was niets vreemds aan het feit dat zij in Nove kwam eten. Maar met wie kwam ze?
Ik kan niet anders dan het vragen.
'Wat maakt dat uit voor iemand die in de keuken staat?'
'Ik moet het maal toch koken? Dus dan maakt het wel uit.'
'Met Han Sŏkchu. Ze gaan eten met hun ouders, denk ik.'
Han Sŏkchu. Ik vroeg nog bijna wie dat was ook.
'Dat bedoel ik nou.'
'Ja, er is speciaal naar jou gevraagd voor het eten van die tafel.'
'...'
Op een regenachtige dag wil ik een kom warm eten, niet te veel

en niet te weinig, naar binnen werken en dan in bed onder de dekens gaan liggen. Als hij naast me zou liggen zou ik met hem de liefde willen bedrijven, glibberig als twee slakken op een regenachtige dag die elkaar met hun vochtige voelsprieten aftasten. Waar ik een hekel aan had op een dag als deze was de keuken in gaan en daar gevangen worden door alle geuren. En wat nog minder geslaagd was, was te moeten koken voor de vrouw die mijn man op haar verliefd had doen worden. Als ik mijn hoofd in de regenstralen zou houden, zou niemand het geluid van mijn lach opmerken. Zelfs de chef-kok die mij met een blik aankijkt die gaten boort in mijn ogen en die mijn gezicht kan lezen als een boek. Het voelt alsof al mijn bloed naar mijn slapen stroomt die strak opgezwollen zijn.

'Ik wil naar huis.'
'Ga de keuken in.'
'Mag ik niet naar huis?'
'Schiet een beetje op. En begin met het samenstellen van het menu.'
'Chef!'
Hij staart me aan met een krachtige blik in zijn ogen alsof hij Han Sŏkchu zelf is geworden. Trek je je terug? Zijn ogen schieten vuur. Gedraag je niet als een idioot.
'Wat ze willen is het allerlekkerste Italiaanse eten. Daarom komen ze naar ons restaurant en daarom hopen ze dat jij dat voor hen wilt maken. Denk je ook niet dat dit een erkenning is van jou als de beste kok? Als ik jou was, zou ik meteen de keuken in willen gaan.'
'Ik ben nog niet zo gek geworden dat ik dat geloof.'
'Ik zal een kop thee voor je maken.'
'Word ik nu door iedereen in de maling genomen?'
'Het is simpel. Je gaat gewoon koken.'
'Dat doe ik niet voor iedereen.'
'Het zijn gasten.'
'Voor mij zijn het niet gewoon gasten, chef.'

'Inderdaad, het zijn heel bijzondere gasten.'
'...'
'Maak maar iets bijzonders. En dan maak je daar een salade van,' lacht hij flauwtjes terwijl hij met zijn kin naar het raam wees. Met een ongemakkelijke uitdrukking op zijn gezicht dat hij een grap had gemaakt die niet echt aansloeg. Ik heb ooit wel eens met zo'n uitdrukking op mijn gezicht naar een verhaal geluisterd. Een Chinese keizer die genoot van goed eten hield een wedstrijd om te bepalen wie zijn persoonlijke hofkok zou worden. Daar hadden ontelbaar veel koks de delicaatste smaken gepresenteerd, maar er was er geen enkele bij geweest die de keizer, nu eenmaal een fijnproever, in vervoering bracht. Toen de keizer de moed verloor, was er een kok die een salade en een omelet van regendruppels, geroosterde regendruppels en regendruppelijs maakte. De keizer, die het in verwondering met smaak at, complimenteerde de kok als nooit tevoren en liet hem toen terechtstellen zodat niemand anders die bijzondere gerechten nog zou proeven.

'Ga nu maar snel de keuken in. Daar vind je wat je wilt.'
Wat ik wil. Ik vraag me af wat dat is.
'Misschien wordt het wel helemaal niets.'
Ik staar uit het raam. De chef-kok gromt en ik hoor hoe hij opstaat. Op de weg die glinstert als de rug van een walvis glijden de auto's met koplampen aan voorbij. Regenstralen schieten als getekende vouwen door de inktzwarte hemel. Ik wil ergens naar toe, hier ver vandaan. Zou Japanse zeebaars beter zijn, zou eend beter zijn? Ik zou het liefst van de aardbodem verdwijnen. Yi Seyŏn houdt van zeebaars en Han Sŏkchu van eend. Ik wil echt niet voor ze koken. Hoe lekker eten ook is, het is zo verdwenen. Hebben wij echt van elkaar gehouden? Waar kan ik nog op vertrouwen? Ik vraag me af wat ik nog zou hebben als ik niet zou kunnen koken. Het geluid van de regen als honderden vuistjes die op het raam bonken brengt me weer bij mijn zinnen.

Er is nu niet zoveel tijd meer voordat ze komen. Het goed bereiden van gerechten is voor een kok belangrijk, maar het is even belangrijk dat hij zich strikt houdt aan de tijd bij het maken van een gerecht. Zodat hij ontspannen, zonder een spoortje van haast achterover kan leunen als hij het bereide gerecht opdient. Het eten is dan wel zo verdwenen, maar de smaak die ontploft tegen het verhemelte en het uiteinde van de tong blijft nog een hele tijd. En op een moment dat je het niet verwacht komt die smaak plotseling weer naar de oppervlakte drijven. Als je eenmaal in de ban van een bepaalde smaak bent geraakt, komt er een moment dat het moeilijk is om je ervan los te maken. Ik haal mijn handen uit mijn zakken alsof ik een pistool trek en houd ze in de lucht omhoog. Handen die als ze vis aanraken koud en snel zijn, als ze vlees aanraken warm en gepassioneerd, als ze hem aanraken grenzeloos teder en intiem. Zij mag dan een lichaam hebben dat overal even prachtig en perfect is en zonder een moment van onachtzaamheid geschapen is, ik heb deze handen. Ik glijd met mijn vingertop over de scherpe kant van een mes. Het uiteinde van het mes is gevoelig en leeft. Alleen als het mes goed snijdt kun je gelijkmatig snijden zonder de cellen in de ingrediënten kapot te maken. Met een bot mes schiet het vleessap uit vlees of vis en dan is het moeilijk om het naar behoren te laten smaken. Dit mes is scherp genoeg. Ik grijp de eend bij zijn lijf vast. Na de kalkoen is dit het gevogelte dat de meeste en de meest verfijnde smaak heeft. Ik ga deze opdienen gevuld met kastanjes, ingewreven met olijfolie en kruiden en gebraden in de oven. Ik sla met het heft van het mes zacht op het uitgerekte hoofd van de eend. Ik moet koken en liefhebben. Dat zijn twee verschillende dingen die tegelijkertijd hetzelfde zijn. Dit is mijn lotsbestemming. Ik hef het mes hoog op in de lucht en hak de poten van de op de snijplank uitgestrekt liggende eend er trefzeker af.

Goed dan, kom maar snel. Ik zal jullie een gerecht voorzetten dat zo lekker is dat je me er wel voor zou willen doden.

APRIL

'... Er werden veertig schalen opgediend, met daarop warme gerechten, gebakken pasteien en taarten, als ook allerlei gevogelte, en deze werden voor de gasten op tafel neergezet. Maar wonderlijk genoeg legde op dat moment een arme gans uit pure angst een ei midden op tafel.'

Graaf Khevenhüller

15

De vrouwen waar mijn oom mee omging hadden ieder zo hun eigen problemen. Sommige van die vrouwen hadden zo'n gevoelige mond dat ze helemaal niets konden eten, andere waren prima in orde zolang ze hun mond openden om wat te zeggen, maar kregen meteen verschrikkelijke zenuwpijnen zodra ze hun mond open deden om ergens op te kauwen, waardoor ook zij eten gingen vrezen. Er waren er bij die een toeval kregen bij het horen van het woord 'wortel' en ook die alleen op mandarijnen leefden. Mijn oom praatte over hen alsof ze ieder aan hun eigen ziekte leden, maar naar wat ik zo hoorde leden ze allen aan precies dezelfde ziekte. Mensen die nog nooit iets hadden gegeten dat goed smaakte of die niet wisten wat dat dan wel was. Of anders mensen die niet wisten hoe ze iets moesten eten of zo. Maar voor mijn oom was het niet zo'n simpel probleem. Het was aan mijn oom om de problemen van die vrouwen op te lossen en hij verloor zijn hart aan de patiënte die slechts op mandarijnen leefde.

Mijn oom vertelde me over stoofpotten. Een stoofpot is een soort van dikke soep die op een laag vuurtje langzaam wordt gekookt van juswater met daarin groenten als wortel, Chinese kool en aardappels en in vierkante blokjes gesneden rundvlees. De pan waarin je een stoofpot bereidt moet een dikke bodem hebben en van koper zijn, met lange en stevige handgrepen, waardoor die laat zien dat wat voor ingrediënt je er ook in gooit, alles er langzaam tot een prutje in zal koken. Als de stoomdampen sneller en sneller uit de pan opstijgen en zich in de lucht verspreiden, vervaagt je zicht. Net zoals niemand weet of ik huilde of lachte toen ik de stoofpot klaarmaakte, weet alleen degene die hem heeft bereid wat voor ingrediënten er precies in zitten. Of er alleen groenten in zijn gegaan, of misschien de kop van een fazant, een varkenslever of misschien wel een vieze sok. Zou dat het zijn? Mijn oom heeft me eens uitgelegd dat het onderbewuste van een mens, waarvan zeszevende verborgen gaat onder de oppervlakte, lijkt op een stoofpot waarvan je ook niet weet wat daar allemaal in zit. En in het bijzonder het onderbewuste van een vrouw. Wat kon ik anders dan schaapachtig instemmend knikken? Mijn oom vertelde me natuurlijk op die manier eigenlijk dat hij het onderbewuste van die vrouwen niet kon doorgronden.

De eerste indruk van mijn tante. Tja, wat zal ik zeggen, ze had wel wat weg van een jong kalfje. Die bleekroze huid en die groot opgezette zwarte pupillen die leken te glanzen van angst. Een broodmagere vrouw, die een strak masker droeg dat leek te zeggen: 'Dat stop ik nooit van mijn leven in mijn mond!' maar die dat dan op de een of andere manier toch probeerde, vork in haar linkerhand, lepel in haar rechterhand. Ze was een typische neuroot. Op het onderbewuste van Freuds patiënt N., die niet kon eten en daarom altijd honger had, drukte een scherpe vork met een omgebogen tand. De oorzaak daarvan lag in haar kindertijd toen ze door haar vader gestraft werd als ze koud vlees met stukken gestold vet eraan niet kon opeten. Mijn oom vroeg zich af of er niet ook een scherpe vork met een omgebogen tand op het onderbewuste van mijn tante drukte, maar het lukte hem niet om daarachter te komen. Net zoals wanneer hij dat gerecht maakte met rijst, ging mijn oom niet overhaast te werk. Mijn oom had toen meer dan ooit tevoren gestraald en ik had me toen bedacht dat iemand die verliefd was er zo uit zou zien. Maar door mijn tante kwam ik tot het besef dat er heel veel vrouwen zijn die niet willen eten en dat dit een ondraaglijk lijden bij hen veroorzaakt. Dat was een compleet ander verhaal dan het niet willen drinken van hete chocolademelk of eten van koude rijstebrij omdat je een hekel hebt aan het witte velletje erop. Zo'n wit velletje roept niet zoveel pijn op dat de dood zelf een tastbaar iets lijkt te worden. Het eten van voedsel is een absolute en zich herhalende onderneming. Net zoals de liefde. Eenmaal begonnen kun je niet meer stoppen. Ik kreeg door dat de ziekte die het je onmogelijk maakt om te eten ook al heb je honger, daarom de ergste soort ziekte is. Mijn tante wier minieme eetlust altijd op het punt leek te staan helemaal te verdwijnen, pleegde zelfmoord op de meest extreme manier die ik me kan voorstellen. Ook na de dood van mijn tante bleef mijn oom over haar dromen. Hij vertelde me dat hij dan altijd haar mondholte inspecteerde. Altijd als ik me voorstelde hoe mijn oom zijn nek uitstrekte en in de diepte van haar mondholte tuurde, schoot er een pijn door me heen alsof er onophoudelijk op mijn borst werd geslagen. Ik weet niet of dat eenvoudigweg door verdriet kwam of door een instinctieve onrust in mij. Wat wel duidelijk was, was dat ik toen voor het eerst een sterke weerstand tegen mijn tante begon te voelen. Het was alsof de dood alles eiste van degenen die overbleven en om een nog grotere liefde vroeg. Ik had verwacht dat als mijn oom een andere vrouw zou ontmoeten, deze vrouw vast en zeker zou weten wat ze moest eten. Maar mijn oom ging van niemand anders houden en raakte langzaam maar niettemin met verbazingwekkende snelheid afhankelijk van de drank. Dat was de zekerste en ook snelste manier van de vele manieren die mijn oom kende om die ene persoon te vergeten, maar het was tegelijkertijd ook een ziekte die zo goed als ongeneeslijk was.

Zijn huisarts keurde mijn houding tegenover mijn oom af.

Hij vond dat ik met mijn halfslachtige en beschermende houding het voortdurende drinken van mijn oom stilzwijgend goedkeurde en vond dat dit van geen enkel nut was. Dat mijn houding de realiteit dat mijn oom toch echt aan een ziekte leed alleen maar meer afzwakte. Als gevolg hiervan, zei hij, was de kans dat mijn oom zou veranderen zo goed als verdwenen. Hij zei verwijtend dat het moeilijk was om te blijven drinken zonder de hulp van de mensen om je heen, alsof hij rechtstreeks in mijn thermoskan had gekeken. Dat leek ook de belangrijkste reden te zijn geweest waarom hij me vandaag naar het ziekenhuis had laten komen. Ik aarzel of ik nu mijn oom moet vrijpleiten van schuld, of mijzelf.

Voordat hij in het ziekenhuis werd opgenomen, heeft mijn oom zes maanden bij ons gewoond. Op een dag dat hij met Paulie en mijn oom uit wandelen was gegaan zei hij tegen me met een strak gezicht: 'Je oom valt telkens om.' Ik liet de kool die ik vasthad uit mijn handen op de grond vallen. Met een doffe klap viel hij op de grond en verspreidde een nare lucht als iets dat weinig goeds voorspelt. Voortdurend vallen tijdens het lopen is het eerste symptoom van korsakov. 'Ik denk niet dat we hem nog langer alleen kunnen laten.' Hij kwam naar me toe en pakte me zacht bij mijn schouders vast. Zes maanden was een lange noch korte periode, maar blijkbaar wel lang genoeg voor mijn oom om in te zien dat de ziekte nu buiten zijn controle lag, zodat hij zelf tot het besluit kwam om zich in het ziekenhuis te laten opnemen. Hij legde zijn witte doktersjas af en wankelend en al ging mijn oom op eigen kracht het ziekenhuis binnen waar hij zelf gewerkt had.

'Jij kunt dit makkelijk zo zeggen, omdat je nooit gezien hebt hoe mijn oom steeds omviel,' wilde ik tegen de arts zeggen. 'Hij heeft niemand behalve mij en wat is er nog dat ik voor hem kan doen? Behalve deze kleine thermoskan dan.' Moest ik niet zoiets tegen hem zeggen? Maar ik zei helemaal niets... Ik was bang dat anderen ons, zonder dat we het zelf in de gaten hadden, zouden zien als een tweeling waar onmiskenbaar iets aan mankeerde. En zeker mijn oom verdiende dat niet. Mijn oom is namelijk de enige die weet dat de smaak van liefde ook verwelkt, bitter, overrijp en bedorven kan zijn.

Mijn oom heeft een beige vest aan over zijn ziekenhuiskleding en zit op een bankje. Hij ziet er ontspannen en op zijn gemak uit, meer alsof hij rustig zijn spijsvertering op gang laat komen na het nuttigen van een licht gerecht dan dat hij op mij zit te wachten.

Met door het zonlicht samengeknepen ogen richt mijn oom zijn blik op mij. Nu kunnen we niet anders dan naar elkaar glimlachen. Hij is enorm vermagerd, maar het lijkt me beter te doen alsof ik dat niet zie.

'En toch, oom, als je het mij vraagt...'
'Hmm?'
'Het is maar goed dat de lente weer is aangebroken.'
'Inderdaad, het is al weer lente, zeg. Maar het mag dan wel al april zijn, in de schaduw is het nog koud. Als je hier een tijdje zit, gaan de seizoenen voorbij zonder dat je er erg in hebt.'
'Dat bedoel ik nou. Misschien is het tijd om hier weg te gaan.'
'Hoezo dat nu opeens?'
'Het is hier niet zoals thuis, toch?'
'Ik heb geen ander thuis meer.'
'Ik zou het fijn vinden als je thuis zou komen. Dan kun je ook op Paulie passen.'
'Je hebt het zwaar, zo te zien.'
'...'
'Ik heb het anders nog prima naar mijn zin zo.'
'Waar ben je bang voor, oom?'
'...'

De arts had me uitgelegd dat het voor mijn oom nu heel belangrijk was wanneer de behandeling ten einde zou lopen. Zijn verblijf in het ziekenhuis had het verschil uitgemaakt tussen drinken en niet-drinken en hij had zich nu gerealiseerd dat er helemaal niets veranderd was aan de situatie van voor hij was begonnen met drinken. Hierdoor werd hij nu gekweld door gevoelens van schuld en wanhoop. Vandaar, had de arts gezegd, dat alleen al het idee van het ten einde lopen van de behandeling voor onrust zorgde bij mijn oom. 'Je moet er een beetje vertrouwen in hebben, oom.'
'Wat voor vertrouwen?'
'Het vertrouwen dat je niet meer zult drinken.'
'Je weet heel goed dat dat niet iets is wat ik mijn hele leven kan volhouden.'

'Jawel,' antwoord ik simpelweg. Op een gegeven moment had de behandelend arts, een oud-collega van mijn oom, mij willen troosten door te zeggen dat de behandeling van alcoholisten heel dankbaar werk was om te doen. Ik had toen gewoon geknikt, maar ik vraag me af of dat wel echt zulk dankbaar werk is. De crux was dat je dan nooit meer drank kon aanraken. En dat zou moeilijk te realiseren zijn. Een volledige genezing van alcoholisme was niet dat je nooit meer een druppel kon drinken, maar hing af van je vermogen om te kunnen bepalen wanneer je met mate kon drinken. Dat wist mijn oom ook heel goed. Net zoals het onmogelijk zou zijn om het lichaam van mijn oom helemaal schoon te spoelen van elke druppel alcohol, zou het misschien ook onmogelijk zijn om de herinneringen aan mijn tante uit hem weg te spoelen. En als dat zo was, moest hij dan niet in plaats van mijn tante te vergeten, zijn gevoelens maar heel diep begraven? Als mijn oom niet in staat zou zijn voor de rest van zijn leven zelf te bepalen hoeveel hij dronk, dan was dat niet langer een kwestie van wat hij wilde, maar wat hij zou kiezen. Daarom was de cruciale vraag wanneer de behandeling ten einde zou komen niet iets waar de arts of ikzelf voor kozen, maar een kwestie die geheel en al van mijn oom zelf afhing. De arts en ik hadden geen andere plicht op dit moment dan het verzorgen van mijn oom. Mijn oom had hoe dan ook tijd nodig en het allerbelangrijkste nu was misschien wel dat hij zelf zou inzien dat zoals de arts had gezegd, drank geen absolute levensbehoefte was en dat je kon leven zonder te drinken. Wat ik nu moest besluiten als zijn familie was of ik mee zou doen met de behandeling of niet. 'Wat wil je dat ik doe, oom?'

'Als ik denk dat ik hulp nodig heb, dan zal ik een beroep op je doen.'

'Een beroep doen? Dat klinkt een beetje vreemd, oom.'

'Is dat zo? Goed, dan zal ik je om hulp vragen.'

Hij lacht breeduit met ontblote tanden. Soms moet je de woorden van een arts ter harte nemen. De arts zei dat je goed moest weten wanneer je een familielid liet interveniëren in de behandeling en wanneer niet. Een overhaaste interventie kon vluchtgedrag of zelfs woede-uitbarstingen ten gevolge hebben. Het is genoeg geweest voor vandaag. Ik sta op van het bankje en klop wat stof van mijn zitvlak.

Terwijl ik het ziekenhuis uitloop, realiseer ik me ineens iets. Het is voor een alcoholist moeilijk om te stoppen met drinken na het eerste glas. Je wordt defensief over het drinken en agressief als iemand je probeert te laten matigen. Daarmee richt je niet alleen jezelf maar ook degenen die je liefhebt te gronde. Een alcoholist als mijn oom moet twee dingen weten. Dat je niet in een keer kunt minderen of helemaal kunt stoppen en verder dat je de moed absoluut niet mag laten zakken. Het is dan misschien wel geen stoofpot, maar wie weet wat er allemaal in het onderbewuste van een vrouw borrelt. Het typische drogbeeld dat de meeste alcoholisten van zichzelf hebben, is dat ze hun drinken onder controle kunnen houden en dat ze daar de wilskracht voor hebben. Maar toch is het vreemd. Praat ik nu over mijn oom of vertel ik eigenlijk mijn eigen verhaal?

16

'Ik heb de pest aan uien.' Munju kijkt met een vertrokken gezicht naar de snijplank. Ik lach zachtjes terwijl ik de uien voorzichtig in ringen snij en ervoor zorg dat ze deze vorm niet verliezen. Mijn oma beschouwde ui als het belangrijkste ingrediënt na aardappelen en knoflook. Op de sterfdag van mijn oma is het eerste gerecht dat ik ter nagedachtenis aan haar altijd maak dan ook een hartige pannenkoek gevuld met ui en vlees.
'Waar heb je dan zo'n hekel aan?'
'Aan alles. Aan die gladde, stevige textuur, aan de geur, aan de witte kleur. Het zijn toch net testikels.'
'Dan zul je ook wel een hekel hebben aan knoflook?'
'Hé, lach me niet uit.'
'Dat is toch raar. Dat je van knoflook houdt, terwijl je een hekel hebt aan uien.'
'Hoezo dat? Een ui is een ui en knoflook is knoflook.'
'Ze komen van dezelfde plantenfamilie.'
'En ik heb gisteren over uien gedroomd.'
Ik had de hartige uienpannenkoek moeten bakken voordat Munju kwam. Ik snij de uien razendsnel en spoel ze af onder de koudwaterkraan. Munju weet ondertussen heel goed wat ze eet en is ook iemand geworden die weet hoe ze moet genieten van wat ze eet, maar ze kampt als tevoren nog steeds met seksproblemen. Als je haar problemen even buiten beschouwing liet, zat haar kleurrij-

ke verhaal over die droom behoorlijk goed in elkaar. Het standpunt van de dromer en van degene die de droom interpreteert zijn natuurlijk anders, maar als ik zelf voortdurend zo'n droom zou dromen, dan zou ik het toch nooit kleurrijk hebben kunnen vertellen. Ik had natuurlijk ook wel eens over tomaten gedroomd, maar ik had toen telkens het gevoel gehad dat mijn toch al instabiele onderbewuste als een stuk emmentaler met grote gaten erin te kijk was gezet.

'Over uien?'

'Ik lag in bed toen de deur openging en er een man met een dienblad in zijn handen met luide stappen binnenkwam. En op dat dienblad lag het uiengerecht waar ik zo'n hekel aan heb. Toen smeerde hij het uit over mijn gezicht en duwde het zo mijn mond in. Ik deed zo m'n best om mijn mond dicht te houden dat mijn kaak helemaal pijn deed toen ik eenmaal wakker was.'

Munju ziet er kalm uit. De vorige keer had ze gedroomd dat ze zo'n verschrikkelijke dorst had dat ze een harde kokosnoot met veel moeite had gekraakt. Haar hele lichaam was nat geworden van de kokosmelk die er in straaltjes uitsijpelde. In een nog concretere droom had ze allemaal gaten in haar lichaam waar met aarde besmeurde wortels door binnendrongen. Alsof het een gewelddadige en agressieve kinderfantasiewereld betrof, ontbraken in Munju's dromen ook de scènes niet waarin ze met haar tanden knarste, iets at, doorslikte, gedwongen werd te eten, ergens op beet of op kauwde. Ik vraag me af wat mijn oom zou zeggen als ik hem raadpleegde over Munju's dromen. De mensen die ze nu nodig heeft, zijn op het moment niet bij haar. Maar misschien zou Munju wel niet meer zo gebrand zijn op het vertellen van haar verhalen als mijn oom nu bij haar was. Als de dromer zijn eigen dromen zou kunnen interpreteren dan. Munju spoelt in ieder geval gelukkig haar mond niet meer als ze gegeten heeft of een droom heeft gehad.

De grondslag van onze seksuele drift is oraliteit. Niettemin verbaas ik me er af en toe over dat er wel seksuele repressie bestaat, maar geen orale repressie. Ik vraag me af of dat niet zo is omdat we nog voordat we volwassen zijn zelf al weten dat de tong er eerder was dan de penis, de mond eerder dan de vagina. Die zone daaronder waar de penis en de anus zich bevinden geeft voornamelijk plezier bij het stijf worden en blijven en wordt geassocieerd met verboden en obsessief genot, maar de mondholte wordt geassocieerd met verlangens om te zuigen, likken en te bijten die ogenblikkelijk bevredigd dienen te worden. Eten, slikken, kauwen, verteren en ontlasten kunnen allemaal orgiastische ervaringen worden, maar daar komt wel de wil bij kijken. De mond is uniek omdat hij je zonder de machtsstructuur om je heen te bedreigen toch jezelf onder controle laat houden en dat doet hij door middel van eten. Dus het bewustzijn om een deel van het zelf te beheersen uit zich dan wellicht eerst net als bij Munju in het in de hand houden van wat je eet en daarna in het onderdrukken van de seksuele drift. Als die twee iets gemeenschappelijks hebben, dan is het dat beide een extreme begeerte vereisen. We weten niet hoe we dit moeten genezen en we ontberen de moed om het te willen genezen. Waar het om gaat is niet zozeer een kwestie of je het wil of niet, maar soms ook een van perspectief. Maar dat hebben honden uiteindelijk ook.

'Mijn oma heeft ook wel eens over uien gedroomd.'

'Wat dan?'

'Ze had een koffer gekregen en toen ze die openmaakte, zat die tjokvol met uien die een gouden gloed hadden. Het was geen geld en ook geen goud, maar mijn oma zag het als een goed voorteken. Omdat het goudglinsterende uien waren. En dan ook nog een hele koffer vol. Ze dacht dat ze iets had gezien wat in deze wereld niet bestond. Net als de oude Egyptenaren.'

'De Egyptenaren?'

'Ja, de schillen van een ui hebben toch concentrische cirkels op zich? De Egyptenaren dachten dat die op de concentrische cirkels in het heelal leken en geloofden daarom dat uien en knoflook een uitzonderlijke genezende werking hadden. Daarom stopten ze ook wel uien in mummies of plaatsten ze een ui in de oogholtes van een overleden dierbare.'

'Dat is walgelijk, zeg.'
'Hoe dan ook, ik weet dat je het niet lekker vindt, maar vandaag moet je maar even doorbijten.'
'Was je oma gelukkig?'
'Ik denk het wel. Totdat haar zoon en schoondochter bij een ongeluk omkwamen althans.'
'Ik denk dat als ik iemand als jouw oma had gehad het heel anders met mij was gegaan.'
'Hoe dan?'
'Nou ja, op z'n minst had ik dan niet zo'n pesthekel gehad aan de keuken,' lacht Munju, waarbij haar vooruitstekende tanden bloot kwamen.

Ze zou wel gelijk hebben. Haar moeder was gestorven voordat ze zich het bereiden van eten op natuurlijke wijze eigen had kunnen maken. Als je koken eenmaal gaat zien als plicht, wordt het moeilijk om er nog plezier aan te beleven. En dan zou het ook moeilijk zijn om te begrijpen dat mijn oma altijd had gezegd dat een keuken een ruimte was waar het warm en comfortabel was, alsof je op een winteravond dicht naast elkaar rond een kolenkomfoor zat. Ook al was ik bezig de gerechten te maken voor de herdenking van de sterfdag van mijn oma, toch had ik niet het gevoel dat ik aan het koken was voor een overledene. Ik kruidde de varenstam, kookte de kip en bakte de uienpannenkoekjes met rundvlees met een mengeling van lichte opwinding en verwachting alsof mijn oma had gezegd over vijf minuten te zullen komen, in de ene hand gedroogde lavendel, in de andere gestoomde aardappels. Nu ik eraan dacht, was de eerste keer dat ik zelf een volledige maaltijd met alles erop en eraan had gekookt, ook ter ere van een sterfdag geweest. Mijn eerste maaltijd voor mijn overleden oma.

'Wat denk je dat erin zou hebben gezeten als ik die koffer had gehad?' Munju was met haar gedachten blijkbaar nog steeds bij de uien.

'Daar vraag je me wat. Wat zou je willen dat erin had gezeten?'
'Tja, eens even denken.'

'Iets waar je van houdt, zou ik denken.'
'Water of zo dan?'
'...'
Wat moest je op dit soort momenten nou zeggen? Als de aardappelen eenmaal gekookt zijn of als het ei eenmaal gebroken is. Met andere woorden, je kunt niet meer terug naar hoe het ooit was. Je kunt je vader maar beter vergeven, Munju. Munju, die mijn oma nooit had ontmoet maar elk jaar samen met mij de gerechten voor de herdenking van haar sterfdag maakte en zelfs de ceremonie samen met me opdroeg, was nu met een opgeruimde uitdrukking op haar gezicht paddenstoelen aan het schoonmaken om aan stokjes te rijgen. Wellicht zou Munju nog een hele tijd dromen hebben die ze aan haar eigen analyses zou onderwerpen. Dromen waarmee niemand haar nu kon helpen.

'Wat zou er bij jou in gezeten hebben?'
'In die koffer?'
'Ja.'
'Nou...'

Het lag niet erg voor de hand om tomaten te zeggen, maar er schoot me niets anders te binnen. Toen we allebei nog klein waren, had mijn oom me gevraagd of ik iets grappigs wilde zien en zo zijn pyjamabroek naar beneden getrokken. Op het moment dat ik nonchalant dacht, hé, daar bungelt een vleeskleurig pinkachtig iets tussen zijn benen, viel ik flauw. Net zoals ik flauw viel op het moment dat ik voor het eerst met hem naar bed ging en mijn tanden zette in dat bloedrode ding, zoals in de negentiende eeuw mensen die nog nooit een tomaat hadden gezien daar hun tanden in hadden gezet. Een mengeling van een soort vrees en ontzetting overviel me net zoals de keer dat ik zijn zaad, plots uitgestoten, dik en kleverig sap met ontelbare sesamzaadjes er dicht op elkaar doorheen, had aangeraakt terwijl je dat niet hoorde te doen. Maar mijn verborgen seksuele oraliteit begon zich naar beneden te verplaatsen, als regen die langs de takken naar beneden druipt. Hij likte, rook, betastte en maakte mijn ding nat, achteloos als een kleine, sappige vrucht die op het punt staat open te barsten, en wachtte toen totdat ze als een rijpe vijg zou openspringen. Het heeft ongeveer een jaar gekost om zo de gedachten aan die tomaten te overwinnen.

Ik moest denken aan die keer dat ik tijdens de kookles tomaten had gebruikt voor de dressing van een zeevruchtensalade. Ik vertelde dat je als het maar even mogelijk was net geplukte, verse en sappige tomaten moest kopen, al waren die in de stad moeilijk te vinden. Of anders goed bewaarde tomaten. Daarop maakte een van mijn leerlingen een grap. 'Maar dat is toch precies wat mannen van een vrouw willen!'

Ik had een rood hoofd gekregen waar iedereen bij was.

'Wie maakte die grap?'
'Dat herinner ik me niet.'
'Yi Seyŏn misschien?'
'...'
'Ha, dat is echt iets voor haar. Echt iets voor haar.'
'Inderdaad. En Seyŏn is net zo rood en mooi als een tomaat.'
'Je houdt ook nooit op, hè. Maar goed, ik hoop dat je vanavond alleen maar over tomaten droomt.'

Munju gooit een van de koningsoesterzwammen die ze in haar hand hield naar me toe.

'Kun je voor een dag of drie, niet langer, op Paulie passen voor me?'
'Waar ga je naartoe?'
'O, Singapore.'
'Goh, het is alweer april inderdaad.'
'Het is deze keer wat lastig om hem naar een hondenpension te brengen. Paulie is nogal gespannen, zie je.'
'Waarom vraag je Han Sŏkchu niet om op hem te passen? Dat zal Paulie ook goed doen.'
'Ik heb toch gezegd dat ik dat niet wil.'
'Drie dagen toch?'
'Zou ik nee zeggen terwijl ik weet dat je zonder die hond niet zou kunnen leven?'

'Dus je zegt ja?'
'...'
Het vermogen om tussen alle geuren die vermengd door elkaar komen aanwaaien er in een keer die uit te pikken en te onderscheiden die zijzelf lekker en interessant vinden, is het best ontwikkelde vermogen dat honden hebben. Bij Paulie was het niet anders. Paulie had zijn geur sinds de lente niet meer geroken. Ook wanneer hij bij mij is, liggen Paulies oren plat naar achteren tegen zijn kop aangevouwen en hangt zijn staart zijdelings naar beneden. Dat is de houding die hij aanneemt als hij zichzelf denkt te moeten verdedigen. Paulie lijkt het ook moeilijk te vinden als degenen die hij nodig heeft niet bij hem zijn. Het wordt steeds wat moeilijker om Paulie alleen te laten. En dan moet hij deze keer ook nog eens vier dagen het huis uit. Net zoals voor mij, zijn de personen die Paulie het meest na staan na hem en mij, mijn oom en Munju.

'Het is moeilijk. En het lijkt beetje bij beetje steeds moeilijker te worden.'

Munju zucht. 'Wat?'

'Gewoon. Alles. Het leven.'

Niet alles misschien. Er waren ook momenten dat het niet moeilijk was. En veel momenten van geluk.

'Het komt wel goed, Munju.'

'Wat?'

'Gewoon, alles.'

'Hè, wat flauw.'

Ik wil haar zeggen dat uien niet alleen maar slecht waren. Dat het beter is om te dromen dan om niet te dromen. Dat dromen het bewijs was dat je altijd bezig was met je verlangens. Maar ik vraag me wel af waarom verlangen altijd onderdrukking oproept.

Ter nagedachtenis aan mijn overleden oma had ik aan een kant van de tafel sla, drie soorten kruiden, in dunne reepjes gesneden ui en komkommer en een *oriental salad* met daarin kort in olie gebakken tofu neergezet. Het is goed voor je om veel salades te eten in april, een maand waarin je lichaam log aanvoelt en je snel moe wordt. Salade prikkelt niet, maar geeft je energie en laat je weer op krachten komen.

Munju is in slaap gevallen. Ik doe de deur en het raam die op een flinke kier staan dicht en doe het licht uit. Ik heb het gevoel dat ik ergens sporen zal aantreffen dat oma langs is geweest. Ik trek de deken omhoog en stop Munju's schouders in. Ik pak voorzichtig de hand die onder de deken uitsteekt en stop deze terug. Als je in slaap valt, vallen je zintuiglijke organen ook langzaam in slaap. De smaakzin slaapt als eerste, daarna het gezichtsvermogen, dan de reukzin. Het gehoor is nog wakker, maar valt dan ook langzaam wegzakkend in slaap. Het zintuig dat als laatste wakker is, is de tastzin. De tastzin is als laatste wakker om ons te kunnen waarschuwen voor al die gevaren die ons vlees bedreigen. Als je op sterven ligt is de volgorde anders. De wangen van de slapende Munju stralen ook in het donker een robijnrode gloed uit. Iedereen die in slaap aan het vallen is straalt zo dankzij zijn zinnelijkheid. De seks voor het slapen gaan is dan ook het diepst en het intiemst. Maar als je eenmaal slaapt, komen alle zintuigen weer los van elkaar te staan. Wat zou er in mijn koffer zitten, vraag ik me af, geen uien, geen tomaten, geen water.

17

De maand dat in Singapore benamingen als 'de keuken van de wereld' of 'de culinaire hoofdstad van de wereld' het meest op hun plaats zijn, is april wanneer de World Gourmet Summit wordt gehouden. Tijdens de World Gourmet Summit worden er drie weken lang in zeven tophotels waaronder het Conrad Centennial en veertien restaurants in de buurt van de City Hall zeventig gastronomische evenementen gehouden. Het festival is beroemd geworden omdat topchefs van over de hele wereld dan zelf koken om het epicurisme van de fijnproevers te bevredigen en omdat je dan kunt deelnemen aan door henzelf gegeven kookklassen. Het feit dat je zonder naar het verre Europa te hoeven gaan toch het eten van de koks die in de Michelin-gids vermeld staan kunt proeven en met hen in gesprek kunt treden is een groot pluspunt voor het festival. Als je langer dan zes maanden bij Nove hebt gewerkt, verwerf je de kwalificatie om op excursie naar dit festival te gaan en als je nog een jaar blijft, word je in de gelegenheid gesteld om een culinaire reis naar Italië te maken.

Dit jaar is het zo geregeld dat onze maître d'hôtel Pak op het restaurant let en dat de chef-kok samen met de twee jongste koks Ch'oe en Kim en mij naar het festival gaat. Om samen met de chef-kok ergens naartoe te gaan is al een zeldzame gebeurtenis, maar dat hij me voorstelt om aan een wijnworkshop deel te nemen is helemaal onverwacht. Als je een nog betere kok wilt worden, zegt hij, dan valt er nog heel veel te leren. Dat heb ik al vaker gehoord, maar nu raakt het me vreemd genoeg midden in mijn hart. Dit komt namelijk van iemand die weet hoe ik heb staan stuntelen in de keuken tussen de kippen en de eenden, de aubergines en de uien. Maar als ik daar niets voor voel, kan ik daar ook rustig wat rond gaan kijken. De chef-kok die zo tegen mij spreekt is mij onbekend, alsof iemand opeens aardig tegen je is die dat voorheen nooit was. Het is beter als strenge en norse mensen dat tot hun dood blijven. Dan ben je minder verdrietig, lijkt me. Natuurlijk bedoelt hij niet dat ik maar rustig wat moet rondkijken. Hij bedoelt dat ik daar elke dag drie verschillende soorten maaltijden moet eten. Ik knik. Misschien dat de chef-kok zich niet zozeer zorgen maakt over mij, maar over mijn verdwijnende smaak. Dat zal ook wel mee hebben gespeeld om mij drie dagen verlof te geven. Als een kok zijn smaak verliest is de beste oplossing de eigen keuken te verlaten en het eten van andere koks te gaan proeven. Net zoals de beste oplossing om mensen die moeilijk eten is om ze mee de keuken in te nemen en zelf gerechten te laten bereiden. Drie dagen. Dat is dan meteen een mooie gelegenheid om te testen of ik het een dag zou volhouden zonder aan Han Sŏkchu te denken. Terwijl ik in het vliegtuig stap, mompel ik chagrijnig dat het maar goed is dat het geen week is.

Wij verblijven in het Metropolitan Hotel, over de brug ongeveer zeven minuten lopen in oostelijke richting van het tophotel Raffles The Plaza in de buurt van City Hall waar de meeste evenementen zullen plaatsvinden. We spreken af dat de chef-kok met Kim en ik met Ch'oe samen een kamer delen. Zo gauw we in het hotel zijn aangekomen, gaan we er apart op uit omdat een ieder een schema heeft met alle evenementen en culinaire manifestaties die hij wil zien. Dit is de perfecte kans om eens uit te rusten, maar daar is Singapore in april te druk voor, te vochtig en zijn er te veel mensen. Ik trek een katoenen rokje aan en een wit T-shirt waarvan je de mouwen helemaal kan oprollen. Aan mijn voeten heb ik een paar gymschoenen. Als hij bij me was geweest had hij me vast geplaagd: 'Weer iets wits aangetrokken?' Op de een of andere manier is het zo dat als ik een hemelsblauw kledingstuk aantrek het een wit druppeltjespatroon heeft en als ik een T-shirt met groene strepen aantrek, er wit verwerkt zit in die strepen. Hij moest er altijd om lachen en riep dan uit dat je er donder op kon zeggen dat er ergens een witte stip zat, alsof hij net iets raars ontdekt had. Ik ga eerst laksa eten, besluit ik, waarna ik mijn kraag in orde maak. Ik voel me pas op mijn gemak als ik buiten de keuken ook witte kleding draag.

Singapore in april loopt over van de fijnproevers uit de hele wereld. Onderscheid maken tussen mensen die fijnproever zijn en mensen bij wie je je dat afvraagt, is een kwestie vol onduidelijkheden, net als de vraag waar de kop van een eend ophoudt en zijn lijf begint. Het is ook geen belangrijke kwestie. Iedereen wil immers eten en weet dat hij niet kan leven zonder te eten. Het enige dat duidelijk is, is dat iedereen een bepaalde houding ten opzichte van voedsel heeft. Wat ik bedoel is dat de ogen van sommige mensen bij bepaalde gerechten helemaal gaan stralen en dat ze zo opgewonden raken dat hun spieren ervan verstijven, terwijl iemand anders hetzelfde gerecht kan eten, totaal onverschillig over wat hij eet, terwijl hij tegelijkertijd ook nog andere dingen doet. Als jij tot de eerste categorie behoort, ben je waarschijnlijk een fijnproever en als je tot de laatste categorie behoort niet. De fijnproever staat vol goede wil tegenover schoonheid, maar iemand die geen fijnproever is, laat schoonheid koud. De fijnproever eet langzaam en apprecieert de smaken bedachtzaam, maar iemand die dat niet is werkt alles naar binnen om zijn buik te vullen en staat snel van tafel op. Iemand die geen fijnproever is, is nog nooit in gewicht toegenomen en is het niet eens met het idee dat een kok een kunstenaar is. Maar vanuit het standpunt van de creatie van een gerecht gezien is de fijnproever een kunstenaar. Het onderwerp van de fijnproever is alles wat gegeten kan worden en zijn belangstelling en toewijding hiervoor creëren de geboorte van gerechten. De smaakzin van dieren is beperkt, waardoor sommige soorten alleen planten eten en andere alleen andere dieren, maar de mens is een alleseter. Hij kan alles eten. De liefde voor eten: dat is de eerste emotie van de fijnproever ten aanzien van eten. Soms is er niets dat die liefde in de weg kan staan. Foie gras is onder fijnproevers het meest geliefde gerecht, maar het is niet iets dat je altijd kon eten. In de jaren zeventig werd in de Verenigde Staten de invoer van foie gras verboden vanwege het gevaar van bacteriën en ziektes. Maar zelfs deze internationale wet vermocht de wereldberoemde chef-kok Jean-Louis Palladin van het toen overal befaamde restaurant Napa in Las Vegas, niet te stoppen. Hij vloog zelf naar Frankrijk, propte daar ganzenlevers in de slokdarm van een enorme zeeduivel en verstuurde die per luchtpost naar de Verenigde Staten. Hij wist namelijk dat geen douaneambtenaar zijn handen in een vissenslokdarm zou willen stoppen. Met die zo moeilijk verkregen ganzenlever maakte hij een gerecht dat niet op het menu kwam. Zijn fijnproevende vaste klanten kwamen elke avond als dieven in de nacht naar zijn restaurant om zich daar gulzig vol te stoppen met licht gebakken foie gras in wijnsaus.

De liefde voor lekker eten. Misschien is dit wel een uitvergroting van de liefde tussen de vrouw en de man. Zo bekeken kan het niet anders dan dat een kok en fijnproevers de ideale partners zijn. De kok heeft als roeping het gelukkig maken van mensen met zijn eigengemaakte gerechten, de fijnproever is iemand die niet kan stoppen met denken aan goed eten en die compleet gepassioneerd is van het eten ervan. Dat zijn uiteraard de echte fijnproevers, maar ook als ik een scène zie van mensen die helemaal opgaan in seks, denk ik als vanzelf dat zij beslist ook fijnproevers zullen zijn. Sinds het moment dat ik verleden winter door een kier in de schuifdeuren heb staan gluren naar Han Sŏkchu en Yi Seyŏn.

Ik ga buiten aan een oud tafeltje zitten bij Marine Parade Laksa aan Katong Road en ga op in het eten. Laksa, gemaakt van kokosmelk en rijstnoedels waar rijkelijk kruiden aan zijn toegevoegd en dan aan de kook gebracht, is vol en zo heet dat je je verhemelte verbrandt. Dat het eerste gerecht dat ik uitkies, hier in het 'voedselparadijs', nu net laksa is, een gerecht dat in Singapore op iedere straathoek voor een stuiver te koop is. Ik moet er bijna om lachen. Ik draai de noedels om mijn eetstokjes en stop ze in mijn mond. De hete rijstnoedels laten zich smakelijk kauwen. Het vocht is zo vol en rijk dat het nog beter smaakt. Dit is de geur van kokosnoten. De geur van specerijen. De geur van kruiden. De geur van de eerste keer Singapore in april met hem. De oude straatjes waarin we ronddwaalden terwijl we onze honger verbeten nadat we door het East Coast Park hadden gewandeld, de in pastelkleuren geverfde huizen van Katong en hun bloementegels. De geur die dat alles in zich bewaard had. Als ik daar bij die Seven Eleven supermarkt de hoek om ga, dan staat hij daar, denk ik, net zoals toen, onhandig voorovergebogen met dat grote lijf van hem. Als ik hier weg ga en drie straten verderop naar het Katong Antique House loop, dan, zo denk ik, staan wij daar nog, als wassen beelden, hij die een blouse voor mij aan het uitkiezen is en ik die aardewerken borden aan het uitzoeken ben. Laat ik eerst deze kom maar leegeten. En dan ga ik daar nog een keer naartoe. Ik slurp het vocht van de laksa naar binnen. Ik voel hoe de kleine knobbeltjes op mijn tong, die vele duizenden smaakpapillen, één voor één wakker worden. De smaakzin geeft de mens het meeste plezier van alle zintuigen. Het plezier om te eten kan samengaan met de plezierige sensaties van de andere zintuigen, zoals het zicht of het gehoor en het kan de afwezigheid van andere zintuigen ook verlichten. Er zijn momenten dat ik niet anders kan dan eten. Die tijden dat ik alleen door te eten kan bewijzen dat ik leef. Er lijkt een stortbui aan te zijn gekomen, want dikke regendruppels vallen kletterend op mijn tafeltje.

 Eten of niet eten, liefhebben of ermee ophouden. Dit zijn allemaal zintuiglijke kwesties.

18

Een herinnering lijkt in elkaar te zitten als een driehoek die uit drie afzonderlijke scherpe hoeken is samengesteld. Omdat opgeroepen herinneringen in je hart blijven rondtollen, doen de uitstekende hoeken je veel pijn. Hoe meer herinneringen naar boven komen, hoe sneller ze rondtollen als weerhaantjes in de wind en hoe meer pijn het doet. Zouden de hoeken er op een gegeven moment vanzelf afslijten als dit maar lang genoeg duurt en zouden ze je dan geen pijn meer doen? Zou die dag komen? Maar ik weet niet eens of ik iemand ben die wacht tot die dag komt of iemand die denkt dat de pijnlijke situatie waarin die scherpe punten alles openrijten, haar de ogen opent. Wat in ieder geval buiten kijf staat, is dat de dingen die vroeger zijn gebeurd weliswaar al lang geleden zijn, maar ook altijd bij me zijn. Ik zou willen dat ik er maar drie dagen niet aan zou hoeven denken. Ik bijt hard op mijn lip. Is er niets wat ik beslist nu zou moeten doen? Ik heb sterk het gevoel dat er iets voor mij zal veranderen wanneer ik terug naar huis ga. Dit voorgevoel neigt eerder naar onrust dan naar verwachting. Ik ga hier nu elke dag drie verschillende restaurants af en ik ga eten. Ik eet kayajam, gemaakt door kokosmelk, eieren en suiker te mengen, maar de smaak die aan het puntje van mijn tong blijft hangen is eerder zout dan zoet. Ik vraag me af of mijn onrust geen positief signaal is dat mijn onderbewuste volop en energiek in beweging is. Me vasthoudend aan die minieme hoop ontbijt ik in het koffietentje Killiney Kopitia bij Somerset Station met French toast waar de kaya-jam vanaf druipt. In de middag moet ik deelnemen aan een wijnworkshop in het Conrad Hotel. Ik koop twee potten kaya-jam die ze zelf hier in het koffietentje maken en verkopen, en neem dan buiten een taxi direct naar Chinatown. Het is benauwd en vochtig, en je weet nooit wanneer het weer zal gaan stortregenen. Bij een stalletje koop ik een mango met een groene tint en een gele papaya uit Hawaii. Er is een overvloed aan de prachtigste soorten fruit: de sappige en verkoelende manggis, óok wel de koningin van het fruit genoemd, oranjekleurige minibananen, de chempedak die zo stinkt dat je hem niet mee het hotel in mag nemen. Ik heb het vermoeden dat als je een groengele mango schilt, in dunne plakjes snijdt en daar geraspte Goudse kaas over strooit, dat op zichzelf al een zoet en licht dessert is. Of je garneert het met in de oven gebakken en met honing besprenkelde pompoen. Manggis of chempedak passen denk ik ook wel goed bij groenetheeijs. Het is natuurlijk prima om vruchten gewoon als vruchten te eten, maar als ze gecombineerd worden met andere dingen worden de vitaminen erin beter opgenomen. Ik heb het gevoel dat er iets mist. Ik ga naar een Chinese koekjeswinkel en koop een doos met een taart. Of hij deze taart in de vorm van een koekje en rijkelijk gevuld met een dikke appelsaus nog steeds zo lekker vindt, weet ik niet. Ook toen hij het huis al uit was en we elkaar eens in de zoveel tijd zagen, denk ik niet dat we ook maar een keer hetzelfde gegeten of gedronken hebben. Ik wil er niet aan dat zijn eetlust wezenlijk veranderd is. Van de menselijke zintuigen zijn de smaakzin en de reukzin juist de zintuigen die het langst onveranderd blijven. Als ik me nu als een taart zou bakken en op zou dienen of als een Duitse pretzel, hard en zout, gebakken van meel en zout in de vorm van een armband en zo met een klik om zijn arm zou sluiten. Er schiet me nu niets beters te binnen, ik koop de taart.

Tegen de tijd dat in de tuin van het Conrad Hotel de 'Wijnworkshop met Michel Rolland' begint, is de chef-kok van wie ik dacht dat hij er samen met me aan zou deelnemen, nergens te bekennen.

Rond deze tijd zullen Kim en Ch'oe met hun met veel moeite verkregen kaartjes naar de Gourmet Safari zijn gegaan die de rivieroever van Singapore volgend langs drie verschillende restaurants gaat. De wereldberoemde wijnkenner Michel Rolland is de Chateau Le Bon Pasteur aan het introduceren, een wijn die zich onderscheidt door zijn geur van overrijpe pruimen en gedroogde vijgen. Een wijn die gemaakt wordt in zijn geboortestreek Pomerol. Dat is misschien ook de reden dat deze wijn, die voor anderen een gemiddelde wijn kan zijn, voor hem speciaal is. Rolland heeft gezegd dat je gerechten eet van eerst de voedzaamste naar daarna de lichtere gerechten, van de minst gekruide naar de meest gekruide gerechten, en dat je normaal gesproken van de zware wijnen naar de lichtere gaat, van de sterk gekruide naar de flauwere wijnen. Maar wat hij zegt gaat niet altijd op. Als wat hij altijd zegt bij het drinken van wijn het allerbelangrijkste de eigen voorkeur is, dan geldt dat ook voor eten. Hij schenkt ongeveer een centimeter wijn in de in rijen opgestelde wijnglazen op tafel. Nu zijn wij aan de beurt om de wijn te proeven. Hij heft het glas alsof het een vlag is en zegt: 'Dit zijn de allerzuiverste waterdruppels ter wereld!'

In het glas danst de robijnrode vloeistof rond. Die kleur waarin zonneschijn en wind gecondenseerd zijn is delicaat en bijna transparant, maar twijfel bekruipt me opeens. Aangezien zuiver water geen enkel deeltje met smaak bevat, kun je je smaakzin niet inzetten. Dus hoe zuiverder iets is, hoe minder je ervan proeft voordat je er andere bestanddelen, een snufje zout of een paar druppels azijn, in hebt gedaan. En als dat zo is, is de wijn die ik nu vasthoud dan zuiver water of niet?

Er was besloten dat we de laatste avond gezamenlijk zouden gaan eten bij het Seafood Centre aan de East Coast. Ik ben alleen in het hotel gebleven. Net zoals je een diner altijd eindigt met koffie of ijs, eindig je de avond hier altijd in het Seafood Centre. Maar deze keer trekt dat me niet. Dat komt door de wijn die ik de hele middag heb gedronken, maar evengoed door de hoge luchtvochtigheid waardoor mijn kleren als een natte doek aan mijn lijf plakken. Ik heb voortdurend hoofdpijn. Als ik terug op mijn kamer kom na in het Chinese restaurant op de tweede verdieping van het hotel een kom wantansoep te hebben gegeten, is het nog niet eens acht uur. Ik zet de warmwaterkraan open, blijf even in de badkamer, loop weer naar buiten en ga op de grond liggen terwijl het water in straaltjes uit de kraan komt. Ik voel me opeens zo lusteloos dat het is alsof iemand ongeraffineerd zout op mijn naakte lichaam heeft gestrooid. Drie dagen is te lang. Te lang om maar aan één iemand te denken, te lang om je best te doen om niet aan hem te denken. Laat me maar zo droevig zijn als moet. Ik hoor een stem. Ik kan niet uitmaken of het gevoel dat nu mij zo neerdrukt droefheid is, spijt of spirituele verlichting. Nu wil ik slapen. Ik wil in een zo diepe slaap vallen dat ik morgenochtend niet wakker zal worden. Ch'oe zal zo wel binnenkomen. Ik heb de energie niet om in bed te gaan liggen. Ik voel me als een lukraak geknakt spinazieblaadje waar de knapperigheid af is. Ik strek met moeite mijn benen en trek de beige deken op het bed over me heen. Ik word met schokjes een hoge koorts gewaar in mijn oksels, de binnenkant van mijn ellebogen en de achterkant van mijn knieën. Zou ik te veel gegeten en gedronken hebben? Ik heb het opeens zo koud, Sŏkchu.

Ik wrijf in mijn ogen. Er staat een groot wit paard nonchalant in de kamer. Ik doe mijn ogen dicht en weer open. Iemand in een witte badjas staat in de kamer en kijkt op me neer... Wie? Na een hele poos begrijp ik eindelijk, alsof er een zware mist optrekt, dat de persoon die voor me staat niet Ch'oe is maar de chef-kok. Ik wil mij oprichten, maar doe het toch niet, ik draag geen kleren, ik realiseer me nog net dat het hier de keuken niet is, maar een hotelkamer. Ik trek de deken omhoog tot aan mijn nek. Hoe laat is het ondertussen? Zou iedereen weer terug zijn van het visrestaurant? Waar is Ch'oe en is de chef-kok nu echt hier? Vreemd. Dat iemand zo ligt en een ander er zo bij staat voelt niet vreemd aan, alsof het allang zo is. We hebben altijd naast elkaar gestaan in een zo krappe keuken dat onze schouders langs elkaar schuurden. Ik doe mijn

nek omhoog in een poging me op te richten. 'Blijf maar liggen.'
In het donker dondert de stem.
'...!'
'Vijf minuten maar.'
'...!'
'Ik ben over vijf minuten weg.'
Ik heb het gevoel dat alle kracht uit mijn lichaam verdwenen is. Ik hoor het geluid van ritselende stof. De kok knoopt de riem om zijn heupen los en trekt de badjas uit. Moet ik mijn ogen nu dichthouden? Ook met mijn ogen dicht is het niet helemaal donker. Ik sper mijn ogen wijd open en ga recht liggen. Ik wil nu niet nerveus zijn als de een of andere idioot. Als ik me maar niet van mijn stuk laat brengen. De chef-kok gaat boven op me liggen alsof hij me bedekt. Hij pakt mijn handen die de deken vast hadden stevig vast en duwt ze omhoog naast mijn oren. Door de dunne deken heen voel ik zijn gewicht, zijn lichaamstemperatuur, zijn adem. Onze lichaamsdelen die elkaar buiten de deken om raken zijn mijn ellebogen tot mijn vingers en zijn linkerwang die de mijne raakt. Toch lijkt het alsof we elkaar helemaal raken. Een gevoel van ongeruste opluchting en een diepe zucht stijgen omhoog naar mijn borst. Als het onmogelijk is om terug te gaan naar vijf minuten geleden, is er nu maar een ding dat ik kan doen. Ik kan slechts rustig liggend wachten tot de vijf minuten voorbij zijn. 'Blijf ademhalen.' Zijn stem klinkt veel te hard.
'Ja.'
'Ik zal niets doen.'
'Dat weet ik.'
'Dus ik hoop dat je rustig wilt blijven liggen.'
Ja, en dat doe ik nu toch ook.
'Ik ga zo weg.'
Ja, ook ik wil de gevoelens van vriendschap die ik de afgelopen dertien jaar druppel voor druppel heb verzameld hier niet zomaar weggooien.
'Je bent te zwaar.'

Hij zet een been langs mijn lichaam op de grond. Het is nu veel makkelijker om te ademen. Je hebt mensen die pleziertjes die schuldgevoel opwekken niet najagen, zodat ze zich ook niet schuldig hoeven te voelen en je hebt mensen die deze pleziertjes wel najagen en zich er schuldig over voelen, en de chef-kok behoort tot de eerste categorie. We moeten morgenochtend in het cafetaria van het hotel immers met uitgestreken gezichten alsof er helemaal niets aan de hand is onze toast kunnen eten. We moeten beschaafd, zonder enige ophef tegen elkaar kunnen zeggen dat de koffie te waterig is of te slap... Zonder een woord te zeggen, liggen we op elkaar in de vorm van een 'y' en luisteren met gespitste oren naar de geluiden die van ver weg lijken te komen. De aprilavond is vaag, in de war en veel te heet, zoals toen die keer dat ik een mango had gegeten die aan het gisten was.

'Elke keer dat ik je zie, moet ik aan haar denken.'

'...'

'Zij gaf mijn leven kleur.'

Spreekt hij nu over zijn vrouw van wie hij gescheiden is of heeft hij het over zijn overleden dochter? Dat weet ik al heel lang, maar voor de rest weet ik bijna niets over zijn privéleven. Hij is niet het type om over dat soort dingen te praten. Maar wie hij ook is, ik zou liever niet willen dat er gezegd wordt dat hij daarin op mij lijkt. 'Ik heb niet genoeg van haar gehouden. Ik had er de tijd niet voor, zie je.'

Hij praat blijkbaar over zijn dochter.

'Lucht je hart maar eens goed.'

'...!'

'We vertrekken hier morgen immers. We gaan weer terug naar waar we wonen. En daar kun je dit beter niet doen. Ik wil liever niet dat je daar zo dichtbij komt.'

'Je hebt gelijk...'

Ik wil met mijn hoofd knikken, maar ik kan geen vin verroeren. Mijn hele lichaam wordt omgeven en platgedrukt, mijn gezicht door zijn gezicht, mijn schouders door zijn schouders, mijn be-

nen door zijn benen. 'Ik wilde me herinneren hoe ze opgroeide. Elke keer als ik haar in bad deed, stopte ik haar hiel in mijn mond. Totdat kinderen kunnen lopen, hebben ze nog geen echte hiel. Alleen maar een zacht, kneedbaar voetje. Als ik dat zachte hieltje in mijn gevoelige mond nam, kietelde het. Dan werd ik van top tot teen gewaar dat zij leefde en dat ik ook leefde. Elke keer dat haar hieltje in mijn mond weer wat groter aanvoelde, dacht ik: ze is weer zoveel gegroeid. Na haar eerste verjaardag lukte het me niet meer om haar hiel in mijn mond te stoppen. Ze was veel te groot geworden, zie je. En ze liep al bijna. Ik miste iets alsof ik iets kwijt was geraakt, maar tegelijkertijd was het goed om te zien hoe ze op haar steviger wordende hiel liep, sprong en rende. Ik was gelukkig dat ze leefde.'
'...'
Ik heb gehoord dat zijn dochter in het jaar dat ze vijf was geworden, een paar dagen nadat ze ontvoerd was, in een mangat vlak bij haar huis was teruggevonden. 'Hoe smaakte het?'
'...?'
'De smaak van haar hiel.'
'Zoet... Heel zoet en mals.'
'Zoals witte druiven?'
'Nee, het smaakte zachter en eerlijker.'
'...'
'...'
'Ik ben eens naar Tōhoku geweest.'
'Ja?'
'Naar een plek die beroemd was vanwege het paardenvlees. De lange repen vlees die zo dun als rijstpapier waren gesneden, waren doorregen met helder glinsterende bloedrode en witte tinten, wat de marmering echt indrukwekkend maakte. Toen ik een stukje in mijn mond stopte, vormde zich als een plasje water vleessap tussen mijn kiezen. Ik kreeg het gevoel alsof er een paard langzaam rondliep in mijn mond. Het was me bijna te veel. Zo was het toch?'
'Dat klopt, zo was het.'

'Precies.'
'Waar ik ook naartoe zou gaan, die smaak zal ik nooit meer terugvinden.'
'Die zul je nooit meer vinden.'
'Inderdaad, omdat die niet meer bestaat in deze wereld.'
'Ja, een speciale smaak die nergens ter wereld te vinden is.'
'Ik heb die smaak weer willen creëren.'
'...'
'...'
Huilt hij nu?
Mijn wangen worden warm en nat. Nu zijn ook de gedeelten van mijn lichaam die hij niet kon aanraken aangeraakt, zo voel ik.
'Ik had ook zo iemand. Iemand die het leven kleur geeft.'
'...'
'En ik had ook de tijd niet.'
'Hou maar op nu.'
'Als het te makkelijk gaat, dan is het geen liefde.'
'...'
'En zeg niet dat dat niet zo is.'
'Doe ik ook niet.'
'Je hebt nu eenmaal smaken in deze wereld die onvervangbaar zijn. Je hebt mensen die je door geen enkel ander mens kunt vervangen.'
'Ja, dat klopt.'
'Oké, laten we maar ophouden.'
'Ja, laten we dat doen.'
'Ja.'
'...'
'...'
Hij haalt zijn gezicht van mijn wang. Hij laat mijn handen los, trekt zijn schouder op, beweegt zijn benen. Ik zie hoe hij zich terugtrekt van mijn lichaam en sluit mijn ogen. Want als ik zijn lichaam eenmaal zou zien, ben ik bang dat ik steeds zou moeten terugdenken aan deze levendige gewaarwording die nog het meest

weg had van een hete wortel die mijn lichaam doorboort.
'Maar jij...'
'...!'
'Jij bent nog te klein,' zegt hij terwijl hij zijn afgegooide badjas weer heeft aangetrokken en wegloopt. Alsof hij het weer tegen zijn eigen dochter heeft die ondanks het verstrijken van de tijd niet gegroeid is, met een stem waarin spijt, medelijden en de liefde die hij haar nooit had kunnen geven geperst zitten.
Ik hoor de deur dichtgaan.
Ik heb me niet van mijn stuk laten brengen. Ik fluister in het donker. Maar ik voel ergens dat mijn lichaam soepel als een wijnrank gebogen is. Ik ga diagonaal in bed liggen. Ik voel me helemaal warm worden alsof iemand net even zijn tanden in mijn hiel heeft gezet.

19

De grootste overeenkomst tussen de hond en de mens is hun brandende verlangen naar aandacht en liefde. Het verschil tussen de hond en de mens is dat waar een mens zich zorgen maakt over hoe andere mensen over hem denken, de hond voornamelijk geïnteresseerd is in hoe de andere partij hem behandelt. Ze hebben gemeen dat beiden reageren op het gedrag van andere wezens, maar de hond past zijn gedrag slechts aan een partij aan die sterker is dan hijzelf. De beste communicatievorm voor honden is blaffen. Geblaf is het effectiefste en unieke signaal dat een hond kan produceren en voor honden ligt de reden voor deze vorm van communicatie in het duidelijk maken wat zij willen. Mocht een hond nu gedurende langere tijd niet krijgen wat hij wil, dan zal hij geleidelijk en subtiel gaan aanblaffen. Dat geldt voor elke hond, hoe goed ook opgevoed. Zelfs een hond als Paulie die zo deugdzaam, zelfbewust en elegant was dat het net een mediterende Zen-hond leek, was manieren gaan zoeken om mij te kunnen intimideren.

Op een dag was Paulie nadat het geregend had van de binnenplaats de woonkamer ingesukkeld. Zijn prachtige goudrode vacht zat onder de modder en hij verspreidde een onaangename geur. Alsof hij me wilde laten weten dat hij met opzet in de modder had liggen rollen, blafte Paulie die behalve zijn zwarte pupillen helemaal onder de modder zat, een keer laag, sprong op de bank en er weer vanaf en begon toen mijn snijplank op en af te springen. Paulie, wat doe je? Ik schreeuwde. Paulie keek me met een scheve kop even aan en deed toen weer hetzelfde. Het zag ernaar uit dat hij er niet over dacht, zelfs de intentie niet had, om te stoppen voordat hij had gekregen wat hij wilde hebben. ... Ik verroerde geen vin. Zonder Paulie aan te kijken ging ik op een stoel in de keuken zitten en deed alsof ik verder las in het tijdschrift waar ik in bezig was geweest. De ogen van de mens zijn zo gemaakt dat ze zien wat er voor ze ligt, maar het gezichtsveld van een hond is nauwer omdat de gezichtsvelden van beide ogen elkaar overlappen, waardoor het voor honden moeilijk is om onderscheid te maken tussen een gewone driehoek en een driehoek op zijn kop. Maar allebei zijn ogen waren gevoelig voor bewegingen. Ik gooide het tijdschrift neer en stond op van mijn stoel. Paulie stopte abrupt en ging toen pas met zijn voorpoten onder zich gevouwen op zijn eigen plek liggen. Na zijn laatste bezoek was hij niet meer langsgekomen om Paulie te zien. En natuurlijk al helemaal niet om mij te zien. Ik weet heel goed wat je wil, Paulie. Wat jij wil, wil ik ook. Alleen hij wil niet wat wij willen. Dat moet jij onderhand toch ook weten. Ik streelde Paulie zachtjes in zijn nek als om hem te troosten. Ik rook alleen nog maar de geur van modder. Ik streelde hem, nog dieper door zijn vacht woelend. Zijn geur verdampte en verdween. Jij kunt het ook niet langer meer lijdzaam verdragen, hè Paulie? Je bent immers een dier dat de wereld begrijpt en herinnert door je reukzin. Ja toch? Ik dacht dat we aan het praten waren. Iemand die aan een depressie lijdt, ondergaat hevige pijnen zonder dat er medisch gesproken lichamelijk iets aan de hand hoeft te zijn. Maar een hond die aan een depressie lijdt heeft normaliter ook medische symptomen die zich in één keer openbaren. Paulies mistige ogen die soms zijn baasje niet meer herkenden en zijn gedrag vertelden dat duidelijk. Ik dacht dat we aan dezelfde ziekte leden en dat we op zijn minst en zo goed en kwaad als het ging daarover met elkaar hadden gepraat. Maar dat was verkeerd gedacht.

Toen ik een paar dagen later van mijn werk thuiskwam, was Paulie een dode, in staat van ontbinding verkerende kat in de huiskamer als een bal heen en weer aan het duwen. Zo gauw hij zag dat ik met een hand voor mijn mond stond te kijken, ging hij er pardoes op zitten. Alsof hij wilde zeggen: ik ben nu eenmaal gek op dit soort stinkende, vieze dingen. Toen ik hem met pijn en moeite naar de badkamer had getrokken, beet de tegenstribbelende Paulie me opeens in mijn hals. Hij beet niet zozeer, het was meer dat hij zijn kaken met kracht om mijn hals had gesloten, net als hij altijd zijn kaken om mijn knieën zette, maar we waren nu niet zoals anders met de bal aan het spelen of over de grond aan het rollen en aan het spelen. Ik werd ogenblikkelijk bang. Honden uiten hun frustraties als ze boos zijn zo met hun bek. Als hij in een hoek gedreven zou zijn geweest, had hij doorgebeten. Zelfs als het zijn baasje was. Honden beschermen namelijk zichzelf tot hun laatste adem en niet hun baasje. Paulie was in alle staten. Ik moest nu kalm blijven. Beter luisteren naar wat Paulie eigenlijk wilde. Ik draaide de kraan open en richtte de douchekop niet op Paulie, maar op de grond alsof ik hem liet zien dat hij mijn wil gebroken had. Het geldt voor zowel mensen als honden dat lang meegedragen frustraties agressiviteit opwekken. Ik vroeg me af of ik daar eigenlijk niet bang voor was geweest.

Paulie was nog steeds aan het grommen, zijn bek wijd open terwijl hij zijn scherpe en woest uitziende tanden telkens ontblootte. Ik draaide de kraan dicht en ging op de badkamervloer zitten. Paulie en ik zaten met een natte kont op de drijfnatte vloer en staarden elkaar aan. Maar dit mag niet, hoor Paulie. Ik greep hem in zijn nek en trok hem naar me toe terwijl ik hem recht in zijn ogen bleef kijken. Als je een hond in zijn nek bijt, vaardig je een uitdaging aan de groepshiërarchie uit. Met een hand sloeg ik hard op Paulies compleet droge neus. Als hij nu toch dit gedrag bleef voortzetten, dan was de enige manier die me nog resteerde hem geen eten te geven. Nee. De hand waarmee ik zijn nek vasthield verloor zijn grip en ik liet die hand langs mijn zij vallen. Ik schudde mijn hoofd. Wat was het beste thuis voor deze oude hond? Daar moest ik me eens goed over beraden. Dat zou immers de beste oplossing voor Paulie zijn.

Alsof hij op een nieuwe prikkel zat te wachten keek Paulie me met raspende ademhaling ernstig aan. Ik keek weg van Paulie. Met een eenduidige en grote beweging zodat ook de slechtziende Paulie het direct zou herkennen. Onze verstandhouding is nu tot een einde gekomen, wilde ik zeggen. Ik moest nu vastberaden zijn. Als ik niet meer liefde kon laten zien dan hem af en toe nonchalant aan te kijken, dan bezat ik de vereisten niet om een hond te hebben. Ik bezat de vereisten niet om Paulie nog langer te houden. Misschien was het wel zo dat Paulie niet uit eigen beweging bij mij was, maar dat dat alleen maar zo was omdat hij nu eenmaal nergens anders naartoe kon gaan. Dat een hond zijn baasje dat in gevaar verkeert beschermt, komt niet voort uit liefde of plichtsbesef, maar is niet meer dan het anticiperen op wat er daarna zou gaan gebeuren. De gedachte dat dat gedrag voortkomt uit liefde voor het baasje is een gevolg van het onbegrip van de mens voor de hond. Een hond is maar een hond. Ik trok Paulie opeens naar me toe in een omhelzing. Paulie is maar een hond. Maar zijn hond. Goed dan, ik breng je naar hem toe, fluisterde ik in Paulies oor dat ik had vastgepakt. Dus dit gedrag is niet meer nodig, Paulie. Ik moest een geschikte plek voor Paulie vinden. Het huis waar hij woonde, Paulies eerste baasje. Dat zou wel eens het laatste kunnen zijn wat ik voor Paulie kon doen.

Voordat ik Paulie naar haar toestuurde, realiseerde ik me heel duidelijk dat honden, hoe goed opgevoed ook, niet altijd doen wat mensen willen en dat honden net als mensen in staat zijn om angst, verlangen, nieuwsgierigheid, woede, tevredenheid en twijfel te voelen. En nog iets, verlies. Mensen hebben bij het zien van kleinere en zwakkere wezens met veel haar en een zachte vacht, grote ogen en een ronde kop zoals een hond of een kat, instinctief het gevoel deze te moeten omarmen en beschermen. En Paulie, als hij niet zo deed als nu, was echt prachtig, gehoorzaam en eerlijk. En hoezeer ze ook een hekel zei te hebben aan honden, ik verwachtte dat zij ook zo zou zijn, terwijl ik haar telefoonnummer dat ik nog altijd kende, zonder haperen draaide.

MEI

'De vierde regel voor het bereiden van uitstekende gerechten – en vanaf hier beginnen de technieken van het fijnere koken – is het opstellen van een goed plan voordat men begint met koken. Eerst verzamelt men alle benodigde ingrediënten en men maakt deze klaar terwijl men rustig nadenkt.'

Henriette Davidis, **Praktisch kookboek voor de gewone en de fijnere keuken**

20

In metrolijn 3 zie ik een vrouw die een enorme wereldbol vasthoudt. Ik ben twee uur eerder dan normaal op weg naar mijn werk omdat er vandaag een grote zaagbaars van vijfentwintig kilo, gevangen bij Wando, en tien kilo Gazami zwemkrab zouden binnenkomen. Te zien aan de uitpuilende tas op de stoel naast haar, lijkt de vrouw een lange reis te gaan maken. Ze houdt de veelkleurige wereldbol op haar schoot en kijkt recht voor zich uit. Het is waar dat het vreemd is om in een halflege metrocoupé een wereldbol te zien, maar ik staar ernaar als iemand die er voor het eerst een ziet. De wereld voelt zo klein als een keuken; met een draai om de as van de bol kan je overal ter wereld naartoe gaan. Maar het is wel weer zo dat als je je aan de ene kant bevindt, je nooit de andere kant zou kunnen zien: op de Noordpool zou je het Zuiderkruis nooit zien. Vertrekken kan je zo vaak doen als je wilt, maar hier blijven betekent misschien wel dat er ook tijden zijn dat de dingen niet gaan zoals je wilt. Elke keer als de metro over het spoor ratelt, draait de plastic wereldbol in de handen van de vrouw om zijn as mee.

    Ik doe mijn ogen dicht en doe alsof ik slaap. Het station waar ik uit moet stappen wordt over de intercom omgeroepen. Ik open mijn ogen. Ik zie de vrouw die tegenover mij heeft gezeten niet. Ook de wereldbol die er eerder zwaar dan groot had uitgezien, is verdwenen. Ik spring net voor de deuren dichtgaan de metro uit. Ik loop over de trap omhoog, tot ik opeens mijn pas inhoud. Ik kan me niet meer goed herinneren of de vrouw inderdaad echt een wereldbol heeft vastgehouden, een pasgeboren kind gewikkeld in een veelkleurige omslagdoek of wellicht een hondje. Of ben ik in de vroege ochtend in de metro weggedommeld? Laat ik er dan maar van uitgaan dat ik een vrouw met een in mijn ogen ietwat vertekende meloen gezien heb en geen vrouw met een wereldbol, bedenk ik me en loop verder. Een meloen kun je namelijk eten en is nog lekker ook. Hoe verder de lente vordert, hoe minder diep ik slaap. Als het niet helpt om te lezen of kruidenthee te drinken, ga ik op blote voeten de tuin in en loop daar wat rond tot ik de zon zie opkomen. En nu is zelfs Paulie er niet meer om mijn gezicht met zijn warme tong rasperig af te lebberen.

Ik spoel de enorme vis van vijfentwintig kilo met water af en leg hem op de snijplank. Dit is zo'n vers exemplaar dat ik half verwacht dat hij elk moment met zijn staart kan gaan slaan, zijn ogen wijd opengesperd. Een eeuw geleden zou hij hier niet in een piepschuimen doos vol met ijs maar in een kruik met honing in goede conditie zijn aangekomen. Tussen de zes koks die zich voor de enorme zaagbaars verzameld hebben, ieder met zijn eigen speciale mes in de aanslag, is de spanning voelbaar. Ik heb verleden maand besloten om een tijdje geen vis meer aan te raken. Mijn lichaam liet namelijk te veel warmte los en mijn handpalmen in het bijzonder zweetten te veel. Mijn handen waren de meest ongeschikte handen geworden om vis mee aan te raken. Hoe zou dat gekomen zijn? Ik had het nooit eerder zo warm gehad. Ik staar naar mijn handpalmen. Zou het zijn omdat ik er nu helemaal alleen voor stond? Ik schud mijn hoofd. Zulke twijfels maken mijn handpalmen alleen maar warmer. Het zou wel anders worden met de wisseling der seizoenen.

Voedsel kan ruwweg in vier categorieën worden ingedeeld. Koud, heet, droog, nat. Dat komt overeen met de aard van de vier verschillende vloeistoffen die een menselijk lichaam uitscheidt. Warme, koude, droge en vochtige substanties. Ik heb het gevoel dat als je nu in mijn lichaam zou snijden, zoals je in een rijpe perzik snijdt, er op de plek waar het mes langs snijdt warme en koude substantie zou lekken als uit een spuitende fontein. Ik kan niets anders doen dan wachten op het verstrijken van de tijd. Als je erover nadenkt, zou je kunnen zeggen dat dat verlangen is. Ik wil het stevig vastpakken met deze twee handen. De tijd waarin je verlangend uitkijkt naar iets is een heel mysterieuze tijd. Ik ga voor de grote oven staan die mijn gezicht perfect weerspiegelt en fluister zachtjes.

Het is spijtig dat ik de zaagbaars, die de tijger van de zee wordt genoemd, niet kan aanraken, maar ik doe een paar stappen naar achteren. Bij een vis van deze grootte zijn de lagen vlees ook dik en levert een vis een veelheid aan verschillende smaken op. Met mijn kin in mijn hand kijk ik steels naar de chef-kok, me afvragend hoe ze deze jongen gaan aanpakken. Vreemd genoeg moet ik altijd aan de chef-kok denken als ik een zaagbaars zie. Net zoals ik altijd aan Munju moet denken als ik een koe of een gele paprika zie. Waar zouden andere mensen aan moeten denken als ze mij zien? Een groente of een vis? Ik word opeens nieuwsgierig. De chef-kok neemt zijn mes op en steekt het in de rugvin van de zaagbaars alsof hij het naar binnen duwt en splijt het vlees. Zelfs maître d'hôtel Pak, die zelf niet kookt, is dichter bij de zaagbaars komen staan met grote ogen vol opwinding. Misschien zal de chef-kok behalve het vissenlijf zelf ook de wangen, het vlees op de vinnen, de maag, de lever, de kleine ingewanden en de kieuwen zorgvuldig wegsnijden en ieder een portie toewijzen. En dan een ieder de opdracht geven om er naar eigen inzicht een gerecht van te maken. Dat is de manier waarop de chef-kok de zaagbaars die hij heeft gekocht voor de prijs van een heel kalf, gebruikt. Dat is een van de redenen waarom het zo moeilijk is om weg te gaan als je eenmaal kok bij Nove bent. Een paar jaar terug heb ik de lever van zo'n zaagbaars in zout water geblancheerd en opgediend met een knoflooksaus, waarna ik van de chef-kok kritiek heb gekregen dat ik weliswaar creatief was, maar dat de smaak van mijn gerecht wel erg plat en eenvoudig was.

De chef-kok begint het nu druk te krijgen. Terwijl de anderen in de keuken allemaal bezig zijn met zaagbaarsgerechten, moet ik de krab marineren die we samen zullen nuttigen. Schaaldieren als krabben, garnalen en Koreaanse zoetwaterrivierkreeften die in het water leven en met hun kieuwen ademhalen, werpen tijdens hun groei periodiek hun schaal af. Ze hebben het meeste en smakelijkste vlees net voordat ze hun schaal afwerpen. En Gazami zwemkrabben zitten bovendien in mei helemaal vol met eitjes. Zwemkrabben die hun eitjes al gelegd hebben, verliezen hun smaak. De sojasaus om de krab mee in te maken, maakt de chef-kok nog altijd zelf. Als er een marinade is waar ik het minst goed mee werk, dan is dat Koreaanse sojasaus. Als mijn oma nog in leven was geweest, was dat iets wat ik nog van haar had kunnen leren. Wat ik me herinner is dat mijn oma voor alle zoete smaken bij het koken perenhoning gebruikte en dat ze bij het marineren van krab ook geen suiker gebruikte, maar het sap van peer. Peren die door insecten waren aangevreten, van de boom gevallen peren, bevroren peren: als ze door de handen van mijn oma gingen eindigden ze altijd als zoete, doorzichtige perenhoning. De chef-kok is iemand die het vooroordeel koestert dat iemand die er te jong voor is niet met Koreaanse sojasaus kan werken. Dus tegen de tijd dat ik van hem leer hoe ik sojasaus moet maken en hoe ik ermee moet koken, zal ik zelf ook wel niet zo jong meer zijn. Als ik dan nog steeds hier in deze keuken werk althans.

Niet alleen kaviaar en olijven zijn beter naarmate ze zwarter zijn, hetzelfde geldt voor sojasaus. Koreaanse sojasaus mag niet te dik zijn en moet een donkere, kleverige smaak als karamel hebben. Het is belangrijk om het in de juiste hoeveelheid te gebruiken, net als zout. In een pleetzilveren schaal kronkelen de nog levende krabben over elkaar heen. Eentje lukt het om met behulp van zijn scharen helemaal omhoog naar de rand van de schaal te kruipen. Als het zeekreeften waren geweest, had ik de spieren van de scharen meteen doorgeknipt. Als je zeekreeften, de meest strijdlustige onder de schaaldieren, met elkaar ergens in legt, eten ze elkaar op. Ik heb de krabben nog niet met een mes aangeraakt, want als je dat doet voordat ze dood zijn, bederf je de smaak. Nu moet ik de sojasaus eroverheen gieten. Ik steek een vinger in de afgekoelde sojasaus die net hard heeft staan koken, doe die even snel in mijn mond als ik hem er weer uithaal en proef de sojasaus met mijn tong. Het smaakt zurig, zoutig en een beetje zoetig en ik word een diepte gewaar op mijn tong als wanneer je een slok wijn in je mond op je tong houdt. Ik giet de sojasaus over de levende krabben heen. De krabben kronkelen alsof ze het uitschreeuwen. Nu is het wachten tot de krabben dood zijn om daarna bij de scharen te beginnen.

21

Donderdagmiddag gebeurde er iets vreemds. Ik liep over een paadje onder aan de heuvel in de buurt van het Shillahotel om voor etenstijd nog even een wandeling te maken. Opeens kwam er vlak voor mijn neus een zwerm pikzwarte duiven aangevlogen. Ik kreeg stof en stuifmeel in mijn gezicht geblazen en ik haalde snel mijn handen uit mijn zakken om mijn gezicht te beschermen. Tussen mijn vingers door zag ik hoe een duif als een wildeman op mijn schoenen kwam afgevlogen. Ik hield mijn been midden in een stap abrupt stil in de lucht. De duif dook op mijn schoen af alsof hij hem in een keer wou verslinden. Ik had geen tijd om mijn balans te vinden en ik viel pardoes achterover op straat. Ik maakte een buiteling op de aflopende helling en kwam erachter dat wat ik had gezien geen duif was geweest, maar een zwarte plastic zak. Maar dat was al nadat ik was omgevallen.

Ik bleef een tijdje op straat liggen zonder een vin te kunnen verroeren. Met zo'n val moest ik wel ergens iets gebroken hebben. De wang die langs de stoep was geschraapt begon te kloppen. Twee voorbijgangers probeerden me ieder aan een kant overeind te helpen. Het gaat al weer, dank u. Ik stak mijn handen uit en dacht, laat het niet mijn polsen zijn, maar mijn enkels die gebroken zijn. Als je een pols bezeert kun je niet koken en behalve dat ook nog eens de keuken niet in. Dan zou ik noch thuis noch in Nove ook maar iets kunnen doen. Dat is nu moeilijker te verdragen dan het feit dat ik nu weer single was geworden. Mijn polsen leken in orde te zijn. Ik voelde geen pijn. Ik kwam overeind en eenmaal op mijn voeten bekeek ik mijn enkels een voor een. Mijn enkels waren ook in orde. Vreemd. Dat ik zo onderuit ging op een helling alsof iemand me aan mijn enkel onderuit had getrokken en dat ik me toch niet had bezeerd. Het voorval dat zich een paar seconden geleden had voorgedaan voelde als een hallucinatie. Maar de opbollende zwarte plastic zak om mijn linkervoet en mijn linkerwang die nog altijd klopte bewezen dat het geen hallucinatie was geweest. Het was een geluk bij een ongeluk dat ik me nergens bezeerd had, maar ik hield er een vreemd gevoel aan over, alsof ik, zonder dat ik het door had gehad, de hoofdrolspeler was geweest in een slechte grap.

Het had maar een fractie van een seconde geduurd. Mijn been in de lucht om een stap vooruit te zetten en alsof het van tevoren afgesproken was de zwarte plastic zak die op de grond waaide met de opening wijd open naar mijn voet toe gericht. Die scène zag ik steeds weer voor me, alsof ik op de pauzeknop gedrukt had. Het had maar een fractie van een seconde geduurd, maar ik had het niet kunnen ontlopen. Als dezelfde situatie zich nogmaals zou voordoen zou het weer precies hetzelfde aflopen. Dus als je pech hebt kun je terwijl je onbezorgd ergens loopt door een zwarte plastic zak je ergens bezeren of op het moment dat je valt frontaal op een motor botsen die op de stoep rijdt. Het vreemde was niet dat ik me niet bezeerd had na zo'n val, maar dat de gedachte dat ik geluk had gehad helemaal niet bij me opkwam. Ik bleef met een vaag gevoel van angst zitten. Die avond kreeg ik twee klachten over gerechten die ik had bereid. De eerste keer omdat het te zout was en de andere keer omdat het helemaal nergens naar smaakte. Wat is er vandaag met je aan de hand? klaagde onze maître d'hôtel Pak. Ik ging die avond ook niet met de rest mee om in het Intercontinental Hotel truffelgerechten te gaan eten. Het was onder kenners het gesprek van de dag dat dat hotel voor het eerst in Korea twintig kilo verse truffels uit Frankrijk had ingevoerd die niet waren ingevroren of gedroogd. Deze hoeveelheid was zeker zo'n dertig miljoen won waard.* De chef-kok had de general manager van het hotel, met wie hij op goede voet stond, om de gunst gevraagd om een stukje truffel ter grootte van een bolletje knoflook te kopen. Dat ik uitgerekend mijn evenwicht moet verliezen door een van die ontelbare zwarte plastic zakjes. Ik klakte met mijn tong alsof er iemand naar me zat te kijken. En dat ik een zwarte plastic zak voor een duif had aangezien was toch achterlijk of niet soms? Het kwam vast omdat het al te lang geleden was dat ik goed geslapen had. Als ik uit twee mensen had bestaan, dan was dit het moment, zo stelde ik me voor, dat die andere ik me bemoedigend op de schouder had geklopt. Als ik lang alleen blijf, moet ik maar leren om mezelf in tweeën te splitsen en zo te denken.

Ik heb er nu ook genoeg van gekregen om te verwachten dat hij langs zou komen of om op een telefoontje te wachten. Zelfs Paulie is niet meer bij me. Er is nu niets meer op de wereld dat hem en mij met elkaar verbindt. Starend naar de wenteltrap die naar de eerste verdieping gaat, lig ik op de bank in de woonkamer te fantaseren. Ik die door hem word gebeld, ik als hij langs komt, ik op het moment dat we weer samen aan onze eettafel eten, ik als we onze kleren langzaam van onze lichamen laten glijden en de liefde bedrijven... Maar ook ik die hier nog steeds, vel over been, lusteloos in het donker voor pampus lig.

Ik schiet omhoog van de bank en open de koelkast. Ik haal er een grote, zware en goed gevulde kool uit. Ik haal de bladeren er vanaf, was ze en laat ze daarna in kokend water weken. Het verhaal dat als mensen die niet goed kunnen zien hun ogen wassen met water waarin een kool heeft liggen weken, hun gezichtsvermogen weer terugkrijgen is misschien waar in sprookjes en legendes. Drie jaar geleden hebben we een keer zoiets geprobeerd. Ik had een bosje stinkende gouwe dat ik in de buurt van een ziekenhuis had gevonden, naast zijn bed geplaatst en elke avond wachtte ik plechtig tot

---

* Ongeveer 16.000 euro [noot vert.].

hij zou gaan huilen. Dat was een heel zware tijd. Toen hij een keer aan die tijd dacht, sprak hij op diepbedroefde toon. Daarop pakte hij mijn handen nog steviger vast, alsof hij zich aan me wilde vastklampen. Ik vraag me af waar die tijden toch gebleven zijn.

Ik doe de deksel op de emmer waar ik de koolbladeren in heb gedaan en leg de opscheplepel die ik vastheb er bovenop. Het weekwater van kool werkt ook bij de genezing van alcoholisme, maar het helpt ook heel goed om in slaap te komen. Als ik zo slecht blijf slapen, dan zou ik het verschil niet meer zien tussen gewone taugé van de sojaboon en taugé van de groene boon of een schijnbot en een rog door elkaar halen. Dan zou ik ook in zwarte plastic zakjes blijven trappen en onderuit gaan. Een zurige geur begint zich te verspreiden. De geur van kool in de week.

De kool is een groente die is voortgesproten uit tranen. Koning Lycurgus had geprobeerd met zijn leger de in zijn koninkrijk aangekomen Dyonisius te omsingelen, maar dat was mislukt. Dyonisius had zich volgegoten met wijn, en wist dronken en al maar nauwelijks het vege lijf te redden door de zee in tweeën te splijten en zijn toevlucht in een zeegrot te zoeken. Lycurgus werd daarop gek door de magie van de godin van de aarde Rhea waardoor hij zijn zoon Drias voor een wijnrank aanzag en hem omhakte. De Edones namen hem gevangen en martelden hem, waarna ze hem in stukken scheurden. De groente die daarna groeide op de plek waar Lycurgus zijn tranen had vergoten was de kool. Ook nu nog weigeren boeren kool te planten in de buurt van wijnranken. Ze zijn bang dat insecten de geur van de kool op de wijnranken overbrengen. De uit tranen geboren kool bevat veel zwavel, dus als je hem kookt komt er een niet zo prettige geur vrij. De smaak is ook niet geweldig, maar de geur waar de mens het gevoeligst voor is is juist zo'n bitterzure geur. Nadat ik het nog niet afgekoelde weekwater van de kool gulzig heb opgedronken, ga ik weer liggen en trek een deken over me heen. Ik vraag me af wat er hier op de plaats waar mijn tranen vallen, zal groeien. Ik kan nu beter aan iets anders denken. Een aantrekkelijke en zintuiglijke, concrete gedachte. Een gedachte waar ik met een glimlach op mijn gezicht van in slaap kan vallen.

    koffie en brood
    boter en jam
    ham en emmentaler
    truffels en foie gras
    mayonaise en koude grilkip
    meloen en parmaham
    kaviaar en wodka
    groenebonenbrij en honing
    in olie gebakken kabeljauw en knoflook
    spinazie en gegrilde eend
    garnalen en curry
    coquilles en pasta
    mossels en witte wijn
    botersaus en kalfsmerg

De spanning sijpelt langzaam uit me weg net zoals wanneer ik een lepel met lekker eten in mijn mond stop. Ik geloof dat ik begrijp waarom niet alleen eetlust, maar ook honger, dorst en gebrek de smaak versterken. Ik smak met mijn lippen en val wat dieper in slaap. Als ik een vis was, zou ik willen dat ik een verse, zilvergrijze, glanzende, kleine en slanke platvis zou zijn. Een eersteklas vis die je heel dun kunt snijden, met stevig vlees om je tanden in te zetten en graten die je zo krakend en al kunt wegkauwen. Als ik een schaaldier was, zou ik een sint-jakobsschelp willen zijn die anders dan de meeste weekdieren heel ver de zee in kan gaan. Oesters zitten boordevol met een zoetig sap, wit als sneeuw, maar ik heb daar toch een hekel aan. Een oester verandert het hele leven van geslacht, het is beurtelings een vrouwtje of een mannetje. Wat me aan de oester bevalt is zijn schelp met de gedetailleerde spiraalvormige motiefjes. Het openbreken van de schelp is ook niet zo eenvoudig als het lijkt. Ik heb ook een hekel aan zeesterren. Overal waar een zeester is geweest blijven slechts beangstigend lege schelpen over. En ik heb een hekel aan ongewervelde dieren als zee-egels en zeeslakken, ook al ruiken ze lekker en kosten ze veel. Ik heb dan toch liever een sintjakobsschelp. Ik denk dat ik nu langzamerhand in een diepere sluimer wegzak. Als ik een vrucht was, zou ik het liefst een rijpe agave zijn. Een vrucht die harde pitten heeft, maar die voor de rest omgeven wordt door zacht en vet vruchtvlees. Als ik een vrucht zou zijn, is alles eigenlijk wel goed, maar ik zou alleen geen sinaasappel willen zijn. Van buiten ziet die er stevig uit, maar het is een zwakke vrucht die maar even heen en weer hoeft te rollen om te bederven. Maar ook ik heb net als de sinaasappel een heldere zon, wind en voldoende vocht nodig. En kersen dan? Die zijn niet heel sappig, maar ze bezitten een prachtige rode kleur alsof het miniatuurzonnetjes zijn. Een banaan is ook oké. Een bananenboom heeft geen takken, maar enorme bladeren. Hoe kleiner een banaan is, hoe zoeter hij smaakt en niemand die weet hoe deze unieke vrucht ooit is ontstaan. Een plant produceert maar één tros bananen in zijn leven, maar een tros bestaat uit honderden vertakkingen. In mijn droom word ik omgeven door allerlei geurige vruchten en blijf ik in mijn verbeelding eten oproepen maar ervan eten kan ik niet. Alsof je naar een bloem in volle bloei kijkt en zijn geur niet kunt ruiken. In onze dromen oefenen smaak en reuk een verwaarloosbare invloed uit op onze ziel. Maar onze andere zintuigen zijn even gevoelig en actief als wanneer je je ogen open hebt; als je in je droom huilt, dan is je kussen doorweekt als je wakker wordt. In mijn droom ben ik geen platvis, sint-jakobsschelp, kers of banaan. Ik ben een uitgedroogde en beschadigde oester. Iemand legt mij boven een heet vuur. Beschadigde oesters worden met wat boter en nootmuskaat op een rooster gegrild en zo gegeten. Ik voel een pijn door me schieten alsof een scherp en stevig mes zich ruw tussen de delen van de gesloten schelp in wringt. Ik hou de tranen bijna niet meer tegen, geschrokken duw ik de deken van me af... Het is het gerinkel van de telefoon. Ik geloof dat de telefoon rinkelt. Ik pak de hoorn snel. 'Met mij.'

Ik knik.
'Sliep je nog niet?'
'Ik had een nachtmerrie.'
'Het is veel te laat om te bellen, hè?'
'Geeft niet.'
'Ik twijfelde of ik je nog kon bellen en zo werd het alsmaar later.'
'Ja. Geeft niet, zei ik toch.'
Een telefoontje waar je op wacht komt nooit, maar nu wel. Mijn hart bonkt als een bezetene. Zeg dat je wilt weten hoe het met me gaat. Zeg dat je me hebt gemist. Zeg nog iets. Dat het tijd is om terug te komen. Zeg dat je belt om te vragen of het wel oké is als je terugkomt. Dan is alles voorbij. Rustig. Ik zet kracht in de hand die de hoorn vasthoudt. Ik wil me dit moment voor altijd herinneren. Wat is deze liefde? Lijkt ze op goud of op een diamant? Of anders op truffels? Iedereen wil een liefde als deze, maar net als goud, diamanten en truffels kun je haar niet zelf maken. Ik straal met de groenige gloed van een lenteasperge.
'Ik moet je wat zeggen.'
'Ja.'
'Maar ik weet niet goed hoe.'
'Oké, kom maar gewoon terug.'
'...Wat?'
'Kom maar gewoon terug, zei ik.'
'Dat is niet wat ik wilde zeggen.'
'Geeft niet, probeer het maar gewoon. Wat het ook is.'
'Paulie... is dood.'
'...!'
In mijn hoofd hoor ik een enorme dreun, alsof staal op staal botst. 'Wat? Wat zei je?'
'Het is moeilijk te bevatten, maar ik zei dat Paulie dood is.'
Ik laat mijn hoofd hangen. 'Waar heb je het over?'
'Vandaag, nee, het was al weer gisteren.'
'Is Paulie heel ziek of zo?'
'... Nee, hij is dood.'

'Je maakt een grapje.'
'Nee.'
'Zeg dat het niet waar is!' snauw ik.
'Het is wel waar.'
'Durf dat nog eens te zeggen!'
'Paulie is dood.'
'...!'
'Ben je daar nog?'
'Wat hebben jullie met Paulie gedaan?'
'Het was een ongeluk.'
'Dat hij dood is? Heb je hem gedood? Vooruit ermee!'
'Het was een ongeluk, zei ik toch.'
'...!'
Hij zegt nog een keer met schorre stem dat Paulie dood is.

22

Het woord *restaurant* is afgeleid van het Franse werkwoord *restaurer* dat *op krachten komen* betekent en tot de achttiende eeuw duidde het een voedzame soep aan die ervoor zorgde dat men weer op krachten kwam. Het was pas in de twintigste eeuw dat restaurant gebruikt begon te worden in de betekenis van *het aanbieden van eten*. De eerste persoon die een restaurant opende was een Fransman die Boulanger heette. Maar de persoon die vele fijnproevers over de hele wereld zich herinneren is niet Boulanger, het is de restaurateur en kok Beauvilliers. Wanneer er een gast in zijn restaurant naar binnen kwam had hij aan een blik op de gelaatskleur van de gast genoeg om te weten welke gerechten deze moest vermijden en welke deze absoluut moest eten. Hij maakte dan direct op zijn eigen manier gerechten die je nergens anders kon proeven. Hij werd niet alleen beroemd om zijn kookkunst, maar ook doordat zijn geheugen zo goed was dat hij een gast die een of twee keer in het restaurant was geweest na twintig jaar nog herkende en doordat hij zijn gasten met bijzondere aandacht onthaalde. Toen hij in 1820 stierf betreurden alle Franse kranten zijn dood uitgebreid. Toen ik op de koksschool zat, placht de chef-kok daar ons vaker te onderwijzen over de algemene dingen die je van ingrediënten moet weten, over de geschiedenis van gerechten, de juiste houding voor een kok en dat soort dingen, dan dat hij ons direct leerde te koken door het voor te doen. En ook nu nog wist hij van elke klant die voor de tweede keer bij Nove kwam precies wanneer die voor het eerst geweest was en wat hij gegeten en gedronken had, waardoor hij altijd een diepe indruk maakte op de gasten. En hij wist dat ook nog eens op een niet onnatuurlijke, zelfs intieme wijze over te brengen op hen. Dit kwam niet zozeer als techniek om goed zaken te doen op me over, maar eerder als een overtuiging. Zijn overtuiging als kok en zijn overtuiging als eigenaar van Nove waren een en dezelfde. Als hij in de negentiende eeuw had geleefd, dan was hij een kok of eigenaar geweest als Beauvilliers. Gasten die geen tijd of geen zin hebben om te koken blijven naar het restaurant komen om weer op krachten te komen of voor een diner ter gelegenheid van een eerste afspraakje of andere bijzondere gelegenheid.

Met uitzondering van december was mei met alle feestdagen – de dag van de volwassenwording, de dag van de ouders, de dag van de kinderen en de dag van de leraren – de drukste maand voor Nove waar dan elke dag elk tafeltje gereserveerd was. De keuken heeft het dan razend druk. Dat is eigenlijk altijd het geval maar als de chef-kok bij de ochtendbespreking ons weer waarschuwt om geen parfum, sterke eau de cologne of shampoo te gebruiken, is dat ook meteen een aankondiging dat het mei is, de drukste maand van het jaar en dat de zomer eraan komt. Met zeven koks in een krappe keuken, acht als je de chef-kok meetelt, en geen enkele plek om te zitten, staan we als houten eetstokjes in een doosje zo dicht tegen elkaar aan te koken dat je niet alleen de lucht van sigaretten en ook die van zweet van elkaar duidelijk kunt ruiken, maar zelfs de lichaamssappen van de avond tevoren. Geur en in het bijzonder etensgeur bestaat uit zware deeltjes die als het weer warmer en vochtiger wordt, niet langer kunnen opstijgen en dan bij elkaar klonteren. Het was ook de periode dat als er niet precies op elkaar afgestemd wordt samengewerkt, stemmen zich meteen verheffen. En de periode dat je wat er ook gebeurde niet weg kon blijven behalve als het een van te voren afgesproken vrije dag was. Ik had zo'n reden niet en ik was de dag nadat ik met hem over de telefoon gesproken had niet afwezig van mijn werk. Ik wilde nu zelfs geen dag rusten. Ik was het eerst van iedereen in de keuken en ik nam alles op me, ook al was het mijn werk eigenlijk niet: van het klaarmaken van de ingrediënten voor die avond tot het doen van boodschappen. Ik hield mezelf druk bezig alsof ik zou verstenen als ik maar vijf minuten niets deed. Terwijl ik mezelf zo bezighield hoorde ik de hele tijd het onrustige gekraak van mijn botten die niet goed op hun plaats leken te zitten.

Iedereen schijnt zoiets te hebben en ook ik keek door een glazen ruit naar de wereld. Maar als er barsten in het glas komen of als de ruit breekt dan blijft de buitenwereld weliswaar onveranderd, maar het uitzicht is helemaal verwrongen, als een puzzel waarvan de stukjes niet kloppen. De ruit waardoor ik had gekeken had nu zoveel duizenden kleine barstjes opgelopen dat ik nooit meer alle stukjes weer aan elkaar zou kunnen plakken. Alles was fout gelopen, maar ik dacht dat als je het maar niet opgeeft en het echt wil, alles weer als vanouds zou worden. Maar zoiets gebeurt niet zomaar. Ik weet wanneer het tijd is om op te geven.

Als mijn oma naar haar werk was en mijn oom op school, had ik als zevenjarige thuis het rijk voor me alleen. Ik haalde een lepel uit de keuken en ging in een hoek van de tuin graven. Toen de lepel omboog en ik daar niet verder mee kon graven, ging ik verder met een soeplepel. Ik liep naar de andere kant van de tuin en haalde daar water uit de put dat ik in de net gegraven kuil in de grond goot. Ik goot de kuil helemaal vol met het water. Toen het water geluidloos in de aarde wegsijpelde, maakte ik de kuil dieper en goot er weer water in. Ik liep heen en weer tussen de put en de kuil tot de zon onderging. Ik dacht dat ik zo een vijver kon maken. Maar hoeveel water ik er ook in goot en goot, het water weigerde erin te blijven staan en sijpelde steeds weg. Desondanks bleef ik snel heen en weer lopen tussen de put en de kuil. Dat kwam waarschijnlijk door de bevrediging die het korte moment dat net voordat al het water was weggesijpeld er een plasje water in de kuil stond me gaf. Maar daarna gaf ik al snel de brui aan het watergieten in de kuil. Ik had namelijk beseft dat hoezeer ik ook mijn best deed, ik op die manier nooit een vijver zou kunnen maken. Je zou kunnen zeggen dat ik al die tijd in mijn eentje de kuil had proberen te vullen met water en dat nu het moment gekomen was om daarmee te stoppen. Na dit besluit te hebben genomen, merkte ik dat ik veranderde. Dat was een broos en intiem gevoel.

De eerste verandering was dat ik nu besefte dat ik niet langer alleen was. Ook al lag ik alleen in het donker, naast mij begonnen nu ook allerlei andere dingen rond te spoken. Ik woonde niet alleen in dit huis: mijn onuitputtelijke liefde, wanhoop, woede en de dode Paulie waren er ook nog en ik voelde de sporen ervan tastbaar als nagels die over de rug van je hand gaan. De tweede verandering was het feit dat ik me nog gepassioneerder op het koken wierp. Net zoals de koks waar de fijnproevers uit het oude Rome zo gek op waren: die wilden alles wat maar stijlvol, apart, nieuw, enorm of juist vreemd en beangstigend was aan tafel opdienen. Terwijl de meeste koks uit die tijd alleen maar wisten hoe ze moesten bakken en koken, ben ik anders. Ik ben iemand die weet hoe een paar druppels granaatappelsap de smaak van een gerecht kunnen veranderen. De derde verandering is het punt dat mijn smaak veel gevoeliger en scherper is geworden en mijn fantasie veel rijker. Midden in de winter had ik voor het eerst een piercing genomen in beide oren en toen ik naar buiten stapte, had ik het gevoel dat ik een enorm oor geworden was. In die mate waren al mijn gewaarwordingen en de pijn die ik voelde naar mijn oren toe gestroomd. Mijn lichaam was verdwenen en er waren alleen twee enorme oren overgebleven; in die toestand zweefde ik bijna over de winterse straten. Dat gevoel van toen had ik nu weer. Alles wat ik was, was in één klap verdwenen en er was alleen een roodroze tong overgebleven. Als ik een goede kok wilde worden, was dit het juiste moment. Het gebeurt niet iedere dag dat je zo gevoelig bent voor smaken en andere zintuiglijke gewaarwordingen. Het aantal gasten dat speciaal om mijn gerechten vroeg, nam toe. Gasten komen om allerlei verschillende redenen naar het restaurant, maar ze willen allemaal maar één ding. Lekker eten. Gerechten die hun smaakzintuigen kunnen bevredigen. Gerechten waarvan je gaat glimlachen na het eten ervan. Ik noem hen fijnproevers. Over het algemeen zijn het intellectuele en gevoelige mensen met een goede eetlust en goede zintuigen. Eetlust staat niet langer zoals in de middeleeuwen voor taboe, schuld of vermijding maar is iets moois, natuurlijks en aangenaams geworden. Ik ben omgeven door mensen met eetlust. Eetlust is de eerste gewaarwording van het verlangen om een smaak te proeven. Smaak is een fysieke gewaarwording. Ik wil het perfecte gerecht maken.

Net zoals het in tweeën snijden van een platvis een belediging voor de platvis is, is de incompetente kok die met zijn vingers aan foie gras komt, een belediging voor de foie gras. De tafel waar we vanavond het meest gespannen om zijn en het meest ons best voor moeten doen is de tafel van de heer Ch'oe, de voorzitter van Mido en de sponsor van onze chef-kok toen hij van chef-kok in loondienst bij de voorganger van Nove, Ristorante, eigenaar van Nove werd. De chef-kok maakt zoals altijd als mijnheer Ch'oe komt het hoofdgerecht, maar ik maak deze keer de hors d'oeuvre van foie gras gegarneerd met asperge. Dat we nu elkaars raadgevers lijken te zijn geworden die elkaar steunen en geen vooroordelen ten opzichte van elkaar hebben, is waarschijnlijk te danken aan Singapore. Ik vraag me af of we die avond niet elkaars ware gezichten, verscholen achter een reeks andere gezichten, hebben gezien.

Ik haast me. Ik pak een pond van de stevige foie gras waar ik al eerder zout op heb gedaan. Hij heeft de donkerrode glans van kalfstong en ik voel de energieke veerkracht van de paté. Het is een verse en goede lever. Er ontsnapt me een bittere lach. Sinds ik erachter gekomen ben hoe er met de ganzen wordt omgegaan, kan ik dit niet meer eten. Zelfs de chef-kok die altijd met halfgeloken ogen alles wat ik doe in de gaten lijkt te houden weet geloof ik niet dat ik geen foie gras meer eet. Het is een kok eigenlijk niet toegestaan om bepaalde dingen niet te kunnen eten, maar ook koks hebben dingen die ze niet eten en eten dat, hoe lekker het ook smaakt, ze absoluut niet in hun mond willen nemen. Ik ken koks die geen dieren met vleugels eten of koks die geen vis met tanden zoals de rog eten. Ik eet zonder problemen bedorven vlees, groeiende schaaldieren of Milanese worstjes met fijngehakte varkenshersens, maar de lever van een gans is een ander verhaal.

Ganzen komen in de lente uit hun eieren gekropen en nemen in de herfst in gewicht toe. Het lekkerste gedeelte van het ganzenlichaam is natuurlijk de lever. De gans wordt totdat hij vet genoeg is alleen maar plantaardig voedsel gevoerd op een donkere en warme plek. Om de lever malser te maken krijgt hij twintig dagen lang niets anders te eten dan in water opgeloste vijgen. De gans heeft een goede weerstand tegen ziektes en het is relatief makkelijk om hem bij zijn snavel te grijpen en hem te dwingen om te eten, waardoor dat minder moeite kost dan met ander tam gevogelte, maar om zelfs op dat beetje moeite te besparen, vernietigt men tegenwoordig dat stukje van de hypothalamus dat de eetlust reguleert. Het enige dat hoeft te gebeuren is de ganzen te verdoven en met een elektrode stroom te laten lopen door de onderkant van de hersenen. Als je ze daarna in een kamer met kunstmatige verlichting zet, blijven ze maar eten en eten, alsof ze aan hallucinaties lijden. Op deze manier blazen ganzen zichzelf in een week op naar een lichaamsgewicht waar ze normaal een maand over doen. De grootte van de lever neemt ook enorm toe. En als hun oogballen verwijderd worden, worden ze nog vetter.

Ik ga snel de keuken uit en ren naar de wc. Ik heb het gevoel alsof er achter me een gans heen en weer waggelt die de hele tijd maar eet, hallucinerend onder kunstmatig licht en zonder oogballen. Ik geef over. Een zure geur stijgt op. Als je een gans stenen in de vorm van een ei geeft, dan gaat hij daar zonder enig wantrouwen op zitten en beschermt ze. Maar ook als je hem een stoffen pop geeft die in de verste verte niet op een ei lijkt, past hij er echt op alsof het zijn eigen jong is. Dat is kenmerkend voor de vriendelijke inborst van de gans. Het begrip imprinten waarbij een net geboren jong een blijvende affectieve band onderhoudt met datgene wat hij het eerst ziet is dan ook voor het eerst in verband met ganzen gebruikt. Dit is een algemeen verschijnsel onder zoogdieren, maar het imprinten bij ganzen heeft bijzondere kanten. Een ganzenjong voelt een onvoorwaardelijke band van affectie voor het eerste bewegende ding dat hij na zijn terwereldkoming ziet. Dat kan zijn moeder zijn, een tegelijkertijd geboren jong, zelfs een kat of hond. Bij sommige ganzen kan het zelfs een mens, een motor of een tractor of iets dergelijks zijn. Hoe ongeschikt het voorwerp van zijn affectie ook is, een gans zal de rest van zijn leven niet meer kunnen stoppen met proberen om er liefde van te krijgen. Ik geef nog een keer over en trek dan als een neuroot hard door.

Als je een gans ziet die gakkend achter een tractor aanloopt terwijl je foie gras aan het maken bent, dan ben je niet geschikt om met foie gras te koken. Dit is dezelfde situatie als die waarin een schilder zich bevindt die onder de ogen van zijn model zijn zelfbeheersing verliest en opeens niets meer kan. Na een paar keer mijn handen te hebben gewassen met zeep ga ik weer terug naar de keuken. Ik leg de foie gras in het midden van het bord en plaats de gestoomde en afgekoelde asperges er diagonaal overheen. Ik heb wel eens gedacht dat als de liefde een concrete vorm zou hebben, het die van truffels of asperge zou zijn. Dingen die zich een weg door de aarde naar boven toe boren. Ik schud mijn hoofd. Asperges moet je eten als ze mals zijn, je moet ze steken in de lente wanneer ze net boven de grond uitkomen. Als je ze gewoon in de grond laat dan veranderen ze voor je het weet in een weelderige plant met fijne haartjes. Dan worden het scheuten die je niet meer met een hand kunt omvatten. Ze groeien weliswaar langzaam, maar hun groei is ook onophoudelijk en stopt niet nadat ze zijn gestoken. Als ik inderdaad veranderd was, dan zou ik mijn gedachten en mijn vingers nog koeler en afstandelijker boven de snijplank moeten kunnen houden. Op de keuken na zit deze wereld immers barstensvol met dingen die ik niet in de hand kan houden.

Ik prik een stukje foie gras op mijn vork van een bord dat ik over heb en houd die voor de chef-kok. Wat denk je ervan? vraag ik met mijn ogen. De chef-kok knikt een keer, hard kauwend op de foie gras in zijn mond. Ik zet de borden neer op de afhaalcounter. Maître d'hôtel Pak neemt ze razendvlug mee naar de tafel. Foie gras moet je eten terwijl het nog warm is. Ik haal diep adem. Ik kan het me nu wel veroorloven om even vijf minuten pauze te nemen buiten. Ik loop de keuken uit, maar bedenk me en draai me om. Als de als korreltjes zand zo kleine, zwarte kaviaareitjes de droom van elke fijnproever zijn, dan is foie gras voortgekomen uit een samengaan van menselijk verlangen en genot. De lever is de zetel van de passie, zoals de dichter Horatius ons vertelt. Het middelpunt van ons intellect en onze ziel. De plek waar kracht en moed ontstaan als je eet. De plek waar de vleselijke liefde en woede zetelen. Ik stop razendsnel een stukje overgebleven foie gras in mijn mond en stop het onder mijn tong. Ik doe mijn lippen op elkaar en druk het hard tegen de onderkant van mijn tong.

23

Als ik net als vandaag naar vrouwen kijk die zo mooi zijn dat je er grote ogen van opzet, dan denk ik wel dat ik Han Sŏkchu kan begrijpen. Het zal wel moeilijk zijn geweest om zijn ogen af te wenden van Yi Seyŏn die alleen al om haar houding meteen opviel als een gele narcis in zwarte aarde; het hoofd lichtjes gebogen alsof ze tussen al die mensen niet in het oog wilde springen. Hun blikken zullen zich wel gekruist hebben terwijl hij zoveel moeite deed om niet naar haar te kijken. Er valt niets nieuws te vertellen over hoe een veelbelovende jonge architect en een mooi ex-model op elkaar verliefd worden. Maar ze hadden elkaar moeten ontmoeten zonder dat er een vrouw K. tussen hen stond of voordat de man K. überhaupt had ontmoet. En bovendien hadden deze twee mensen meer begrip moeten tonen voor de vrouw K. en meer op haar moeten letten, zeker als je weet dat de man de eerste man was waar K. van had gehouden. Want zelfs als je een kind zijn speelgoed afpakt, zijn er dingen die je wel en dingen die je niet kunt maken. Ik beweeg mijn hoofd op en neer op de maat van techno, die me door het lage volume eerder in de oren klinkt als eenzaam gesnik. Op het feestje ter ere van het tienjarige bestaan van het tijdschrift *Wine and Food*, waar Munju werkt, zijn de meeste gasten bekende restauranteigenaren zoals onze chef-kok of de eigenaren van bedrijven die wijn en kaas invoeren, maar ik zie meer modellen, Bekende Koreanen, stylisten en ontwerpers rondlopen. Ik voel dat mijn pupillen net als bij een man die naar een mooie vrouw kijkt groot worden elke keer als ik zie hoe slanke en mooie mannen en vrouwen die hun kleren goed dragen en sterke parfum op hebben, blikken uitwisselen met elkaar. Aan de bar zwaait een mij bekend voorkomende vrouw in mijn richting. Ze is een presentatrice die vaak in Nove komt, maar is zo bang om aan te komen dat ze ook van het brood alleen de korst afscheurt en opeet. De chef-kok die naast haar zit, is niet de chef die ik ken. Hij is iemand die een ontzettende hekel heeft aan dit soort gelegenheden en als Munju hem niet gevraagd had om de catering te doen, weet ik niet of hij wel gekomen was. Hij had na overleg met het tijdschrift besloten dat het concept van de gerechten van vandaag 'geur' zou zijn. Iets wat je bij cateren niet over het hoofd mag zien is de voorkeur van de mensen die komen. Een paar gerechten, niet te zwaar, genoeg om de honger te stillen, indrukwekkend en bijzonder. Dat is mijn strategie als ik de catering doe. Achter 'geur' zit onbewust het bijvoeglijk naamwoord 'sensueel' verborgen. Iets sensueels zet aan tot het willen aanraken, het willen eten. Het doen ontwaken van je zintuigen. De reukzin, het zintuig dat het nauwst in verbinding staat met de smaak, is het krachtigste zintuig. Gezien vanuit het standpunt van iemand die eten bereidt, is het ook het zintuig dat het meest nodig is voor broodmagere vrouwen die weerstand voelen tegen eten of het totaal vermijden. Onder de gasten vandaag zijn net als de presentatrice ook een paar andere bijzonder bekende fijnproevers. Je stilt hun eetlust en pleziert hun smaak, maar je mag hen uiteindelijk nooit helemaal bevredigen. Als zo iemand een keer tevreden is geweest, dan wil hij de volgende keer nog iets beters. Je moet hen nog wat verwachtingen voor het volgende gerecht laten. Het is belangrijk gerechten te maken die hun eetlust niet volledig bevredigen, maar slechts zo dat de eetlust in stand wordt gehouden. Fijnproevers houden er over het algemeen niet zozeer van om thuis te koken maar prefereren het beoordelen van voedsel dat ze buiten de deur eten. Als ze eenmaal veel smaken kennen, gaan ze op zoek naar wat ze nog niet kennen en worden ze onberekenbaar in hun jacht op bevrediging. Moeilijk, veeleisend, neurotisch. Maar het soort mensen waar ik niet zonder kan.

Als eerste gerecht om op tafel te zetten heb ik oesters gemaakt. De zomer is het seizoen waarin ze zich voortplanten en dus niet de beste tijd om ze te eten, maar het is nog geen juni of juli. Ik hoef niet veel amuse-gueules te maken. Het is voldoende als ze zich van de taak kwijten om voor het echte eten aanvangt door smaak en reuk lichtjes de eetlust wakker te schudden en op te wekken. Ik heb tussen de ijsblokjes rondom de randen van een grote uit ijs gehouwen sculptuur van een fontein rijen halfgeopende oesters neergelegd met daartussen gedruppeld citroensap. Uit goed bewaarde oesters komt de rijke lucht van de zee, vers maar ook een beetje vissig en uit het citroensap de geur van in de zon gerijpte tropische vruchten. Daarna witte wijn voor bij de oesters en een ceviche van platvis met olijfolie, gehakte sjalotjes en kaviaar. Het is een amusegueule waar niemand het van kan laten om er een blik op te werpen, dankzij de witte platvis met de groengele sjalotjes, de robijnrode vijgensaus en het altijd overweldigende zwart van de kaviaar.

Als hoofdgerecht zalm gegarneerd met sint-jakobsschelpensaus en magere rundersteak van de rib met perigueuxsaus. Ik heb er veel minder gemaakt dan er gasten zijn. Het is nu eenmaal zo dat eten er niet duur of vers uitziet als je er veel van maakt, zelfs al geef je het gratis weg. Voor eventuele laatkomers eenhapssandwiches en canapés met kaas, kaviaar en paprika en verder ravioli gevuld met waterselderij, met kaneel bestrooide meloen, rode kersen en ander kleurig fruit. En het dessert, dat natuurlijk niet mag ontbreken, lekker maar vooral ook veelzijdig, kleurig en voluptueus zodat het goed aansluit bij het gerechtenthema 'geur'. De chocola die ik voor het laatst overgebleven plekje van de desserttafel heb gebruikt bestaat uit 90 procent pure cacao. Die chocola bevat zoveel cacao dat het bijna een soort drug is waar je makkelijk aan verslaafd raakt, zelfs als je er maar een hapje van neemt. Ik heb het chocoladepoeder over het ijs met slagroom en kaas gestrooid. Als Munju, die redacteur van het blad is, niet de medewerking van de eigenaar van een levensmiddelenbedrijf had gehad, was het een heel dure aangelegenheid geworden.

Ik heb als cadeau voor Munju een zwarte vaas in de vorm van een lage kandelaar en gevuld met rode rozen en klimop meegenomen en die heeft ze midden op de buffettafel neergezet. De gasten eten, drinken, praten, lachen, omhelzen elkaar, laten wolkjes sigarettenrook omhoog zweven en dansen met subtiele, kleine lichaamsbewegingen die evenwel sensueel genoemd kunnen worden tussen het milde en warme eten, de bloemen en de als edelstenen flonkerende drankglazen door. Munju, die een luchtig ogend jurkje van chiffon draagt, speelt de rol van gastvrouw terwijl ze zich met een opgewonden uitdrukking op haar gezicht op gepaste wijze door het gezelschap beweegt. Af en toe kruisen onze blikken elkaar en geeft ze me een stiekeme knipoog: het is een succes! Het lijkt wel alsof iedereen lacht en lekker ruikt. Te midden daarvan staat de met een wit katoenen tafelkleed gedekte tafel en op die tafel staan de gerechten die ik dagenlang heb uitgedacht, waar ik de ingrediënten voor bij elkaar heb gezocht en die ik uiteindelijk heb klaargemaakt.

Ik ontsnap even uit het gezelschap en leun tegen de muur. Ik neem een slok van een koude, zoute margarita. Op een dag als vandaag lijkt het geen kwaad te kunnen om een beetje aangeschoten te raken. Mijn lippen branden van de drank en het zout. Ik stop een gevulde crouton in mijn mond. Op het puntje van mijn tong laat ik de kaviaar uit elkaar vallen en eet hem op. Met het puntje van je tong proef je zoete smaken en alleen vooraan op je tong kun je tegelijkertijd ook zoute smaken proeven. Zoals een vlinder met de smaakpapillen voornamelijk in zijn voorpoten een zoete vloeistof met maar een stukje van zijn voorpoot hoeft aan te raken om de zoete smaak gewaar te worden, zo hoef ik maar een heel klein beetje kaviaar in mijn mond te stoppen om helemaal te vallen voor die zeldzame en levenskrachtige smaak. De muziek gaat maar door, het feest lijkt nooit meer te zullen stoppen. Ik heb de hele avond

niet gegeten om alle gerechten te kunnen bereiden. Ik moet toch wat eten. Ik haal nog een glas margarita en leeg het snel.
   Ik ruik iets dat op een brandend suikerklontje lijkt... Is het de geur van viooltjes? De geur verspreidt zich, verdwijnt weer, verspreidt zich weer. De geur van het parfum dat Yi Seyŏn altijd op had. Het is majoraan. Ik vraag me af of zij hier ook is. Mijn neusvleugels trillen even, ik sper mijn ogen wijd open. De presentatrice die daar zonet een hand naar me opstak, loopt voorbij. De geur van haar parfum blijft lang in de lucht zweven als een langzaam uitgeblazen ademtocht en daalt dan geleidelijk neer. Zwaar en sterk als de geur van lichaamssappen die na de seks tussen de lakens blijft hangen, een geur die schoorvoetend lang blijft nahangen, de geur die hem heeft gevangen. Ik wieg heen en weer alsof die geur die me hier onverwacht overvalt, me met een hand vast heeft gegrepen. Wat voor geur zou ik zelf verspreiden? Ik stop mijn hand, die geen glas drank meer vasthoudt, maar nog steeds opgezwollen is van de vochtige voedselbereiding, in mijn zak. De meest sensuele geur is die van het extract wat je krijgt als je een jonge kraai veertig dagen alleen gekookte eieren te eten geeft, hem dan doodt en samen met blaadjes van donsachtige mirte in amandelolie stopt. De geur die alle vrouwen wensen te bezitten en die alle mannen begeren. Muskus tref je tegenwoordig werkelijk overal aan, maar het is een geur die de mens van nature het hoofd op hol brengt. Ten tijde van koningin Elizabeth I stopten vrouwen een geschilde appel onder hun oksel tot de appel doordrenkt was met hun zweet en gaven die dan aan hun geliefde om aan te ruiken. Geur is de langstblijvende herinnering. Mensen zijn hier maar even en gaan dan weer weg, maar geuren overstijgen de tijd. De geur van een met zweet doordrenkte appel die onder een oksel heeft gezeten, de geur van een dode kraai die alleen gekookte eieren heeft gegeten. Net als deze extremen van de geur van feromonen, wil ik dat de smaakpapillen van de mensen hier door mijn gerechten ontploffen als mijnen. Ik wil niet zo machteloos wankelen als ik nu doe.
   'Heb je vandaag niet wat te veel gedronken?'

De chef-kok is naast me komen zitten. Aan de bar kun je nu Almaviva drinken, een Chileense wijn. Almaviva, een wijn die vernoemd is naar een personage uit de opera *Le nozze di Figaro*, is erg populair op feestjes als vandaag, festivals en in het bijzonder feestmaaltijden na een bruiloft. De wijn smaakt alsof je mond volstroomt met meerdere lagen fluweel.
'Ik kan morgen thuisblijven, toch?'
'Als je zo werkt, raak je uitgeput.'
Ik voel hoe hij naar me kijkt. Ik schenk zijn wijnglas vol en neem zelf ook nog een glas. De wijn glijdt soepel door mijn keel. Ik lijk nog niet dronken te zijn.
'Die mensen zien er uit alsof ze het erg naar hun zin hebben.'
'Ja, het is een feestje. Er is drank en er is eten.'
'Dat is zo. Een bruiloft eindigt ook met een feestmaal en op een verjaardag heb je een taart.'
'Het is een sociaal iets.'
'Wat?'
'Eten.'
'...?'
'Net zoals eten belangrijk is bij het zakendoen, bedoel ik.'
Ik knik. Ik denk dat ik wel weet wat hij bedoelt. Ik heb zelf immers ook altijd eten geofferd bij religieuze plechtigheden.
'Zit je ergens mee de laatste tijd?'
'Nee, er is helemaal niets met me.'
'Als je het niet wil zeggen, is het ook goed.'
'Nee, gewoon. Ik slaap niet zo goed.'
'Even over Mido.'
'Ja?'
'Ze hebben besloten om hun bijeenkomsten voortaan in ons restaurant te houden.'
'...'
'Dat komt door jou. Jouw eten die dag was goed.'
'...?'
'Erg goed.'

'Dank je.'
'Dat wilde ik even zeggen.'
De chef-kok verplaatst zijn blik en kijkt weer recht voor zich uit.
Ik pak mijn wijnglas en laat een slok wijn door mijn keel glijden.
De eerste keer dat de chef-kok mij prees was vier jaar geleden, net voordat ik bij Nove stopte. Dat was de eerste keer dat ik een compliment had gekregen van de leraar van wie ik al meer dan tien jaar koken leerde. Dit is de tweede keer. De wijn smaakt steeds stroperiger en zwaarder. Zou ik dronken aan het worden zijn? Ik denk dat het niets uitmaakt of ik dronken word. Ik denk dat het niets uitmaakt als ik opeens wil huilen. Erg goed. Zijn stem klinkt na in mijn oren. Mijn borst lijkt wel te branden. Ik ben niet blij. Ik laat mijn hoofd op mijn borst zakken. Hoe sterk de invloed van de chef-kok op mij is, blijkt wel uit het feit dat ik mijzelf nu pas durf goed te keuren.
'Paulie is dood.'
'...!'
Eergisteravond kwam hij bij me thuis langs.
Hij was mij een uitleg verschuldigd over Paulies dood en hij wist zelf ook wel dat de telefoon daarvoor niet geschikt was, hoezeer het ook waar was dat we uit elkaar waren. Met een air alsof hij er geen zin in had, maar dat hij er nu eenmaal toch niet onderuit kon komen, drukte hij precies op het tijdstip dat ik normaal van mijn werk thuiskwam op de bel, wachtte tot er werd opengedaan en deed toen zo'n vijf minuten later zelf maar de deur open en ging naar binnen. Luid rondstappend in de gedimd verlichte woonkamer had hij Paulies deken, de plastic fles waar hij mee speelde, frisbee, kam, wasmiddelen en shampoo in een tas gedaan. Dat waren de dingen die ik zelf nooit zou hebben kunnen weggooien, die hadden op zijn komst gewacht. Als nu de geur zou verdwijnen uit de bank, de kussens en het tapijt, dan zouden alle sporen dat Paulie hier geleefd had, verdwenen zijn.
Ik begreep waarom Paulie dood was. Ik moest het maar accepteren dat ik de hond die ik had grootgebracht op een bepaalde ma-

nier ook gedood had. Als dieren in een nieuwe omgeving terechtkomen, willen ze hun territorium afbakenen. Dat gebeurt instinctief. Katten wrijven overal met hun kop waar ze geurklieren in hebben, tegenaan, dassen schuren hun kontgat over de grond en honden wennen aan een plek en leren deze kennen door hun urine achter te laten. Ik denk niet dat er vrouwen zijn die van een oude hond houden die door hun opgeruimde huis dat zo uit een woonmagazine zou kunnen komen, rondsjouwt en overal plast. En Yi Seyŏn was ook niet het type dat van honden hield. Yi Seyŏn kon het niet meer aan en had Paulie naar de badkamer meegetrokken en de deur dichtgedaan. Toen hij weer thuis was, had hij Paulie even uitgelaten en daarna weer voor Seyŏn opgesloten in de badkamer en de deur op slot gedaan. Het was in zijn eigen woorden de moeilijkste tijd die ze samen hadden doorgebracht. Hij deed zijn best om Paulie te overtuigen en opnieuw af te richten, maar een oude hond past zich niet meer aan een nieuwe omgeving aan. Die is al helemaal vastgeroest in zijn eigen gewoontes. Er waren beneden twee badkamers en het was dus niet nodig om de deur van de ene te openen behalve om Paulie eruit te halen. Voordat hij naar Koeweit op zakenreis was gegaan, had hij Seyŏn uitdrukkelijk gevraagd om Paulie een keer per dag uit te laten. Er verstreken drie dagen. Ze was Paulie vergeten. Paulie had zonder ook maar een enkele keer te kreunen alles verdragen, maar toen ze opeens aan hem dacht en de badkamerdeur gehaast opendeed, barstte hij in woede uit, sprong tegen haar op en viel haar aan.

Toen hij Paulie op de laatste zondag in april was komen ophalen, was Seyŏn met hem meegekomen. Maar ze leek niet van plan te zijn om binnen te komen. Terwijl hij Paulie ging halen, bleven wij in de tuin wachten. Ik heb er weinig vertrouwen in, maar ik zal mijn best doen voor hem, zei Seyŏn. Ze zette haar zonnebril recht en voegde eraan toe: 'Het spijt me.' ... Net zoals zij geen zin had gehad om naar binnen te gaan, was Paulie niet van zins om naar buiten te komen. De tijd dat wij zo naast elkaar stonden werd alsmaar langer. Ik gaf haar een waarschuwing over Paulie.

Als hij opgewonden of agressief was, dan moest ze hem niet recht in zijn ogen kijken en als hij dreigend dichterbij kwam, moest ze zo stil blijven staan als een boom. Benen bij elkaar, handen om haar keel en ellebogen op haar borst. Een neutrale lichaamshouding die hem liet weten dat je hem niet wilt bedreigen. 'Net als een boom dus,' zei ik. 'Dan zul je er wel behoorlijk idioot uitzien,' antwoordde Seyŏn vinnig en ik geloof dat we daar toen even om gelachen hebben.

Paulie had alleen maar willen laten weten hoe boos hij was. Een hond drukt zich nu eenmaal uit als hond. Paulie was met ontblote hoektanden recht op Seyŏns nek af gesprongen. Dat is een uitstekende plek om een keer licht te bijten en dan los te laten. Instinctief had Seyŏn omlaag geslagen op Paulies kruin met datgene wat ze in haar handen had. Honden gebruiken hun bek om frustratie te tonen, maar ook als ze iets prettig vinden of als ze liefde willen tonen, doen ze dat het eerst met hun bek. Een hond moet de taal van mensen en een mens moet de taal van honden begrijpen, maar dat begrip ontbrak totaal tussen Paulie en haar. Precies op het moment dat Paulies scherpe, stevige tanden zich in de nek van Seyŏn zouden zetten, viel hij met een plof zo uit de lucht op de grond. Ze sloeg de op de grond liggende Paulie nog een keer op zijn hoofd met een zwaai van haar arm. De tanden van een hond zijn een soort wapens die ooit ontstaan zijn om door de huid van een hert heen te kunnen scheuren. Ze had haar leven moeten beschermen tegen een woeste hond. Trillend van angst had ze weer een keer op Paulies kop geslagen en nog een keer. Misschien was het een beetje te veel als je de hond alleen wilde waarschuwen, maar de tanden van een hond zijn scherp genoeg om gaten te maken in de wangen van een kind. Niemand kon aan Seyŏns onschuld twijfelen. Ze was woest blijven doorslaan totdat Paulie helemaal dood was, zijn vier ledematen stijf uitgestrekt waren en het bloed uit zijn kop in straaltjes dun als zijdedraden zijn zachte vacht en de vloer doordrenkt had.

'Als een boom, had ik toch gezegd?' mompelde ik tegen mijzelf.

Hij keek me aan met een niet begrijpende uitdrukking op zijn gezicht.
Ga nu maar alsjeblieft.
Ik wilde niet dat hij me zag huilen of overgeven. Ik vroeg hem nog een keer duidelijk om weg te gaan, bang dat ik hem zou vragen om hier te blijven, bang dat het me te zwaar zou worden en ik me aan hem zou vastklampen.
'Het doet mij ook pijn dat dit er van gekomen is.' Hij zei het met gebogen hoofd terwijl hij even stopte met het aantrekken van zijn schoenen.
'Je bedoelt dat je je schuldig voelt, niet dat het je pijn doet.' Ik voegde er nog een zin aan toe. 'Als je een mens bent, tenminste.'

Met veel moeite had ik de chef-kok van me afgeschud die er op had gestaan om me naar huis te brengen en was ik alleen naar buiten gegaan. Als hij me thuisgebracht had, was het waarschijnlijk onmogelijk geweest om nog van hem af te komen. Ik wil huilen en ergens, waar dan ook, gaan zitten. Mijn borst trekt samen. Alles wat ik wil zeggen lijkt uit mijn borst te zullen barsten. Ik heb te veel gedronken. Mijn twee benen lopen, maar ik heb geen idee waar naartoe ik op weg ben. Ik zou niet weten waar mijn huis is. Het is al mei, maar mijn schouders trillen van de kou. Als ik maar een glas water drink dan ben ik weer in orde denk ik. Ik zwalk van links naar rechts door een onderdoorgang. Met een hand tegen de muur braak ik alles uit wat ik gegeten heb. Aan beide kanten van me staan rijen lege, enorme dozen. Ik veeg mijn lippen af met de rug van mijn hand. Er zitten allemaal pikzwarte, kleine stipjes op, rond als zandkorreltjes. De kaviaar die ik net heb gegeten. Het zijn net eicellen. Het braaksel duwt zich opeens weer een weg naar boven. Met tegenzin kom ik overeind en zoek naar de uitgang. Ik zie het hoofd van een man plots als een paddenstoel boven de kartonnen dozen uit omhoogschieten. In de kartonnen dozen die geen bovenkant hebben, liggen blijkbaar daklozen, als een soort armeluisonderkomens. Natuurlijk, het is avond. Het is voor iedereen tijd om te slapen. Ik moet ook maar eens naar huis gaan. Ik zet kracht vanuit mijn heupen en doe mijn best om zo snel mogelijk te lopen. Een man met een sigaret in zijn mond spuugt hoorbaar uit een kartonnen doos naar buiten en loert naar me als een wild beest. Ik blijf stilstaan... Met voorzichtig omhooggetrokken mondhoeken glimlach ik. De man dooft de sigaret in zijn mond met het speeksel op het puntje van zijn tong. Ik neem drie, vier stappen naar voren. De man gooit zijn sigaret naar mijn voeten, zonder kracht, als om mijn reactie te testen. Ik glimlach nog een keer, sla snel mijn ogen op, sper ze wijd open. Dan wend ik mijn ogen even af naar opzij, bekijk de man nog eens goed en doe weer net alsof ik lach. Dit is het dus. Ik concentreer al mijn kracht in mijn benen zodat mijn lichaam niet gaat trillen. Is dit het dan? Die lach van jou. Ik praat tegen Yi Seyŏn. De man komt plots overeind uit de doos en grijpt mijn arm. Laat me los. Lach ik kakelend. De man houdt zijn hand voor mijn mond. Ik wil zingen en op een trommel slaan. Net als wanneer een festival begint, net als wanneer je de offers die je hebt gekocht verbrandt. Ik zal niet schreeuwen, laat me los. Ik word de kartonnen doos ingetrokken. De daklozen in de andere dozen steken hun hoofden naar buiten en werpen een blik op me, waarna ze met een ongeïnteresseerde uitdrukking die zegt: 'o, niets aan de hand,' hun blik afwenden. De man ademt met diepe teugen en duwt met zijn knieën mijn schouders tegen de grond van de doos. Ik lach stralend. Haast je maar niet, behandel me met zorg alsof ik een klein visje ben en dan komt alles goed. De man die zo staat dat ik niets anders meer kan zien doet de rits van zijn broek naar beneden. Zijn met blauw dooraderde, korte en dikke ding knikt op en neer en hij komt dichterbij alsof hij me ermee in mijn oog wil steken. Het lijkt wel een enorme versie van een van de vele duizenden smaakpapillen op een tong, uitvergroot door een microscoop. De pilaarvormige uitsteeksels op je tong die leven, die warm zijn, die weten hoe ze lekker van vies onderscheiden. Ik pak het met twee handen vast, alsof ik een touwtje vastpak, en trek eraan. Meneer. Ik sper mijn mond open. Wat ben ik nu voor jou? Zie je me als een vrouw? Nee, nietwaar, het is toch niet zo dat je voor een offer alleen maar dieren kunt gebruiken, toch? Zie je me misschien voor een koe of een varken aan? Als je een koe grijpt, dan steek je eerst met een mes diep in het achterhoofd. Dan laat je het warme, dikke bloed borrelend wegstromen. Daarna snijd je het hoofd af. Dan sla je een haak diep in de tong. Verdomme, wat loop je allemaal te kletsen? De man die met een hand mijn achterhoofd vast heeft, stopt met de andere vaardig een sigaret in zijn mond en steekt hem aan. Hij blaast de diep geïnhaleerde rook midden in mijn gezicht. Ik slik de rook door. De man weet het nu. Dat ik hier niet zo snel vandaan zal komen, dat ik daar geen reden toe heb. Mijn tranen druppelen onverwacht, snel, hoorbaar op de grond van de doos net zoals het warme, dikke bloed van de koe wegstroomt. Het is hier echt te licht, net een openluchtstalletje, hoor. Dat is zo, geslachte dieren worden nu eenmaal onder felle verlichting uitgestald, net als bij de slager, dat hoort zo. Meneer, ik wil mijn eigen offer worden. Wilt u meel over mijn hoofd strooien voordat u me doodt? En dan moet u me versieren met maïskolven. Goed, dood me maar snel. Eet me maar snel op. Of rooster me boven een vuurtje en laat me hoog en ver vervliegen. De geur van mijn roosterende vlees zal de hemel bereiken en daar de goden verheugen. Degenen die het offer verbranden zullen bovendien kreten vervuld van blijdschap slaken totdat het helemaal in as vergaan is. Terwijl ik brand, zal een andere ik ook kreten slaken. Ik wil netjes sterven, ik wil opnieuw geboren worden. De vlammen zullen eerst mijn lichaam overspoelen en er fel mee in botsing komen, maar daarna komen ze geleidelijk tot rust. Precies zoals pure gevoelens, zoals het brandende verlangen van een eerste liefde. En als ook dat het niet wordt, meneer, dan wil ik graag opgelost worden in doorzichtig water net zoals de ik die ik in het begin was. Ik wil dit lijden helemaal uitwissen. Hierzo, dit hier is mijn mond. Ik zei dat dit mijn mond is, de mond die zegt wie ik ben. Steek dat ding er maar snel diep in alsof je een mes in het achterhoofd steekt. Vul mijn mond maar helemaal. Snel, meneer. Op mijn knieën en met mijn twee handen om die enorme smaakpapil heen sper ik mijn mond zo wijd mogelijk open. Hij duwt het ding zonder problemen zo mijn mond in. Maar zeg eens, meneer, waarom was het nou net een koekenpan die Yi Seyŏn toen in haar handen hield? Waarom zou ze nou net dat ding in haar handen hebben gehad, meneer? Ik vraag het al kokhalzend met een blik die in de leegte ronddwaalt.

JUNI

'Alles wat leeft en beweegt zal u tot voedsel dienen.'

Genesis, hoofdstuk 9 vers 3

24

Op de dag dat ik promotie kreeg tot souschef kocht ik een paar nieuwe schoenen met een parel in de zool. Op het werk droeg ik lage instapschoenen of sneakers, maar voor speciale dagen gaat er niets boven hoge hakken. De schoenen zijn zo ontworpen dat als je de schoenen niet expres ondersteboven houdt, niemand weet dat er parels in de zolen zitten. Maar elke keer dat ik op die schoenen liep, voelde ik me trots dat er parels onder mijn voeten geplakt zaten. Dit is misschien wel het beste cadeau om jezelf eens mee te verwennen. Ik hoop dat er een speciale dag komt die deze schoenen waard is. Souschef worden bij Nove betekende dat ik vrijwel alles wat er in de keuken gebeurde moest overzien en leiden en dat ik er de verantwoording voor droeg. Ikzelf had ook het gevoel dat promotie maar vijf maanden nadat ik weer bij Nove was gaan werken aan de vroege kant was. Maar de andere koks gaven me allemaal te verstaan dat ik de meest geschikte persoon was voor die functie. Misschien kwam ik in die mate ook wel over als een bedreiging. Ik verliet de keuken geen minuut, er was geen moment dat ik geen mes vasthield, ik deed al het werk waar de anderen een hekel aan hadden zelf en ik was er altijd als eerste om de ingrediënten voor de werktafels klaar te maken en te inspecteren. Als ik tot laat in de testkeuken was en er geen metro meer ging, dan knapte ik ook wel eens een uiltje op het vouwbed in het kantoor van de chef-kok gewoon zo in de kleren die ik aan had gehad. Ik vond niets te zwaar en ik was nooit moe. Ik kookte de hele dag en dacht aan niets anders, alsof ik met een mes in mijn hand in een keuken was geboren. De keuken voelde meer dan ooit vertrouwd en comfortabel als een klein universum waarin alles ordelijk en netjes ronddraaide of als een klein huisje dat precies gemaakt was om bij mijn lichaam te passen. En ik ervaarde de geluiden die ik hier hoorde, het gekletter, het geknal, het geborrel en het gepruttel als een soort ritme en soms ook als het luiden van een mystiek klokkenspel. Het proces waarbij iedereen in perfecte samenwerking met op elkaar afgestemde handen en voeten voor gasfornuis en snijplank stond en de ingrediënten sneed, bakte, kookte en ze uiteindelijk op hetzelfde bord deed belanden waar ze een gerecht werden, is consistent en prachtig als een op hoge snelheid gezamenlijk vervaardigd kunstwerk. De woorden van mijn grootmoeder dat de deur naar de keuken altijd open moet staan, schieten me te binnen. Al deze geluiden met ieder hun eigen leven verspreiden zich een voor een van de open keuken naar het restaurantgedeelte, dat ze vullen met een aangenaam rumoer als een muziekinstrument dat wordt bespeeld. Ik hield in het bijzonder van de drukte en het rumoer van de vrijdagavond wanneer de meeste gasten kwamen. Dan verkeerde mijn hele lichaam vanaf het puntje van mijn tong in een staat van opwinding, net als toen ik te veel saffraan had gegeten, en werd ik me gewaar van alle ingrediënten als objecten die ware schoonheid in zich droegen. Daarbij was de kok de opperste leider in een keuken waar iedereen als een kip zonder kop rondrende. Ik was al dertien jaar geleden begonnen met koken, maar ik had nu pas het gevoel dat ik er wat van begon te begrijpen. De huid van mijn vingers was dun, gevoelig en leefde, net als de beste kluizenkrakers die ook bijna geen opperhuid meer hadden, zodat er zoveel mogelijk gevoel aan de opperhuid blijft kleven. Ik had het gevoel dat ik weer balans in mijn leven kreeg.

Toen ik tijdens de kooklessen een keer mayonaise aan het maken was voor de *poulet rôti* (geroosterde kip) maakte een van mijn leerlingen iedereen aan het lachen door gekscherend te mopperen dat ze echt niet begreep waarom je de eierdooiers maar in één richting mocht kloppen als je mayonaise maakte. Niet alleen de richting moet hetzelfde blijven, ook de kracht in de pols en de hand die de garde vasthouden mag niet veranderen als je eieren klopt. Met een serieus gezicht legde ik haar direct uit waarom. Dat komt omdat als je dat niet doet de structuur niet overal hetzelfde is, iets waarvan koks onder elkaar zeggen dat 'de smaak dan overhelt'. Ook smaak heeft evenwicht en net zoals een geur waaruit het evenwicht is verdwenen moeilijk een goede indruk achterlaat bij mensen, kan een smaak zonder evenwicht de smaakzin van de eters niet bekoren. Om een harmonieuze smaak te verwezenlijken moet je aan het evenwicht denken en in deze krappe keuken bestaan er strenge regels die even triviaal lijken als de richting waarin je een ei klopt, maar waaraan je je nu eenmaal dient te houden om dat evenwicht te bereiken.

Dat de keukenhulp die de zorg droeg over het klaarmaken van de ingrediënten en die na Ch'oe, onze benjamin, was aangenomen, binnen twee weken werd ontslagen, was omdat hij zich niet aan deze strenge regels had gehouden. De knoflookteentjes die hij één voor één met een mes in fijne stukjes had moeten snijden, hakken en dan kneuzen, had hij zonder dat de chef-kok ervan wist allemaal in de hakmolen gestopt en hij was daarmee bezig toen hij werd betrapt door de chef-kok die 's ochtends vroeg opeens zonder aankondiging de keuken binnenkwam. Knoflook is in de Italiaanse keuken even belangrijk als de tomaat waar ze ook niet zonder kan. Dat houdt ook in dat er elke dag een heleboel van wordt gebruikt. Om de versheid en de speciale, indringende geur van knoflook te bewaren mag je knoflook niet van tevoren pletten of in grote hoeveelheden in de vriezer stoppen. Het is prima om er met de vlakke kant van het mes ritmisch op te slaan en de knoflook zo te kneuzen, maar het is taboe om een hakmolen te gebruiken. Zodra je knoflook in de machine doet, verdwijnt de geur. Het is een basisbegrip in het gebruik van kruiden dat je om de karakteristieke geur van knoflook te behouden, het velletje er met de hand af moet halen en dat je het teentje met de hand dun moet snijden en fijnhakken. Het is de overtuiging van de chef-kok dat iemand die er een hekel aan heeft om knoflook met zijn blote handen aan te raken, het niet in zich heeft om kok te worden. De iets zoetere en zachtere smaak van bruinglanzend gebakken knoflook is een lievelingsingrediënt van de chef-kok en zit dan ook in bijna elk gerecht in Nove. Knoflook in de hakmolen stoppen, achter de rug van de chef-kok om, is vele malen erger dan wijn of diepvriesvlees stelen. Het is bijna nooit voorgekomen dat de chef-kok zelf iemand heeft ontslagen. Maar er wordt geen uitzondering gemaakt voor iemand die de meest basale regel breekt. Op zulke momenten aarzelt de chef-kok geen moment en is hij koud en afstandelijk. De keukenhulp, die net vuilniszakken buiten aan het zetten was waar water uit druppelde, smeet zijn uniform neer en stormde de trap af. Misschien dacht hij wel dat het alleen maar door de knoflook kwam. Maar de meesten van ons wisten dat de chef-kok het zeker in dit soort aangelegenheden meestal bij het rechte einde had.

Er werd besloten om twee nieuwe mensen aan te nemen, waarvan één een saucier. Er waren in totaal twintig sollicitanten, waarvan ongeveer de helft afgestudeerd was aan de Amerikaanse koksschool CIA, het Harvard onder de koksscholen, en het Italiaanse ICIF. Afgaande op mijn opleiding had ik de kwalificaties eigenlijk niet om tot souschef op te klimmen. De chef-kok, de maître d'hôtel en ik hielden op een zondagmiddag tijdens de pauze interviews met de sollicitanten. Ik had al aangekondigd er niet bij te zijn, maar de chef-kok hield zijn poot stijf, alsof hij dacht dat een ieder van ons drieën verschillende dingen zou zien en daarom een andere mening zou hebben. Ik had van de twintig sollicitanten A en B in gedachten, maar de chef-kok waren C en D opgevallen en de maître d'hôtel had B en D gekozen. Het had er de schijn van dat de chef-kok en ik het ieder zagen zitten met compleet verschillende sollicitanten.

De grootste deugd voor een kok is geduld. Als je dat niet hebt, kun je nooit in een krappe keuken als dit de hele tijd hetzelfde werk doen en houd je het ook niet uit om hetzelfde klusje dat continu terugkomt, te doen. De keuken is een vriendelijke omgeving, maar heeft ook wel wat weg van een klein leger. Van tijd tot tijd wordt er een beroep op je individuele kwaliteiten gedaan, maar je moet het vermogen bezitten om met anderen te kunnen samenwerken. De chef-kok moet nauwgezet en kalm zijn en te allen tijde in staat om een heldere gemoedstoestand te bewaren. Dit idee deelden de chefkok en ik met elkaar. Waar we het niet over eens waren, was het Italiaanse recept dat de sollicitanten hadden opgegeven als hun beste gerecht. Die van A en B waren gangbaar en basaal, maar helemaal perfect, die van C en D waren creatief en individueel. De chef-kok vond de recepten van A en B te gewoontjes en niet vindingrijk genoeg en ik riposteerde dat de recepten van C en D de grondslagen uit het oog hadden verloren en voorbeelden van opzichtig koken waren. Ik wist onderhand heel goed dat de chef-kok een vrijwel ongeëvenaarde intuïtie had voor dit soort zaken, maar ik volhardde in mijn koppigheid en de chef-kok deed precies hetzelfde. Uiteindelijk deden we allebei wat water bij de wijn en kozen we voor B en D die beiden geen bijzondere problemen leken te zullen geven in de omgang met anderen. Geen van beiden had een reguliere koksopleiding genoten, maar hun praktische ervaring in de keuken was wel het langst. Het is een algemeen aangenomen waarheid in dit beroep dat je iemand kunt leren hoe je een gerecht maakt, maar niet hoe je een persoonlijkheid krijgt. Dus uiteindelijk was het nog niet eens zo'n slechte keuze om koks te kiezen waarvan de een de grondbeginselen volmaakt in de vingers had en de ander een creatieve aanleg had, maar die beiden een goed gevormd karakter leken te bezitten. Maar om de een of andere reden had ik het gevoel dat ik had verloren.

25

'Het is zondag! Wat doe je daar?'
'Ik weet niet goed wat ik hiervan moet maken, vandaar.'
Ik lach gegeneerd.
'Wat heb je daar dan?'
'Een karper.'
Ik hoor een bulderende lach van de andere kant van de lijn. Het lijkt al zo lang geleden dat ik de lach van mijn oom heb gehoord. Mijn oom mag maar op twee dagen per week, woensdag en zondag, naar buiten toe bellen. Ik heb deze zondag eigenlijk vrij, maar ik ben toch naar Nove gegaan. We hebben voor maandag meer Japanse zeebaars en Koreaanse ombervis besteld dan normaal en hebben daarom als extraatje drie karpers erbij gekregen. De koeling zit barstensvol vis en als er net als dit weekend maar weinig vraag naar is, word ik nerveus. Visgerechten zijn net als steakgerechten makkelijk te bereiden en het is eerlijk kwaliteitseten. Hoe eenvoudiger de bereiding van een gerecht, hoe levendiger de smaak. Maar het is nodig om nieuwe recepten te bedenken naast het bakken, frituren en stomen.
'Waarom bak je hem niet met knoflook en kruiden erin?'
Ik glimlach. Ik heb daar al aan zitten denken en zodoende de ingewanden eruit gehaald en de binnenkant van de vis goed schoongemaakt. Wat mijn oom mij nu adviseerde, was de manier van koken die wij beiden van oma geleerd hadden. Mijn oma had een

hekel aan zure smaken dus ze stopte er nooit citroen in. Maar de stank die een vis nu eenmaal eigen is krijg je alleen weg met citroen, waardoor een vis vers gaat ruiken. 'Zou dat lekker zijn? Hoe zou het smaken als ik 'm in een koekenpan zou sauteren en dan garneren met artisjokken?'
'Dat lijkt me allebei lekker.'
Mijn oom houdt de hoorn vlak bij zijn mond en maakt overdreven smakkende geluiden met zijn lippen om mij aan het lachen te krijgen. Ik moet hem later maar vertellen dat Paulie dood is. Hij vraagt me of ik volgende week op bezoek kan komen. De enige dag dat daar bezoek mogelijk is, is de vrijdag en dat is in de keuken juist de drukste dag van de week. Ik antwoord dat ik wel kan komen. Het zit me niet lekker om dan niet in de keuken te verschijnen, maar het schiet me te binnen dat dit de eerste keer is dat mijn oom me gevraagd heeft om op bezoek te komen.
'Is er wat aan de hand?'
'Zou je wat badhanddoeken willen meenemen?'
'...!'
Er zijn dingen die je niet mee mag nemen naar het ziekenhuis. Vanzelfsprekend zijn dingen als wegwerpscheermesjes, scharen, nagelknippers, klerenhangers, aanstekers en lucifers verboden, maar het is ook niet toegestaan om voorwerpen die als lange lussen gebruikt kunnen worden zoals omslagdoeken of riemen, mee te nemen. Het is zelfs verboden om taai eten zoals rijstcake mee te nemen.
'Nee, daar hoef je niets achter te zoeken. Ik vraag het je alleen maar omdat douchen me niet opfrist. Hier hebben we zoiets niet.'
Hij lacht weer in de hoorn. Terwijl ik me bedenk dat het maar goed is dat mijn oom doorheeft waar ik aan zit te denken, leg ik de karper op de snijplank. Mijn tante heeft zich met een touw opgehangen, nadat ze haar naakte lichaam eerst met olie had ingesmeerd. Waarom zou ze op die manier zelfmoord gepleegd hebben? Ik heb er wel eens het gevoel bij gekregen dat het uit weerstand was tegen dingen die ze niet kon eten of dat het een soort pijnlijke ceremonie

was waarbij ze zichzelf heeft geofferd. Of is het eerder een soort berusting of heilige overtuiging geweest? Het is zonder meer waar dat het als methode van zelfdoding kanten heeft die ik niet begrijp, maar als het mijn tantes intentie is geweest dat ik dat laatste, krachtige beeld zou onthouden, dan leek ze daarin geslaagd te zijn. Ook nu nog droom ik af en toe van het broodmagere lichaam van mijn tante, glinsterend van de olie, dat langzaam heen en weer wiegt aan het touw. Mijn oom zou nog wel verschrikkelijkere dromen hebben dan ik en zonder de drank zou hij de ene ondraaglijke nacht na de andere hebben doorgebracht. Als je een alcoholist in je naaste omgeving hebt, moet je hem niet proberen te begrijpen. Je moet jezelf trainen in het bedwingen van je eigen chaotische gevoelens die ontstaan doordat je een alcoholist in je omgeving hebt. Wat je absoluut niet moet doen is denken dat je een alcoholist op eigen kracht aankunt. Ik geloof niet dat ik deze twee dingen naar behoren heb kunnen doen voor mijn oom, maar hij leek nu zelf geleidelijk aan zijn best te gaan doen. Bovendien waren onze familiebijeenkomsten niet alleen voor mijn oom, maar ook voor mij onverwacht zeer verhelderend geweest. Het komt vaak voor dat de familie van een alcoholist probeert te ontkennen dat ze zo iemand in hun midden hebben en zo onbewust de verslavingstoestand van de patiënt in stand houden, waardoor er een soort wederzijdse afhankelijkheid ontstaat. Daarom is de familie van een alcoholist slachtoffer, maar ook toeschouwer en soms zelfs dader. Zulke bijeenkomsten zijn noodzakelijk denk ik, al is het alleen maar om elkanders rol te begrijpen en elkaar te helpen. Maar de uitdrukking 'wederzijdse afhankelijkheid' deed me op onverwachte tijden pijn als was ze met spijkers in me genageld. Het belangrijkste was het feit dat mijn oom aan het veranderen was en dat was iets anders dan hoe ik was veranderd.

Mijn oom die zich eerst passief had opgesteld ten opzichte van het behandelingsprogramma, speelde nu badminton en tafeltennis met de andere patiënten, hij kalligrafeerde en deed origami. Die verandering deed me echter ook twijfelen of dit geen aanpassingsstrategie was die mijn oom had gekozen om langer in het ziekenhuis te kunnen blijven in plaats van een uiting van de wens om de behandeling te kunnen beëindigen. Op vriendschappelijke toon vroeg ik mijn oom eens of hij zou willen drinken als ik hem drank zou kunnen geven. Hij leek een tijdje in gedachten verzonken te zijn en schudde toen zijn hoofd. 'Natuurlijk is het ook niet zo dat zulke momenten er helemaal niet zijn, maar als ik die aandrang nu weer voel, ga ik een dialoog aan met mezelf... Hoe moet dat dan? Ik ga dan bij mezelf te rade. Als ik er nu niet mee stop, wat gebeurt er dan? Die vraag stel ik me dan.' Ik knikte werktuigelijk met mijn hoofd. Als je het behandelproces in ruwweg drie stadia onderverdeelt, te weten de lichamelijke ontwenningskuur, het trainen van de wil om je leven weer op te pakken, en de sociale re-integratie, dan leek mijn oom zich in het tweede stadium te bevinden: het trainen van de wil om je leven weer op te pakken. Ik vroeg me alleen af waarom dat feit mij een verwrongen gevoel van verlies geeft.

Ik hoef een mes maar te zien, om het helemaal te kennen. Ik hoor alleen zijn stem, maar ik denk het te weten. Hij lijkt de badhanddoeken echt nodig te hebben.

'Maar dat mag toch nog niet, oom,' zeg ik, waarna ik glimlachend ophang. Als ik mijn tante nog een keer zou kunnen zien, wil ik haar vragen of ze echt van mijn oom heeft gehouden. Ik kan haar dood niet begrijpen, maar ik zou intussen wel voor haar kunnen koken. Ik giet zo'n drie centimeter olijfolie in een warme pan en bak daar de rode karper snel in. Voor de saus meng ik witte druiven met visfond. Als ik een gerecht uitprobeer wat ik nog nooit eerder gemaakt heb, ben ik vanzelf altijd wat gespannen, maar ik aarzel of stop nooit. Ik doe fijngesneden artisjokken in de pan waar ik de vis in heb gebakken en bak ze krokant. Ik breng ze op smaak met zout en peper. Ik leg de vis op een bord en garneer hem met de artisjokken. Ik giet de saus eroverheen.

... Nee. Dit is niet voldoende. Ik heb het gevoel dat ik er nog iets bij moet doen. Als je een gerecht voor het eerst maakt zijn niet alleen je zintuigen belangrijk, maar ook je intuïtie. Ik staar naar de karper en knik dan. Ik pak de pot met noten en haal er amandelen uit. Ik sla hard met de botte kant van mijn mes op de amandelen en pel ze, waarna ik ze net als knoflook heel fijn snijd. Ik leg de witte amandelstukjes straalsgewijs als garnituur rond de ogen van de karper. Ik druk de ogen van de karper die ik eruit had gehaald toen hij de pan inging, weer terug. Fijnproevers keuren een visgerecht waar de ogen niet meer in zitten geen blik waardig. De witte ogen van de met amandel gegarneerde karper doen hem er beter uitzien dan tevoren. De kleuren zijn levendig en fris, zodat het een gerecht had kunnen zijn ter nagedachtenis aan de overledenen. Proef maar eens, tante. Ik praat op een levenloze toon. Creatieve vrouwen met een rijke fantasie lijden aan anorexia. Als ik op intiemere voet had gestaan met mijn tante hadden we haar, net als Munju, met de tijd misschien wel kunnen genezen. Maar mijn tante had voor een extremere manier gekozen. Het was een einde dat een creatieve vrouw met rijke fantasie had kunnen bedenken. Ik kijk naar het bord met het gerecht dat ik heb gemaakt. De ogen van de vis zijn levendig, wezensvreemd, ze lijken te vragen of er echt niets te zien is zo op de tast in het duister.

26

Ik heb niet alleen van Munju's redactie, maar ook van een paar andere uitgevers wel eens voorstellen gehad om een kookboek te schrijven. Je hebt zo een boek bij elkaar als je alleen al de recepten zou nemen die als serie in vrouwentijdschriften of gespecialiseerde culinaire tijdschriften uitkomen. Ik heb elk voorstel geweigerd en wel om twee redenen. Ten eerste omdat ik vind dat er nooit maar een enkel recept voor iets bestaat. Als ik bijvoorbeeld nu een kip in mijn handen zou hebben, kan ik die kip op wel honderd manieren klaarmaken. Om daarvan maar een bereidingswijze voor die kip aan de lezer te introduceren komt op mij over als het beperken van de mogelijkheden van de kip. Improvisatie en fantasie zijn twee belangrijke bestanddelen van een gerecht, en daarom moet je een kip bereiden afgaande op je intuïtie en hoe je je op dat moment voelt. De ingrediënten voor de garnering of de vulling van de kip zijn afhankelijk van het jaargetijde en moeten dus altijd verschillend zijn. Het introduceren van basisgerechten met kip zal, ben ik bang, niet door mij gebeuren, maar iemand zal zo'n kookboek heus wel schrijven en er zijn al wat kookboeken uit die dat min of meer doen. De tweede reden is dat de chef-kok ook nog altijd geen kookboek heeft geschreven. Als mijn oma degene is die mijn smaakzin heeft gewekt, dan is de chef-kok degene die deze tot ontwikkeling heeft gebracht en grote sprongen heeft laten nemen. Dat hij desondanks nog geen kookboek heeft geschreven, maakt dat ik me ongemakkelijk zou voelen als ik het wel zou doen. Een kwestie van ethiek. Hoewel, dat is het niet helemaal. Of ik zo'n kookboek ga schrijven, hangt helemaal af van mijn wil om dat te doen, maar vooralsnog heb ik er nog geen zin in gehad of zelfs maar serieus over nagedacht. Ik vraag me af of ik er anders over zou hebben gedacht als ik door was gegaan met het geven van kooklessen. Dat denk ik wel. Dan was het een van de manieren geweest om de kooklessen en de kok K. onder de aandacht te brengen, en de K. van die periode schreef in culinaire tijdschriften over de kooktechnieken die ze van de chef-kok geleerd had alsof ze ze zelf had uitgevonden en was hem, behalve tijdens de kooklessen zelf, bijna helemaal vergeten.

Hoe dan ook, ik kan het me nu helemaal niet veroorloven om serieus te gaan nadenken over een kookboek. Het bedenken van de 101ste manier om kip te bereiden geeft me veel meer energie en is ook veel praktischer. Maar de chef-kok lijkt van gedachten veranderd te zijn. Hij roept me naar zijn kantoor voordat de avonddienst begint en zegt dat hij erover denkt om een boek te schrijven en of ik hem daarbij wil helpen. Ook als je denkt te weten hoe de vork in de steel zit, kun je wel eens voor verrassingen komen te staan. Alle energie stroomt mijn lichaam uit. Het was alsof iemand die alleen aan mij had verteld dat het mogelijk is om een afgebroken takje opnieuw leven in te blazen door het in de hand te nemen en rustig te beademen, het me de dag erna zag doen en toen met een compleet andere blik uitriep: 'Wat ben jij voor iets achterlijks aan het doen?' Ik ben vast overgevoelig geworden, want wat heeft hij nou eigenlijk meer gezegd dan dat hij een kookboek wil gaan schrijven. Ik ben zelf niet creatief, maar misschien is er ook wel iets dat me blokkeert. Dat is ook bij het koken geen goede houding. 'Waarom nu wel opeens?' vraag ik met een frons op mijn gezicht alsof de chef-kok opeens een doos mossels op mijn snijplank heeft neergezet die zo makkelijk te bereiden zijn dat een eersteklaskok daar zijn neus voor zou ophalen. De chef-kok kijkt me niet eens aan.

Alle boeken die over de oorsprong of de geschiedenis van het koken gaan, noemen de naam Apicius. Apicius, die in het Rome van de eerste eeuw een succesvolle kok was, heeft het oudste nog bewaard gebleven kookboek geschreven en was ook de eerste kok die eieren op regelmatige basis in zijn gerechten gebruikte. De Romeinen uit die tijd vochten met de vijand die verveling heette. Koks hadden de plicht om de wispelturige monden van hun meesters die bereid waren om alles te eten als het maar nieuw was, naar tevredenheid te vullen. Deze periode waarin er gerechten werden gemaakt met de tepels of de vagina's van zeugen, en gerechten als gevulde wintermuizen, vormde ook de hoogtijdagen van de culinaire fijnproeverij door het verlangen van zowel eter als bereider om met de regels te breken. Apicius probeerde onophoudelijk substantiële maar tegelijkertijd creatieve gerechten te maken, gerechten die op deze wereld nog niet bestonden. Nadat hij eindelijk zijn eerste kookboek *De re coquinaria* (*Over het koken*) had afgemaakt, maakte hij een einde aan zijn leven. Hij had alles wat hij had helemaal uitgeput. Zelfs zijn dood werd door de mensen gewaardeerd als een kunstenaar waardig. Daarna verschenen er nog een paar koks met de naam Apicius die ook soortgelijke kookboeken schreven. Ik was ontroerd geweest toen ik dat verhaal hoorde. Ik denk dat de chef-kok ons met die opzet dat verhaal verteld had. Ik herinner me nog levendig hoe ik toen de theorieles was afgelopen en de praktijkles begon, me voornam om op zijn minst een hedendaagse Apicius te worden of in ieder geval net zoals een van de andere koks die onder dezelfde naam geleefd hadden, en begon snel en energiek het onderste stuk van de prei klein te hakken. Mensen veranderen. Alles verandert. Er was niets vreemds aan het feit dat de chef-kok was veranderd. We hadden het nooit expliciet uitgesproken, maar ergens gedurende die tijd hadden we een relatie opgebouwd waarin we elkaar altijd steunden en nooit bekritiseerden. Maar hier had ik geen zin in. En het zou ook echt wel lukken zonder mij erbij.

De chef-kok zit met een nors gezicht wat te spelen met een glas water dat op zijn bureau staat. Ik heb gezegd dat ik het niet wil doen en sta nu als gefixeerd te kijken naar de grote, donkere handen die het kristallen glas vasthouden. Handen die overal wel eens gebroken, doorboord of beschadigd zijn geweest. Maar in de keuken zijn het te allen tijde vaardig en efficiënt bewegende handen, handen die ik al vanaf mijn twintigste bewonder. Met die handen doet de chef-kok opeens een koffielepeltje in het glas en begint ermee te roeren. Dan spreekt hij. Als je zo roert, dan draait het water ook. Als je stopt met roeren, dan draait het water nog even door als een kleine draaikolk. Het schoot me opeens te binnen. Als je opeens stopt, wat zou er dan gebeuren? Met alles bedoel ik. Ik zag hoe zijn huig een keer heen en weer schudde, hard, hevig slikkend. Zouden simpele woorden ook moeilijker zijn dan ingewikkelde woorden, net als simpele gerechten ook moeilijker zijn dan ingewikkelde gerechten? Mijn gedachten zijn afgedwaald. 'Je hebt toch eten waarvan je je beter gaat voelen als je het hebt gegeten? Die gerechten die me in al die jaren puur genot hebben laten proeven. Ik wil die allemaal wel eens optekenen.' Nu houdt de chef-kok zijn mond stijf dicht. Alsof hij er nog aan toevoegt: of jij nu meedoet of niet, ik speel met die gedachte. Ik blijf nog even staan, verlaat zijn kantoor en ga via de trap omhoog.

Een catalogus van genot.

Ik vraag me af of dat mogelijk is. Door de ruit heen zie ik de mensen die nu Nove binnenkomen, mensen die helemaal opgaan in de menukaart, mensen die in de richting van de keuken kijken en wachten op hun eten, mensen die tegenover elkaar zittend elkaar in de ogen kijken over een vaas met daarin een bosje paarse viooltjes. Er lijkt helemaal niemand te zijn in het restaurant die zwijgt. Iedereen glimlacht, praat of eet. Misschien is taal zelf ook wel ontstaan aan de eettafel. Een zich repeterende bijeenkomst als eten of een andere dagelijkse bezigheid zal op natuurlijke wijze geleid hebben tot het gaan praten, namelijk het voeren van een gesprek. Kadmos, de man die voor het eerst het schrift in Griekenland introduceerde, was kok van de koning van Sidon, en een taalwetenschapper beweerde dat het woord voor mond 'os' voort was gekomen uit het woord voor poort 'ostium' omdat er voedsel door naar binnen ging en woorden uitkwamen alsof ze door een poort gingen. Spreken en proeven vinden plaats in de mond en beide zijn uitdrukkingen van verlangen. Spreken en eten ontmoeten en vermengen zich met elkaar op de tong. De mond is de toegang waardoor eten het lichaam binnenkomt en tegelijkertijd is het de lichamelijke toegangspoort waardoor onze innerlijke gedachten in de vorm van een stem naar buiten toe lekken en duidelijk maken wie we zijn.

Het restaurant is gevuld met vrolijke en heldere stemmen. Het lijkt wel alsof er allemaal knalrode lippen, rood geworden door het warme eten en de verwachtingen over woorden die nog niet gesproken zijn, als wolkjes rondzweven. Mensen zitten naar elkaar toe voorovergebogen over de tafel te fluisteren, te eten en elkaar hapjes te geven. In de mond zit vooraleerst de tong. Elke keer als mensen fluisteren of eten dan schiet het in speeksel gedrenkte puntje van de tong glinsterend heen en weer. Als je 'lalalalala' neuriet met de tong tegen je verhemelte dan weergalmt dat dankzij je stembanden tot in je botten. Deze vreugdevolle stemmen klinken precies hetzelfde als er lekker eten wordt gegeten. Het eerste wat er groeit bij een foetus in de buik is een mond.

Het object van opwinding, aangeraakt door schoonheid. Gerechten die bij sommige mensen positieve veranderingen teweeg kunnen brengen. De smaken van je kindertijd, de levendige ervaringen en gevoelens van kauwen toen. De geur en de herinneringen van dingen die je meegemaakt hebt. De verhalen die eraan vast zitten. Het komt nu allemaal naar boven. Dat was het kookboek dat ik wilde schrijven. Het catalogiseren van vreugde. Zo had de chef-kok het genoemd. Jawel, ook ik heb indertijd geloof ik wel eens zo'n boek willen schrijven. De ik van toen was gewoon een van die mensen daar en net als die mensen daar aan het fluisteren, praten, eten, drinken, lachen. Iedereen zat in een kleine cirkel heel dicht tegen elkaar aan net als de winterinsecten die de koude proberen te overwinnen. Maar was dat nog steeds zo? Was ik er echt zeker van dat we liefhadden en werden bemind? Of niet? Het is de vraag. De mond is de plek waardoor plezier zijn weg naar binnen vindt, maar ook de plek waaruit het weer wegloopt. De mond opent de poort tot het lichaam, maar als je eenmaal binnen vastzit sluit het je op in een innerlijke duisternis waar niemand ooit uit terugkomt. Als je de mensen zou verdelen in mensen die zich aan hun eigen woorden houden en mensen die dat niet doen, dan is de mond voor de laatste categorie mensen slechts een donkere grot zonder enig licht.

27

Als ik de voordeur opendoe gaat de schuifdeur opzij en steekt Munju haar hoofd naar buiten. Ik probeer mijn sneakers uit te trekken zonder om te vallen. Het is al een hele tijd geleden dat er iemand op me wacht als ik thuis kom. Nadat ik in januari tien dagen ziek was geweest, zei Munju dat zoiets niet nog een keer mocht gebeuren en had ze het telefoonnummer van mijn oom in het ziekenhuis en mijn huissleutel gekopieerd. Ik ben niet meer ziek. Alleen is er iets in me als een kruik in gruzelementen gespat. Sommige dingen kun je wel achter je laten, maar blijkbaar nooit helemaal. Toen hij wegging was het eerste wat ik verloren had niet mijn smaakzin geweest, maar de tastzin waarmee we elkaar aanraakten, streelden, vastgrepen, likten. Anders dan bij het zicht en de smaak brengt het verlies van de tastzin een gevoel van vervreemding met zich mee. Maar het gevoel van dat verlies liet me kien beseffen hoeveel vitaliteit en energie tastzin me had gegeven en het deed me beseffen dat het enige wat ik kon doen was het zelf weer terug te vinden. Ik heb het gevoel dat ik na Paulies dood veel gevoeliger voor geluiden ben geworden. Ik schrik niet van luide geluiden als donder, bliksem of vuurwerk. Maar het geluid van regen die langs een deur naar beneden stroomt, de klap waarmee een deur sluit, het gebrom van een koelkast, een paar rijstkorrels die op de grond vallen, het rustig in- en uitademen omgeven door de duisternis als een gordijn; dit soort geluiden komen veel dichterbij dan het gebonk van een drum en zijn net zo tastbaar als het schuren van kleren over mijn huid, die keer dat ik ze binnenstebuiten had aangetrokken. En dan zijn er nog andere geluiden die ik hoor. Het geluid van de zich sloom voortbewegende Paulie, zijn snuffelende neus, zijn geadem. Als de geluiden van Paulie waar ik zo aan gewend geraakt was me raken alsof er een vioolsnaar over mijn tong wordt getrokken, hou ik op met kreunen en besef ik plotseling dat Paulie dood is. Paulie placht altijd een keer te blaffen als de boombladeren in de wind bewogen, als hij zwaar in de binnentuin rondstapte, als ik mijn tanden poetste, als ik de blender aanzette, als ik de koffiebonen maalde. Als ik in het donker mijn net gepoetste tanden weer aan het poetsen was, dan voelde ik Paulie aankomen en zijn natte neus in mijn knieholte duwen. Zo was het toch, nietwaar? Hoe dan ook, we hebben iets gedeeld dat diep in ons zat en van fundamenteel belang voor ons was. Toch, Paulie?

Ik jog nu 's avonds alleen op de renbaan.

Alle dingen die op deze wereld bestaan maken geluid en hetzelfde geldt voor alles wat dood is. Maar ik kan niet tegen Munju zeggen die naast me met haar kiezen op elkaar haar adem laat ontsnappen, dat Paulie met me mee rent. 'Bewegen is goed, maar niet voordat je gaat slapen.'

'Het was toch altijd rond deze tijd?'

'Hè?'

'...'

'Ach ja, dat is ook zo.' Munju knikt zonder iets te zeggen. Munju die zo dol op Paulie was dat toen ik hem weg moest brengen omdat ik hem niet langer naar behoren kon verzorgen, zij zei dat zij dan wel voor hem zou gaan zorgen. Ik sta op, zet water op en laat er een bosje lavendel in weken. We gaan weer naast elkaar op de bank zitten. Munju is net terug van een zakenreis naar het rustig dorpje Venegono Superiore op een uur afstand van Milaan om een speciale bijlage te schrijven over het concept 'slowfood'. Als je daar op de trein stapt en twee uur in zuidelijke richting reist, zit je in Toscane. Dat was de plaats waar ik door mee te kijken heb geleerd om varkens en koeien te slachten, toen ik daar drie weken was, de laatste keer dat ik voor Nove naar Italië ben geweest. Dat was een bijzondere gelegenheid geweest, maar toen de beroemdste slager in deze middeleeuwse regio de ruggengraat van een zijdelings gelegen varken er zo uittrok, was ik zo verrast dat ik een kreetje slaakte, waardoor ik een verdere gelegenheid om nog meer over vlees te leren helemaal om zeep hielp. De verwijtende blik van de slager toen was koud en gewelddadig. Net als de blik van de chef-kok als ik een fout maakte op de snijplank toen ik nog een leerling was. 'Heb je je artikel daar helemaal geschreven?'

'Het is al uitgekomen onderhand. Maar er is niet zoveel aan.'

'Waaraan?'

'Slowfood.'

'Komt dat niet voort uit die beweging om langzamer te leven?'

'Klopt. De fiets in plaats van de auto, 's middags een siësta, koken met groente en fruit uit eigen tuin. Enfin, je kent het wel.'

'Waarom doen ze het?'

'Ze hebben te veel aan hun hoofd.'

'Is dat niet goed?'

'Gelukkige mensen denken nu eenmaal niet zoveel, weet je.'

Munju en ik lachten. Het was een bitter lachje, omdat we voelden dat het bevestigde dat wij daar ver vanaf stonden.

'Is er iets?'

'Ach...'

'Ik ben gistermiddag even naar Nove geweest om thee te drinken, maar je was er niet. Was je ergens naartoe?'

Gistermiddag had ik in het Shilla Hotel een afspraak met mijnheer Ch'oe.

'Hij vroeg of ik niet ergens anders zou willen werken.'

'...?'

'Hij gaat een restaurant openen, denk ik.'

'Jullie chef-kok gaat een nieuw restaurant openen?'

'Nee, mijnheer Ch'oe.'

'Ch'oe van Mido, bedoel je?'

'Ja.'
'Wat wilde hij dan? Wilde hij je scouten of zo?'
'..'
Ik vraag me af of dat zijn bedoeling was. Hij zei dat hij een wijnbar van twee verdiepingen wilde verbouwen en er een Italiaans restaurant wilde openen als ik de keuken op me zou nemen. De locatie was goed en het jaarsalaris dat hij had voorgesteld was zodanig dat het niet eens te vergelijken was met Nove. Hij zou me elk jaar een maand op training naar het buitenland sturen. Voor een kok die ooit elke dag was begonnen met het jassen van enkele honderden aardappels was dit het hoogst bereikbare en als het niet je droom was om een eigen restaurant te runnen, dan waren dit de meest ideale condities voor een kok om in te werken. Dit soort kansen krijg je niet vaak. Ik lachte tegen mijnheer Ch'oe. 'We zullen dit op het moment moeten doen zonder dat je chef-kok er weet van heeft,' zei hij. Toen likte hij eenmaal met zijn tong over zijn lippen en voegde eraan toe: 'Als je mijn leeftijd hebt is er nog maar een ding dat je wilt en dat is een kok. Mijn eigen kok.'

Een kok houdt van gasten die hem uitdagen. Anders gezegd, als kok heb je de neiging om gasten die hun steak goed doorbakken willen te negeren. Hetzelfde geldt voor gasten die een kipgerecht bestellen. Mensen die niet weten wat ze moeten eten in een Italiaans restaurant bestellen kip. Steak die goed doorbakken is wordt gegeten door mensen die de smaak van vlees niet kennen. Een fijnproever is iemand die de gerechten wil die niet op het menu staan. Als hij kan kiezen eet hij liever een gebraden eend, maar als het kip moet zijn, dan een vet piepkuiken of een gecastreerde haan. Dit zijn mensen die net als in de achttiende eeuw eigenlijk graag pauwengerechten op tafel zouden zien verschijnen. Mensen die goed weten dat de smaakzin door middel van de lippen eerst met de tast wordt opgebouwd. Mensen die wensen dat ze een langere bek hadden dan de kraanvogel zodat ze voortdurend het moment dat het eten de mond beroert, die vreugde kunnen voelen, mensen die wensen dat ze een lange nek als een kraanvogel hadden zodat ze nog meer kunnen genieten van de bevrediging en het genot van het voedsel dat naar de maag toe afdaalt. Het zijn de extreme hedonisten met de nek van een kraanvogel en een dikke buik die op ontploffen staat zoals de vreetzakken die staan afgebeeld in de allegorie *Vraatzucht* van Cesare Ripa. Mensen die een uitstekende intuïtie hebben voor eten, die alles wat maar choquerend is eten en die als ze iets willen eten bereid zijn om daartoe zelfs de dood te riskeren. De reden dat fijnproevers van de Japanse *fugu* houden is het risico om eraan te sterven. Elke keer als je een plakje van de fugu, zo dun gesneden dat je vingerafdrukken erop achterblijven, in je mond stopt, trillen je lippen die knalrood zijn geworden door angst voor de dood en opwinding daarover. Je raakt in vervoering en het water loopt je in de mond. Het stukje fugu ligt op je tong als een woord dat niet voldeed, waarna het na een tijdje langs de natte tong je keel in glijdt en wordt doorgeslikt als een terloopse leugen. En op dat moment verspreidt een gemeende glimlach zich over het gezicht van de fijnproever.

De fascinatie van fijnproevers met eten heeft minder prettige kanten. De achttiende-eeuwse schrijver van het toneelstuk *Valse trouweloosheden*, Nicholas Thomas Barthe, had de gewoonte om alles wat er op zijn eettafel lag op te eten, zonder ook maar iets te laten liggen. Hij had een slecht gezichtsvermogen, waardoor hij niet alles zag wat op tafel stond en hij bang was dat hij niet alles zou kunnen opeten. Voortdurend eiste hij van zijn bedienden om hem te vertellen of hij dat al gegeten had, of dat, of dat? Hij stierf uiteindelijk aan indigestie. Er is een optekening bewaard gebleven hoe de koning van Perzië, Darius, gek was op rundvlees en als niemand hem kon zien zijn regalia aflegde en een hele koe soldaat maakte. De koffieverslaafde schrijver Balzac dronk op een dag vijfenveertig koppen koffie en stierf prompt aan een maagontsteking. De filosoof Democritos haalde zijn laatste bevrediging uit honing. Toen hij besefte dat het einde van zijn leven nabij was, at hij elke dag een soort voedsel minder, totdat hij op het laatst zijn neus in de honingpot stak en er alleen nog maar aan rook. Zodra hij de honingpot weer terug zette, blies Democritos, drieënnegentig jaar oud, zijn laatste adem uit. De anekdote waar de fascinatie met eten het extreemst uit blijkt gaat over de Franse president Mitterand, die verslaafd was aan de verboden vogeldelicatesse ortolaan. Mitterand wist dat hij niet meer zoveel dagen had voordat hij aan kanker zou sterven en nodigde zijn vrienden uit voor een diner op oudejaarsavond 1995. Het pièce de résistance van de avond was een verboden gerecht van een met uitsterven bedreigde zangvogel, de ortolaan. Fijnproevers waarderen dit gevogeltegerecht als een van de allerbeste gerechten ter wereld. Het hele vogeltje wordt in de oven gebraden en dan zo in de mond gestopt. Er is een speciale manier om dit gerecht te eten. Het gloeiendhete vogeltje wordt op de tong gelegd, waarna het vet van de vogel zo de keel indruipt, waarvan je eerst geniet. Als het vogeltje begint af te koelen, begin je te kauwen, eerst op het hoofdje. Nu beginnen je trommelvliezen te vibreren van het aan de ortolaan eigen bijzondere geluid, heel ritmisch, van de krakende botjes waarop je kauwt. Die avond week Mitterand af van de traditie om per persoon een vogeltje te eten en men at er twee per persoon. Aangezien hij vanaf de volgende dag totdat hij stierf geen eten meer aankon, zou je kunnen zeggen dat zijn laatste avondmaal hier op aarde bestond uit ortolaan.

De allerslechtste fijnproevers zijn degenen die in hun plezier in eten hun eigen perverse seksuele verlangens proberen te sublimeren. Deze mensen kunnen geen serieuze fijnproevers genoemd worden. Een serieuze fijnproever is iemand die weet dat een combinatie van nieuwsgierigheid en angst het genot enige malen zal doen toenemen. Het zijn mensen die altijd willen worden uitgedaagd door iets nieuws, die als ze iets moois of lekkers zien willen weten wat de waarde ervan is, die weten hoe ze moeten bewonderen. Mensen die beter dan wie ook weten dat bewondering en verheerlijking via de mond het lichaam verlaten en die weten dat de lippen de eerste erogene zone van het lichaam zijn. Achter zulke fijnproevers bevindt zich altijd een uitmuntende kok. 'Dus wat heb je gezegd?'

'Gewoon, dat ik bij Nove zou blijven.'
'...Waarom?'
'Er is niets anders dat ik nog wil.'
'Dat is een beetje vreemd om te zeggen. Zeg dan dat je het fijn vindt om bij Nove te blijven.'
'Inderdaad. Ik wil daar ook blijven.'
'Oké.'
'Heb ik daar goed aan gedaan?'
'Je hebt er goed over nagedacht.'
'Maar toch, wat als hij het tegen de chef-kok zegt?'
'Maak je geen zorgen, dat zal hij niet doen.'
'Dat hoop ik dan maar.'
'O, het regenseizoen duurt veel te lang.'
'Het gaat zo wel weer voorbij.'
'Zullen wij na het hoogseizoen een paar dagen ergens naartoe gaan?'
'Oké.'
Waar zou het leuk zijn? Munju gaapt vermoeid en gaat naar de badkamer. Ik haal uit een lade een katoenen T-shirt en een pyjamabroek voor Munju om in te slapen en leg die op tafel. Ik zet Munju's zware tas die ze achteloos op de grond heeft neergezet er ook op. Uit haar tas steekt het nieuwe nummer van *Wine and Food*, nummer 7. Ze heeft toch gezegd dat het een special over Italië was? Ik blader door het tijdschrift. De tijd dat ik elf maanden per jaar van 's ochtends vroeg tot 's avonds laat in de keuken van Nove stond en een maand per jaar heel Italië doortrok om eten te proeven en gerechten te leren maken, lijkt ver weg als een droom. Ik blader verder en dan bevriest mijn hand. Een paar bladzijden terug. Gezichten die ik vaker heb gezien. Ja, ik geloof dat ik die mensen ken. In de rubriek voor het 'Special Interview' zitten een breed lachende man en vrouw op een U-vormig lang werkblad, beiden gekleed in een witte blouse en een spijkerbroek. Ze hebben hun armen om elkaars schouders geslagen en laten hun blote voeten bengelen. Ik ken ze, dat klopt. Het onderschrift van de foto dringt

niet goed tot me door. 'De nieuwe kookklas van Yi Seyŏn' lijkt er te staan en ook dat de 'moderne keuken ontworpen door de jonge architect Han Sŏkchu' is. Het tijdschrift wordt uit mijn handen gerukt. Munju, wat is dit? vraag ik haar met mijn ogen. Munju's pupillen schieten onrustig heen en weer alsof ze iets heeft willen verbergen maar is ontdekt. Er staan opeens tranen in haar ogen. Nee, nee. Ik schud mijn hoofd. Huil niet en vertel het me. Vertel me wat er aan de hand is. Dat wat alleen ik niet weet. Vertel het me alsjeblieft, Munju... Zou iemand wel eens geschreven hebben dat zwijgen stroomt? Zwijgen verspreidt zich. Als de kringen in het water van de vijver waar je een steen in gooit, die alsmaar groter worden totdat ze zich over de hele vijver lijken te hebben verspreid. En die als krampen over je lichaam heen spoelen.

28

Het is geen schande voor een kok om in de keuken gewond te raken, maar als je de ochtend begint met in je hand te snijden, is dat geen goed voorteken. Ik ben een kip in stukken aan het snijden als ik in het eerste kootje van mijn ringvinger snijd. Ik herinner me niet dat ik het mes opnieuw heb geslepen. Ik strijk met mijn vingertopje langs het blad van het mes. Inderdaad, eerder aan de botte kant dan scherp te noemen. We laten de messen met opzet wat aan de botte kant, we moeten immers met een paar mensen tegelijk werken in een chaotische keuken waar iedereen tegen elkaar aan botst. Dit is niet je eigen keuken. Als een mes te scherp geslepen is kan een moment van onachtzaamheid namelijk betekenen dat je een flinke wond aan een vinger oploopt. Behalve zoals nu wanneer je bezig bent met kip of eend of wanneer groenten heel fijn moeten worden gesneden, heb je eigenlijk bijna nooit een heel scherp mes nodig. Ik hoef me niet te schamen dat ik in mijn vinger heb gesneden terwijl al het personeel deze ochtend in de keuken stond, maar ik geneer me omdat ik dat heb gedaan met een bot mes. De keuken is een plek waar wordt gewerkt met vuur en met messen. Het is een plek waar grote en kleine gevaren altijd op de loer liggen en een plek die uitermate geschikt is om de eigen instincten tot zelfvernietiging te verbergen. Als ik het rode bloed zoals nu op de snijplank zie druppelen voel ik geen pijn, maar een soort genot alsof ik ergens iets wat opgekropt heeft gezeten in een keer doorgeprikt heb, of een soort opluchting dat dit incident misschien wel iets veel ernstigers heeft voorkomen. Op dit soort momenten word ik altijd overweldigd door onberekenbare instincten. Als er niet overal gevaar op de loer ligt dan zou alle spanning misschien wel verdwijnen zodra ik het mes ter hand neem. Ik stop mijn vinger in mijn mond in plaats van er een pleister op te plakken. Is dit nou de smaak van bloed? Een ijzersmaak verspreidt zich in mijn mond alsof ik mijn tong tegen het aanzetstaal om messen op te slijpen heb gezet. Misschien was het nu eigenlijk ook wel beter geweest om het mes wat scherper te slijpen. Dan was ik vast met meer ernst en voorzichtigheid te werk gegaan. Ik begin het mes te slijpen op de watersteen die in een hoek van het werkblad staat. Als het echt druk is heb je geen tijd om je messen te slijpen en dan volstaat het om je mes drie, vier keer over het aanzetstaal te halen. Maar het is toch het beste om een mes op een watersteen te slijpen. Het slijpen van een mes op een aanzetstaal gaat sneller, maar maakt het mes ook eerder kapot. Op het werkblad staan zout, peperkorrels, in een roestvrijstalen kastje in verschillende lades pastasauzen, olijfolie, allerlei kruiden, geplette peterselie, rode wijn, witte wijn, geplette tomaten, boter, brandewijn, en binnen handbereik lange houten pollepels, scheplepels, tangen, een enorme lepel, koekenpannen, pannen, allemaal klaar voor gebruik. Het zijn de bestanddelen van het typische werkblad. Maar wat er echt niet mag ontbreken is een mes. Iets wat je als kok echt dient te hebben is een goed snijdend kookmes. Een mes is belangrijker dan de passie om te koken. Als je namelijk een mes ter hand neemt dat je bevalt dan volgt als vanzelf het verlangen om te gaan koken. Elke kok heeft dan ook een mes dat alleen van hem is. Net zoals de scheplepel dat is voor de kok in de Chinese keuken, is het mes de derde arm voor de kok in de westerse keuken. Of een kok goed kan koken wordt in de eerste plaats beslist, niet door zijn gerechten te proeven, maar door zijn vermogen om onbelemmerd met zijn mes te werken. Er is echt niets dat zo goed laat zien hoe goed een kok is als zijn vaardigheid met het mes. De symbolen van een kok zijn zijn schort en zijn mes. Ik heb drie verschillende soorten messen. Een dun, lang mes van Japanse makelij om vis mee te snijden en een kort en buigzaam mes om kip en eend mee te snijden. En dan nog een doodgewoon Duits Henckels-mes dat ik altijd in mijn hand houd en gebruik als ik geen vis of vlees snijd. Voor het meeste werk is dit ene Henckelsmes al meer dan voldoende. Om groenten fijn te snijden gebruik ik namelijk het uiteinde van het mes en voor grotere en steviger dingen het gedeelte tegen het handvat aan. Het is nu behoorlijk oud geworden, met veel bramen erin, maar het is een mes dat ik niet meer losgelaten heb sinds ik ben begonnen met koken. Dit mes, dat ik in de keuken van mijn oma altijd in zijn doos met me had meegesjouwd, begon ik te gebruiken vanaf het moment dat ik bij Nove in de keuken kwam. Mijn oma had verschillende messen en daarbij zat een kartelmes waarmee je brood en fruit in mooie vormpjes kon snijden. Toen ik jong was had dat mes altijd de meeste indruk op me gemaakt, maar toen ik later kok was geworden en dat mes zocht, was het nergens te vinden. Het mes dat de chef-kok gebruikt is een mes dat vervaardigd is door het Japanse bedrijf Yoshikin Global, ook een gewoon keukenmes met een ietwat scherpere punt. In het messenblok staan de messen van de zeven koks in een hoek van vijfenveertig graden dicht tegen elkaar aan. De lemmeten zien er allemaal hetzelfde uit maar een ieder pikt er zo in een keer zijn eigen mes uit. Het bezitten van een mes waarmee hij vertrouwd is, is voor een kok cruciaal.

Ik voel hoe de maître d'hôtel en de nieuwe vrouwelijke saucier naar me kijken en een blik van verstandhouding met elkaar wisselen, wat is er vanochtend met haar aan de hand, terwijl ik met het mes in mijn hand geklemd alsof ik bang ben dat iemand het me zal afpakken bloed op de grond druppel. En ook hoe ze in het voorbijgaan heimelijk snel een hand op de heup van de ander laten rusten. Als het inderdaad waar is dat het onmogelijk is om armoede, hoesten of liefde te verbergen dan zijn in een krappe keuken waar je de hele dag staat te werken en constant tegen elkaars schouders opbotst de blikken die twee verliefde werknemers elkaar toewerpen het allermoeilijkst te verbergen. Nog geen dag nadat iemand verliefd is geworden, heeft de rest het al in de gaten, net alsof ze staan te kijken naar vissen in een doorzichtige glazen vissenkom. Er is geen andere plek waar het zo makkelijk is om verliefd te worden als de keuken. Als je daarna uit elkaar gaat, dan is het altijd zo dat een van de twee het restaurant verlaat en dat is meestal de vrouw. Scheiden is aan de orde van de dag, maar het is nu ook weer niet zo dat er helemaal geen stelletjes zijn die gaan trouwen of voor zichzelf beginnen en samen een restaurant openen. Hoe dat ook zij, het aanzicht van deze twee verliefde mensen wier liefde nog niet tot bloei was gekomen en nog geen vrucht had gedragen, leek nog het meest op een ronde, geurige paddenstoel die goed aan het gedijen was in vochtige teelaarde.

 Wat was de liefde voor mij, vraag ik me af. Ik leg mijn mes op de snijplank. Liefde lijkt op muziek. Zonder haar te leren kun je haar begrijpen en erdoor geraakt worden, hoofd en hart reageren tegelijk. Liefde lijkt op eten. De lust wordt opgewekt en het water loopt je in de mond alleen al door ernaar te kijken. Liefde is muziek en eten. Het laat je hele lichaam pure schreeuwen van vreugde voelen, spoelt over je heen, laat je dan lijden, brengt je in vervoering, maakt je gewelddadig, kan je in chaos storten, je keel doen branden van verlangen, het begint zo simpel maar dan zorgt het ervoor dat je het niet langer uit kunt houden, het prikkelt je hele lichaam, het is mooi en sensueel. Het schenkt tegelijkertijd mentale en fysieke bevrediging. Er was een tijd dat ik zo over de liefde dacht.

 In het tijdschrift stonden meer dan drie pagina's met foto's van Yi Seyŏn en Han Sŏkchu. Op een foto zaten de twee plagerig tegenover elkaar in de keuken waar Yi Seyŏn haar kookklassen ging geven, hun handen met honing ingesmeerd. Dat was eigenlijk een liefdescontract dat bij de oude Germanen vandaan kwam, waar twee mensen als teken dat ze voortaan hun voedsel zouden delen en zouden zeggen dat ze van elkaar hielden, honing van elkaars handpalmen aflikten. De opstelling van deze twee zou Munju's idee wel zijn geweest. Ze zal er geen zin in hebben gehad, maar het interview was waarschijnlijk al eerder afgesproken, waarna Munju als redacteur haar best zou hebben gedaan om goede, frisse foto's te krijgen. Er zijn niet zoveel mensen die de legende van de honing kennen. En Munju was ook degene geweest die dit verhaal van mij gehoord had. Gelukkig zat er geen foto bij waar de twee elkaars handpalmen aflikten. Mystici smeerden ook wel hun handpalmen en tong in met honing om het kwaad te verdrijven en het goede te laten ontwaken. Als er iemand is die nu zijn handpalmen moet insmeren met honing dan zijn het niet die twee, maar dan ben ik het geloof ik.

Wees maar voorzichtig. Als je een paddenstoel uit de aarde haalt, moet je hem er niet helemaal uit trekken, maar voorzichtig met een mes afsnijden. Alleen zo kan hij weer verder groeien. Dit wil ik tegen de maître d'hôtel en de nieuwe saucier zeggen die nu net verliefd zijn geworden. Maar liefde is voor mij niet langer muziek noch eten, honing noch paddenstoel. Alles is anders dan het was.

Als ik een dier was, dan zou ik denk ik een wapiti zijn, een beest dat lijkt op een geit maar met een veel groter lichaam en met een gewei op zijn kop. Een dier zonder gewrichten of knieën in zijn poten zodat hij ook staat als hij slaapt, en als hij een keer van de schrik omvalt, kan hij niet zelf omhoog komen. Als de boom waartegen een wapiti nietsvermoedend aanleunt plotseling omvalt en de wapiti ook met een grote klap krachteloos omvalt, kan hij niet meer opstaan. Ik kan het geluid zo horen. Het geluid van stromend bloed, van brekende botten, van bloed dat niet meer stroomt. Een kok is een kunstenaar met een mes. Hij drukt zich uit door middel van zijn handen. De keuken kan het toneel worden van enorme slachtpartijen. Zonder enige vrees steek ik mijn mes in de schaamteloos glinsterende dikkige kam van de kip en druk door, alsof het de schaamteloze tong is van een leugenaarster.

29

Liefde en honger zijn één lichaam zoals vruchtzaadjes en de peer dat zijn. Het zijn fysieke activiteiten die absoluut niet kunnen stoppen zonder het leven in gevaar te brengen. Liefde en honger worden in hetzelfde deel van de hersens gevoeld en beheerst. Dit komt omdat het van de verschillende gevoelens die de mens heeft, de meest instinctieve zijn en tevens de meest typische conditionele reflexen. Liefde en honger, als een van deze twee niet geheel bevredigd wordt, is de emotie die daardoor het grootst wordt de woede. Er zijn niet zoveel dingen die je kunt doen om je woede te overwinnen, maar een daarvan is het niet stoppen met eten. Ik die schreeuw, ik die jank, ik die de hele dag zakken chips in mijn handen heb. Zo zag ik eruit als je de afgelopen decembermaand zou samenvatten. Als ik op dunne, krokante chips kauwde, hoorde ik geschreeuw, botten die ik brak en kelen die ik wurgde in mijn binnenoren, zo luid dat ik dacht dat mijn trommelvliezen zouden scheuren. Chips zijn zo gemaakt dat ze niet echt in een keer in je mond passen. Als je je mond niet wijd opent, passen ze er niet goed in en hoe wijder je je mond opent, hoe meer je trommelvliezen geprikkeld worden, waardoor het prikkelende kauwgeluid zonder iets aan volume te verliezen wordt doorgegeven aan het binnenoor. Als je een zak chips openmaakt door erop te slaan en er zo de lucht uit te persen, dan is het eerste signaal dat je van deze prikkelende geluiden op de hoogte stelt het feit dat de zak gemaakt is om met een veel grotere klap dan nodig open te springen. Ik was verslaafd aan chips als aan het genot dat een kind voelt dat voor het eerst koolzuurhoudende frisdrank drinkt en de luchtbelletjes op zijn tong uit elkaar voelt spatten. De hele dag op de bank liggend voelde ik hoe de agressieve neigingen in mij geleidelijk aan groter en groter werden naarmate het geluid waarmee ik chips at toenam. Dit riep in mij een angst op die groter was dan de angst voor honger en uiteindelijk had het wat weg van een ongerustheid dat ik in een toestand terecht zou komen waarin ik mezelf niet meer in de hand zou hebben. Je kunt liefde niet vangen met woede. Ik legde de zak chips neer en hield mijn mond stijf dicht. Nu was er helemaal niets meer te horen. In een staat van verlichting kwam ik langzaam van de bank af. Dus het was alleen mijn eigen vergissing dat ik mijn woede nog nooit tot uitdrukking had gebracht. Ik denk dat ik alle mogelijke emoties naar hem toe geuit heb. Ik zou willen dat ik nooit tegen hem gezegd had dat ik genoeg van hem had. Dat soort dingen spijt me nu. Mensen die gelukkig zijn, eten geen chips. Misschien dateert mijn vrees om mijn mond te openen wel uit die tijd. Het is me moeilijk komen te vallen om samen te eten met iemand met wie ik niet op intieme voet sta. In de keuken draai ik me gewoon om, steek mijn vingers in het gerecht, stop die snel in mijn mond en sluit mijn mond dan. Maar als ik iets zie met een rond uiteinde en een stevig oppervlak of een zachte inhoud word ik soms geplaagd door het verlangen om erop te kauwen en eraan te likken. Wanneer ik zogezegd een fallusvormige Japanse pijnboomzwam of een kromme tak aanraak. Komt dat door mijn onbevredigde seksuele verlangens? Of misschien door de nieuwsgierigheid van de fijnproever die ik ben. Toen ik eens een oriëntaalse vinaigrette aan het maken was met mayonaise, sojasaus, geplette knoflook en sesamolie heb ik die in een keer in mijn mond gegoten. Een mengsel dat niet helemaal wit was, niet helemaal geel, halfdoorzichtig en als een stroperig goedje naar beneden droop. Wat in me opkomt is het beeld van die onbekende man die voor mij staand precies op mijn mond had gemikt en erin was klaargekomen. In de verwarring van het moment was het net alsof ik een mondvol stoofpot doorslikte, warm, zurig en bitter. Of het nu gewenst was of niet, wat eerste ervaringen met elkaar gemeen hebben is dat ze je je laten afvragen hoe het zou zijn om het nog een keer te proberen. En dat in zeer grafische beelden. Toen dat ding zich op mijn mond richtte, was ik drie keer verbaasd. Dat ik mijn mond zo wijd kon opensperren, dat mijn lichaam zo ogenblikkelijk en plots in vervoering kon raken en dat dat spul zo bekend smaakte. Ik vraag me hoe dan ook af of degene die toen verlekkerd met zijn lippen smakte, niet die man was die mijn hoofd vasthield, maar ikzelf die daar op de bodem van de doos bibberend voorovergebogen zat. Ik gooide de tube mayonaise die ik in een hand hield, weg. Als mijn lichaam ook iets had wat ik altijd stijf en al tevoorschijn kon halen en op een ander kon richten dan zou ik het ook met rechte rug en vaste hand in de anders mond hebben gestoken, denk ik. Het is maar goed dat er messen zijn. Als deel van mijn lichaam, als onuitwisbaar aandenken aan mijn liefde.

Ook al zou hij nu weer terugkomen, dan zou het net als in het begin van onze relatie wel weer even duren voordat we seks met elkaar zouden hebben. Maar het ziet er niet naar uit dat hij terugkomt. Hij heeft namelijk net mijn huis afgebouwd. Het huis dat hij al zo lang wilde bouwen, het huis waar hij met mij over droomde en dat hij zelf heeft ontworpen. Dat huis.

Vier jaar geleden, toen ik aan het rondkijken was voor een geschikt gebouw om Won's Kitchen in te huisvesten, vond hij het erg jammer dat hij dat gebouw niet zelf kon ontwerpen. Hij tekende altijd kleine rode gebouwen omgeven door muren van rode baksteen met op de begane grond de ruimte voor mijn kookklassen, op de eerste verdieping zijn kantoor en op de tweede verdieping de slaapkamer. Dan wiste hij de tekening altijd weer uit. Toen hij met zijn vinger het door hem getekende ontwerp aanwees, heb ik voor de grap eens gezegd dat de begane grond waar ik het grootste deel van de dag zou doorbrengen en de tweede verdieping te ver van elkaar lagen. Nou, dan maken we hier toch een lange paal, had hij gezegd. En midden in de dwarsdoorsnede tekende hij een verticale lijn. Ik dacht dat je dat alleen maar had in brandweerkazernes waar elke minuut, elke seconde telde. Ik lachte. Als ik via dat ding naar beneden ga kost het me op zijn hoogst twee of drie seconden. Als je ooit voor ons een huis gaat bouwen, dan wil ik zo'n ding er wel in, hoor. Hij lachte stralend en was heel serieus alsof hij op het punt stond om het huis ook echt te gaan bouwen. Ik probeerde me voor te stellen hoe hij via de paal van de tweede verdieping naar beneden zou komen glijden. Het eten zou niet meer koud worden, ik zou niet meer moe worden van op hem te wachten. Ik knikte timide en woelde met mijn warm geworden hand diep door zijn haar. Zou die dag echt komen? Natuurlijk, ooit komt die dag. Zo fluisterden we.

Zijn warme adem was nog niet uit mijn binnenoor verdwenen, of hij had dat huis al gebouwd. Hij had de brandweerpaal er ook echt in gebouwd en onder aan de foto waarop hij glimlachend langs de paal naar beneden gleed stond tussen aanhalingstekens: 'Als je niet bij elkaar bent, is elke minuut, elke seconde te lang.' Er was een close-up van Yi Seyŏn gemaakt die alles vergenoegd zat te bekijken, gezeten op de bank met haar lange benen onder zich gevouwen. Maar hij zag er op de foto anders uit dan ik me vroeger had voorgesteld. Hij leek eigenlijk wel een beetje op een kleine zwarte aap die uit een boom viel. Ik mompelde kalm. En nu woonde er een andere vrouw, niet ik, in dat huis. Die vrouw zegt dat ze met kookklassen gaat beginnen. Een vrouw die verleden herfst peterselie en Japanse bijvoet nog niet uit elkaar kon houden. De keuken leek helemaal van mijn keukenontwerp te zijn overgenomen, de open U-vorm die naar zichzelf terugdraaide, de werktafel en het werkblad waren vijf meter lang en leken uit marmer te zijn gemaakt, net zoals wij toen serieus hadden besproken. Het zou moeilijk zijn geweest om een nog betere keuken te maken. Dus dan kun je alleen precies dezelfde keuken namaken. Ik schudde moedeloos mijn hoofd. Het zag ernaar uit dat het nieuws van de opening van de keuken van Yi Seyŏn, ex-model van zevenentwintig, die zij met haar vriend, een jonge architect, had ontworpen, voor het moment het gesprek van de dag was. Als wat Munju had gezegd klopte, dan zouden ze binnenkort ook in een tijdschriftadvertentie zitten voor een nieuwe koelkast van het merk S., waar verschillende Bekende Koreanen aan meededen en wat een enorme campagne zou worden. Voor een model dat ooit midden in de schijnwerpers had gestaan en toen voortijdig het toneel had moeten verlaten wegens de slijtage van het kraakbeen in haar gewrichten, was dit weliswaar niet van duizelingwekkende allure, maar het zag er zeker uit als een comeback waarover gepraat zou worden. Yi Seyŏn stroomde over van levenslust en zag er prachtig uit. Dit is hoe mensen die verliefd zijn eruitzien. Het water liep me in de mond net als wanneer ik voor het eerst een onbekend gerecht eet dat mijn ogen en neus prikkelt.

Ik dacht dat liefde was als een olijfboom met groene vruchten die, als ze eenmaal wortel geschoten heeft in de aarde, iedere wind doorstaat. Ik ben nu niet bedroefd omdat ik hem niet kan zeggen dat ik van hem houd, maar bitter omdat ik besef dat liefde geen olijfboom is, geen muziek en ook geen bord met lekker eten. Maar net als wortels in de aarde zijn er dingen in deze wereld die niet veranderen. Standvastige liefde bestaat. Ook al blijkt dat het eerste wat ik heb gezien op deze wereld een tractor was. Goed dan, kreun ik binnensmonds. Ik kan niet geloven dat dit zich allemaal in minder dan zes maanden tijd heeft afgespeeld. De tijd is aangebroken dat ik moet doen wat me te doen staat. Loom, als een krokodil die in de zon gelegen heeft, loop ik de ondergrondse tunnel door en vraag me dan ineens iets af. Zou de koekenpan die ik haar heb gegeven nog ergens in haar keuken staan? Het was een pan waar ik op gesteld was, met een dikke bodem van drie lagen roestvrij staal die zo gemaakt was dat de hitte snel en gelijkmatig werd verspreid en zodoende uitstekend geschikt om dikke vissen in te bakken of braden. De Italiaanse Lagostina koekenpan die ik haar verleden herfst gaf nadat ze had gezegd hem zo graag te willen hebben. Nee, ze zal die pan wel niet meer hebben. Ze heeft er immers Paulies hoofd mee ingeslagen. Het is tijd om de bal weer bij haar terug te halen. Nietwaar, Paulie?

Ik loop een boekenwinkel in en koop een boek over anatomie.

JULI

'Een echte fijnproever is even ongevoelig voor lijden als een veroveraar.'

Jean-Anthelme Brillat-Savarin,
negentiende-eeuwse fijnproever

30

De zomer begint als de garnalen ontdaan worden van hun ingewanden. Volgens sommige kookboeken moeten de ingewanden van de garnaal, die dun als een zwarte draad door de rug lopen, er absoluut uit worden gehaald bij het verwerken van garnalen in een gerecht, maar dat is over het geheel genomen niet juist. De smaak die een mens van de vijf smaken het eerst proeft als hij voedsel in zijn mond stopt is de bittere smaak. De bittere smaak is geprononceerder als de temperatuur hoog is. De ingewanden van een garnaal worden bij het koken verwijderd vanwege hun bittere smaak, maar een kok die veel van garnalen afweet, zal dat alleen in de warme seizoenen zoals de zomer doen. Het gerecht van groene pasta met garnalen en sint-jakobsschelpen dat ik bedacht had toen we afgelopen februari een nieuwe kaart samenstelden, wordt steeds meer besteld. Aan een kant van de keuken staat Kwŏn, die gaat over de ingrediënten, met een tandenstoker de ingewanden uit garnalen te peuteren en staat hulpkok Kim meel voor het kruidenbrood te zeven. Zoals altijd kun je 's ochtends de energie en de levendigheid in de keuken voelen. In de nauwe ruimte, waar regels en discipline goed nageleefd worden, bewegen de zes koks, zonder de chef-kok mee te tellen, zich geolied en flexibel als goed in elkaar passende tandwielen.

Kwŏn en Kim die neuriën terwijl ze de ingewanden eruit halen, het meel zeven of andere eenvoudige klusjes doen, hebben net als ieder ander hun eigen voorkeuren wat betreft ingrediënten. Er zijn koks die gek zijn op gevogelte als eend en kalkoen, koks die graag met vlees werken als rund- en varkensvlees, koks die verzot zijn op schelpdieren als sint-jakobsschelpen en mosselen, koks die van groenten als asperges en bloemkool houden, en zelfs koks die bijzonder weg zijn van wortelgewassen waarvan alleen het deel dat onder de grond groeit als eten wordt gebruikt, zoals aardappels, koolrapen en wortels. De chef-kok, die altijd van vis, en dan in het bijzonder platvis, schijnbot en Koreaanse ombervis, en wortelgewassen had gehouden, was de laatste tijd geïnteresseerd in thee als ingrediënt. Ik heb er nooit aan gedacht om een gerecht te maken met thee als hoofdingrediënt en ik denk ook niet dat dat mogelijk is, maar als hij erin geïnteresseerd is, is het onmogelijk te voorspellen wat eruit zal komen. Toch stond ik nog steeds negatief tegenover koken met thee. Ik weet niet of het ging om de thee als ingrediënt of dat het me tegenstond dat de chef-kok, die nu een bepaalde leeftijd bereikt had, bepaalde ambities leek te verbergen.

De reden dat theeblaadjes die in de schaduw van een grote boom groeien lekkerder zijn, is dat thee op grote hoogte wordt verbouwd. In het keizerlijke China werden de theeblaadjes, vochtig en zacht als aarde waar net regen op gevallen is, geplukt door mooie jonge maagden van onder de veertien jaar oud met nieuwe kleren en nieuwe handschoentjes aan. Nu hij interesse ten opzichte van thee heeft opgevat, merk ik op een gegeven moment dat ik ook over thee aan het nadenken ben. Ik wil dit niet meer. Degene die me heeft verteld dat fantasie en de lach de twee belangrijkste dingen zijn bij het koken is de chef-kok. Dat komt omdat deze twee elementen direct invloed uitoefenen op alle smaken. Als kok wil ik hem ooit overtreffen met mijn fantasie. Ik zou hem willen zeggen dat het onmogelijk is om met thee een volledig gerecht te maken. Het komt vaak voor dat ik niet zeker weet wat ik wil. Maar het staat vast dat er een ding is dat ik zeker wil. Dat is voor mij genoeg.

Ik heb ook een periode gehad waarin ik net als de chef-kok ervan hield om te koken met vis, wortelgewassen en groenten als asperge. Ik heb ook een tijd gehad dat ik net als hulpkok Kim geen apparaten gebruikte, zelf het deeg kneedde en er pasta van maakte of er brood mee bakte. Als ik deeg maak dan haal ik er uit gewoonte altijd een stukje vanaf, rol dat in mijn handen tot een balletje, waarna ik het uitrek, eraan trek en het langer maak om er dan op mijn snijplank de klinkers en medeklinkers van het Koreaanse alfabet mee te maken. Daar probeer ik dan woorden mee te spellen. Net als toen mijn oma mijn oom en mij voor het eerst de letters van het alfabet leerde toen we klein waren.

De letters die samen een woord vormden en het stukje overgebleven deeg gingen als allerlaatste het borrelende en kokende vleessap in. Daarom was het normaal voor ons dat er in de soep met tarwevlokken die mijn oma altijd voor ons maakte, medeklinkers met afgebroken hoekjes dreven en klinkers die op vogeleitjes leken. Mijn oom en ik wedijverden altijd met elkaar om die er het eerst uit te pikken en op te eten. Ook nadat ik het Koreaanse schrift had geleerd bleef ik ervan overtuigd dat je alle letters ter wereld kon eten. Ik kreeg altijd het gevoel als ik vis, groenten en meel aanraakte, meer dan bij andere ingrediënten, dat ik donkere, glanzende teelaarde aanraakte en dat mijn vingertoppen me beter gehoorzaamden dan normaal, een gevoel waar ik bijzonder gek op was.

Wat ik tegenwoordig met veel aandacht vastpak is vlees. Alles is aan verandering onderhevig en het is ook natuurlijk dat dingen veranderen, dus het is ook niet meer dan normaal dat ook de ingrediënten die ik graag gebruik langzaamaan veranderen, en het lijkt zelfs te gebeuren zonder dat ik het zelf in de gaten heb. Ik had kip, eend en kalkoen uit handen gegeven. Ik had een ingrediënt nodig dat niet met één hand op je rug te bereiden was, groter, waar meer vleessappen uit stroomden, concreter en dierlijker. Soms is koken een gevecht met het vlees. Soms vloeit er bloed in overvloed bij het banket. Om ervoor te zorgen dat ik niet uit handen gaf hoe ze met rund- en varkensvlees moesten omgaan zoals toen ik vroeger voor het eerst geleerd had om te slachten, had ik bijna alle taken van de rotisseur Chŏng overgenomen. Op dagen dat ik niet tevreden was, bleef ik daardoor tot diep in de nacht in de testkeuken om vlees te grilleren, te bakken in olie, te roosteren, te stomen, te koken en in te koken. Ik leerde in die blauwstaande krappe keuken de rook op te snuiven en alleen aan de geur ervan de omvang en het gevoel van aanwezigheid van het vlees opnieuw kennen. Iedere kok heeft zijn eigen favoriete ingrediënten, maar in een opzicht zijn ze allemaal hetzelfde. Alle ingrediënten moeten hoe dan ook vers zijn. Er waren ongeveer twee keer zoveel bestellingen voor vlees als normaal en er werd zelfs een rundertong besteld. Hoewel het een tijdje populair is geweest onder fijnproevers, zijn er tegenwoordig niet meer zoveel gasten die rundertong bestellen, waardoor het niet meer zoveel binnenkomt, maar als we een goed stuk krijgen, koken we het en dienen het met een citroensaus op als een traktatie aan onze vaste gasten. Rundertong is stevig en taai vlees en daarom moet het eerst een keer gekookt worden voor je er ook maar iets anders mee kunt doen. Na het koken is het gewicht tevens met de helft afgenomen. Toen de leverancier rundertong kwam brengen, maakten we net als bij vis de doos ter plekke open. De rode rundertong, die er vers uitzag, bedekt met een wittig vlies en vochtig als met honing bestreken, lag stijfbevroren te midden van blokken ijs. De tong was zo groot en sensueel dat deze eerder een stuk van het dikke vlees van de schouder leek dan een tong. Het vlees was ook een stuk verser dan ik had gedacht. Maar ik schudde beslist mijn hoofd en zond het terug. Leveranciers van ingrediënten sturen de eerste keer altijd goede spullen. Maar je mag daar absoluut geen genoegen mee nemen. Dan kun je er donder op zeggen dat ze de volgende keer nog betere spullen meenemen. Om nog versere ingrediënten, al is het maar een beetje, nog betere ingrediënten te krijgen, heb je nu eenmaal net als bij de jacht op een sterk en zeldzaam beest wijsheid en een beetje sluwheid nodig. De leverancier nam de volgende keer een rundertong mee van nog geen dag oud waar het bloed nog vanaf droop, het beste wat je in de zomer kunt krijgen.

Juli is een rode, halfrauwe steak die als fluweel smelt in je mond, met groene asperges ver voordat het seizoen daarvoor eindigt. De hitte en de kleur rood geven namelijk allebei een sensueel gevoel. Als je dit vergezeld laat gaan door een Tignanello, een Toscaanse wijn die zo krachtig is dat het lijkt alsof je een klap in je gezicht krijgt als je een slok doorslikt, dan heb je het allerbeste eten voor een zomeravond. In de zomer zijn de allersimpelste gerechten zoals verse steak het best. De zomer is namelijk ook het seizoen waarin het het moeilijkst is om met vlees te werken. Als de temperatuur hartje zomer maar een graad daalt of stijgt, verandert de smaak en bederft het vlees. Maar iedere kok die het zout in de pap waard is moet juist in het seizoen dat ingrediënten het allermoeilijkst te bewerken zijn er de allerlekkerste gerechten mee kunnen maken. Alleen als je niet bang bent voor uitdagingen en mislukkingen, net als wanneer je voor het eerst je mes oppakt, heb je het in je om een goede kok te worden.

Op de eerste maandag in juli maakte ik eindelijk een nieuw recept af waarin ik vlees gebruikte. Men zegt dat varkensvlees het dichtst bij mensenvlees staat qua smaak. Daarom noemden kannibalen in de Stille Oceaan mensen ook 'grote varkens'. Het wordt gezegd dat alle delen van een varken van zijn kop tot zijn staart goed smaken, maar eigenlijk is het zo dat alleen de keurmeesters die in de middeleeuwen varkens keurden, ook de tong aten. Ik gebruikte een rundertong. Ik sneed met een scherp mes heel nauwgezet, alsof ik mijn wimpers opmaakte, met korte, heel korte incisies het wittige vlies, de pezen en de spieren die aan de keel hadden vastgezeten weg, zodat alleen het rode gedeelte van de tong overbleef. Ik voelde hoe het mes in mijn hand zich vrijer ging bewegen naarmate ik verder sneed. Zoals altijd wanneer ik een stuk vlees in mijn handen had, was alles heel tastbaar; hoe de hand die het mes vasthield het mes werd, hoe het mes uit mijn hand leek te verdwijnen, hoe het mes zich vrij bewoog net als de tong in mijn mond. Dit was een compleet ander gevoel dan wanneer ik deeg aan het kneden was of makkelijk te scheuren groenten vastpakte. Dit klinkt misschien pervers, maar misschien voelt het wel zo als wanneer je een dolfijn stevig vasthoudt en er dan je mes diep insteekt. In Japan, waar men het drinken van thee net als de vijf vingers aan een hand beschouwt als een symbool van harmonie en balans, nemen altijd vijf mensen deel aan een rituele theeceremonie. Onze chef-kok echter zit altijd in zijn eentje thee te drinken. Ik pak een theekopje, loop naar de tafel waar hij zit, trek een stoel naar me toe en ga zitten. Hij steekt zijn arm uit en schenkt me thee in. Wat voor thee zou dit zijn? De kleur is geel gemengd met lichtgroen en hij ruikt naar goed gedroogde aarde. Ik leg het velletje met het recept tersluiks op tafel. De chef-kok kijkt zonder een woord te zeggen naar mijn recept, waarna hij direct met een sceptische gezichtsuitdrukking vraagt: 'Ben je echt van plan om rundertong te gebruiken?' Zijn gezicht verraadt dat hij niet begrijpt waarom ik per se rundertong wil gebruiken en niet het lendenstuk of de haas. Als de chef-kok zo'n gezicht trekt alleen al bij het lezen van het recept, moet je weer vanaf het begin opnieuw beginnen. Hij legt het recept weer op tafel en zegt dat je met een saus van in truffelolie gebakken knoflook, ui, tijm en rucola de stank van het vlees nooit zou verhullen. Zelfs al kook je tong zes uur lang met allerlei sterk geurende groenten en kruiden, dan nog verdwijnt de stank ervan niet. Dus dan moet je een sterke saus maken met daarin sterke groenten, maar als je te sterk smakende groenten gebruikt moet je je afvragen of je de oorspronkelijke smaak van het hoofdingrediënt niet aan de tong onttrekt. Maar misschien moest ik voor de saus nog wat meer onderzoek plegen als tong mijn hoofdingrediënt zou zijn. De chef-kok voegt er nog aan toe dat ik misschien eens waterkers in plaats van rucola kan proberen. Waterkers, ook wel cresson genoemd, is een kruid met veel jodiumbestanddelen en vitaminen. Waarom had ik daar zelf niet aan gedacht? Ik pak mijn recept weer op en knik een keer beleefd.

31

Ben je al een beetje bijgekomen, Seyŏn? Je hoofd zal wel wat pijn doen, maar dat gaat zo over. Zoveel gedroogde kruidnagel heb ik er nu ook weer niet in gedaan, maar de uitwerking is verrassend, niet? Het is een verdovingsmiddel dat ook als specerij wordt gebruikt, waardoor het niet schadelijk is voor je lichaam. Een ingrediënt dat even kostbaar is als nootmuskaat kan ook zo een vergif worden. Specerijen zijn de smaakmakende ingrediënten die je er het allerlaatste bij doet, maar aangezien dit soms gevaarlijk kan zijn moet je ze wel zorgvuldig gebruiken. Jij gaat toch ook koken, heb ik gehoord, Seyŏn, dus zoveel moet je wel weten. Als je nog iets wilt weten, gewoon vragen hoor. Ik zal je alles leren wat ik weet. Seyŏn, nu ik erover nadenk is het al weer even geleden dat we elkaar gezien hebben. April was het toch? Dit is de eerste keer sinds je in mijn tuin stond te wachten toen jullie Paulie kwamen ophalen. Maar waarom schrok je zo toen je me in de Costco zag? Terwijl ik zo blij was om je te zien.

Bevalt mijn keuken je? Hier kook ik, lees ik, drink ik thee of doe ik helemaal niets terwijl ik gedachteloos het raam uit staar. Hier dronk ik ook een glas boven een kaars verwarmde cognac met hem, speelde ik met Paulie en luisterde ik muziek. Maar dat voelt al als iets uit een ver verleden. En dat terwijl het maar zeven maanden geleden is. Er is in die tijd veel met ons gebeurd, toch? Niet dan? Maar ik had nooit gedacht dat ik zou overwegen om hier weg te gaan. Het lijkt inderdaad zo te zijn dat je leven niet verloopt zoals jij dat wilt. Bij jou natuurlijk wel, Seyŏn. Ik ben van plan om nog maar twee keer in deze keuken te koken. Een keer voor hem. En een keer voor jou, Seyŏn. Zeg het me maar als er iets is waar je erg van houdt. Dan maak ik dat voor je. Is er niets dat je wilt eten? Waarom zweet je zo? Wil je een slok water? Ik zal de handdoek even uit je mond halen als je belooft niet te zullen schreeuwen.

Water, lekker hè? Inderdaad, Seyŏn. Als je het eens bent met wat ik zeg of het wilt bevestigen, moet je zo met je hoofd knikken. Ik stop de handdoek weer terug, hoor. O, zeg maar niet. Zeg maar niet dat het je niet bevalt, als het even kan. En vraag ook maar niet om dingen die ik je niet kan geven. Ik zal je zoveel water geven als je maar wilt drinken. Zitten de knopen te strak? Maar toch kan ik je handen niet losmaken. Ik wil ook niet dat je je bezeert, Seyŏn. Ik wil gewoon even met je samen zijn. En dat je rustig luistert naar wat ik te zeggen heb. Ik heb je echt heel veel te zeggen, Seyŏn. Ik wil je alles zeggen wat ik al die tijd verbeten heb nu ik hier toch binnenkort weg zal gaan. Maar Seyŏn, zelfs met een handdoek in je mond ben je echt mooi. Hoe kan het dat je huid er zo gezond en sterk uitziet? Ik zou er wel een keer aan willen likken, alsof het chocola is. Mooi zijn is niet alleen fijn voor jezelf maar ook voor degenen om je heen. Je voelt je namelijk meteen al fijner als je gewoon rustig zit te kijken. Net als wanneer je naar lekker eten zit te kijken. Hoe oud ben je, Seyŏn? Vijfentwintig? Zesentwintig? O, zevenentwintig. Dat is een heel mooie leeftijd. Er zijn maar heel weinig vrouwen op deze wereld die op hun zevenentwintigste al hebben wat ze willen hebben. Je hebt echt geluk gehad, Seyŏn.

En wel zeggen als er iets is dat je wilt eten, hè? Fruit? Groenten? Of vis? Hoe moet dat nou als je zelfs geen antwoord geeft op een simpele vraag als dit. Je hebt nu zeker geen zin in vlees? Oké, ik begrijp het. Waarom vergeet ik nou dat je zo goed als vegetariër bent, Seyŏn? Wat ik nu ga zeggen slaat natuurlijk niet op jou, Seyŏn. Vanuit het oogpunt van een kok zijn vegetariërs de irritantste gasten. Er zijn zoveel verschillende dingen om te eten op de wereld en waarom zou je jezelf beroven van de gelegenheid om vlees te eten? En het zijn natuurlijk weer die vegetariërs die het een kok onmogelijk maken om zijn hele repertoire tentoon te spreiden. Nee, ik weet het hoor, dat jij, Seyŏn, niet zo iemand bent. Maar iemand die eten bereidt kan toch zelf geen vooroordelen over eten hebben, of wel? En je kunt ook niet net zoals jij bang zijn om te eten. Ophouden met eten betekent in feite bijna alles weigeren, met inbegrip van seks. En Seyŏn, je bent al zo slank en jij vindt het toch ook fijn om met hem te slapen? Ik zei dat ik voor je zou koken, dus waar loop je nu zo lang over na te denken? Omdat er zoveel is dat je wilt eten?

Zoveel mensen, zoveel smaken, niet? Wist je dat Hemingway helemaal gek was op honing? Volgens mij heb ik dat wel eens tijdens de les verteld. Kant vond het lekker om op al zijn eten mosterd te smeren en die nam hij dan ook overal mee naartoe. Heraclitus hield net als jij van grassen en groenten en men zegt dat hij eenzaam was en snel kwaad werd. Plato hield van olijven en gedroogde vijgen, Heidegger van aardappelsalade, Diogenes van drank, Toulouse-Lautrec van het drinken van port met nootmuskaat en Cleopatra van een gerecht dat van de hoefjes van een jonge kameel was gemaakt. Stel je eens voor hoe zij na het eten van dat heerlijke voedsel in vervoering zullen zijn geraakt. Denk je ook niet dat dat prachtig moet zijn geweest? Kun jij ook zo'n uitdrukking op je gezicht toveren, Seyŏn? Die uitdrukking, die zou ik nog wel een keer willen zien. Toen was je echt prachtig, Seyŏn. Toen jullie tweeën met de naakte binnenkanten van jullie dijen op elkaar lagen, o sorry, ik zag jullie eigenlijk toevallig, dat was heel vreemd. Ik bedoel, dat is de meest erotische scène die ik ooit heb gezien. Jullie gingen er zo volledig in op, dat ik bijna van je ging houden, Seyŏn. Toen jullie je tongen diep in elkaars mond staken, zag het eruit alsof je elkaars adem, elkaars lied in de mond van de ander blies. Die oogverblindende gewaarwording kreeg ook ik heel levendig door. Die keer. Seks is fijn, ja toch? Alle ingrediënten om mee te koken zijn uiteindelijk ook het resultaat van dierlijke of plantaardige gemeenschap. Zie je die fruitmand daar op de eettafel? Ik wilde een keer een appel eten, maar toen zat er een soort zwarte plek op. Op het robijnrode oppervlak bedoel ik. Ik prikte er wat in met mijn vingertop en toen bleek het een stukje zwarte nagellak te zijn dat van een nagel was losgekomen. Dat was een paar dagen nadat je naar mijn kookklas was gekomen. Er was behalve jij toch niemand anders die met zwart gelakte nagels kwam leren koken? Weet je nog? En die week was er helemaal geen les. Seyŏn, kwam je vaak langs als ik er niet was? En als ik er niet was, zat je dan samen met hem aan deze eettafel, pakte je dan wat fruit, at je dan hier? Maar toch had je dat stukje nagellak niet moeten laten loskomen van je nagel. Zwarte nagellak valt nogal op. Seyŏn, je lijkt op het eerste gezicht een vrouw zo gaaf als porselein, maar stiekem ben je toch ook iemand die onvoorzichtig is. Of nee, misschien is dit allemaal wel mijn schuld. De aardappel kan nog zo'n nuttig gewas zijn waar je de lekkerste gerechten mee kunt maken, als er scheuten uit komen spruiten, moet je die er toch eerst afsnijden, bedoel ik.

Heb je nog steeds geen honger? Zal ik voor vandaag dan wat simpels maken zodat we het samen kunnen eten? Wat denk je van toast met kaviaar? Ik wil een bijzonder gerecht voor je maken, Seyŏn, ik heb je nog zoveel te vertellen en het is zo zonde van de tijd als ik de hele tijd alleen in de keuken sta. Maar je hoeft niet teleurgesteld te zijn, want ik heb iets kwalitatief hoogwaardigs als kaviaar klaarliggen. Dus zal ik de koelkast maar eens opendoen? Wat denk je? Kaviaar is zo klein als korreltjes zand en het glanst zo mooi, vind je niet? Het water loopt me in de mond als ik er alleen al naar kijk. Ik zal ook een fles witte wijn opentrekken. Maar zeg eens, Seyŏn, hou je wel van kaviaar? Knik dan even met je hoofd. O, je houdt er niet zo van? Waarom? Zulk lekker eten. Je houdt er niet van omdat het eruitziet als eitjes? Of omdat die kleine zwarte eitjes eruitzien alsof ze overal aan blijven plakken? Seyŏn, je hebt me verkeerd begrepen dus. Iemand die kookt mag niet zo kieskeurig zijn in wat hij eet. Wil je dan geen goede kok worden als je weer opnieuw begint? En dat in zo'n perfecte keuken zeg. Niets aan te doen, ook al lust je het niet. Vanavond eten we dit.

Seyŏn, wist je dat een wijfjesvis van de Chinese steur die vol met eitjes zit haar gewicht in goud waard is? Als men eitjes uit een steur haalt, dan slaat men haar eerst bewusteloos met een klap op het zachtste gedeelte van haar hoofd. Dan snijden ze razendsnel met een breed, plat en scherp mes het ovarium uit het lichaam. Daarna neemt een expert met witte kleren en witte handschoenen de grote homp met een vlies bedekte eitjes met beide handen aan alsof hij een foetus overhandigd krijgt. Dit is namelijk echt kostbaar. De bewusteloze steur sterft zonder iets te merken en de eitjes zijn er in gave toestand uitgehaald. Als de steur gewond raakt, bang wordt of stress krijgt verliezen de eitjes hun smaak. Dan wordt er adrenaline verspreid in haar lichaam en sterven de eitjes of gaan een nare geur verspreiden. Daarom zegt men dat de beste kaviaar van een levende steur in een goed humeur komt. En dit hier is nou die hoogwaardige kaviaar. Wat vind je? Het water loopt je in de mond toch? Nu heb je er vast wel trek in gekregen. Goed, dan snijd ik nu het brood heel dun en bak het even met boter in de pan. Dan doe ik er een kleine lepel kaviaar op, in een hoopje, en eten we het op. Seyŏn, je weet het toch wel? Dat je de kaviaar in je mond doet en met je tong zachtjes kapot drukt. Zo moet je het eten.

Water? Wil je nog meer drinken? Je hebt wel veel dorst zeg. Ik geef je nu wat warm water. Koud water helpt maar even. Als je schreeuwt, enfin, je weet het wel. Ik ben iemand die zich houdt aan wat ze heeft gezegd, zie je. Ik wil dat jij je ook aan onze afspraak houdt, Seyŏn. Waarom doe je zo? Is het water te heet? Maak je maar geen zorgen. Hoe heet het water ook is, als het maar eenmaal voorbij je tong is kan het geen kwaad in je keelgat of je maag. Het deel van ons lichaam dat het gevoeligst is voor hitte is de tong. Dus drink het maar gewoon op. Als je zo met je hoofd heen en weer schudt vliegt het water alle kanten uit. Drink nou maar. En zeur niet de hele tijd om meer water. Laat eens zien. Doe je mond wijd open. Het water is inderdaad echt heet zo te zien. Je tong is helemaal verkleurd, Seyŏn. Maar je tong is gelukkig nog steeds even roze als die van een flamingo en je smaakpapillen staan ook nog overeind, zo te zien. Typisch jou, hè Seyŏn, wat er ook gebeurt, je blijft mooi. Hoe fijn moet het wel niet zijn om zo mooi te zijn en bovendien nog alles te krijgen wat je hartje maar begeert. Maar het ziet er wel een beetje vies en zielig uit als je zo loopt te kwijlen, hoor. Hij zou vast zeggen dat je niet zo'n gezicht moet trekken. Weet je waarom Hemingway, die zijn potloden ziekelijk scherp sleep, bij elke maaltijd honing at? Omdat hij zich leeg voelde. Hij voelde zich zo leeg dat hij de honing opslurpte en door zijn keelgat naar binnen voelde glijden. Jij voelt je nooit zo, hè Seyŏn?

Er is iets wat ik graag wil hebben. Ik zou het graag van jou krijgen. Het zijn ondertussen ouwe koeien geworden, maar jij hebt ook van mij dingen afgepakt.

Waarom trillen je benen zo? Je benen zijn altijd zo lang en mooi, net flamingo's. Ben je nerveus? Dan ga je zweten en word je plakkerig. Ben je nu al weer vergeten wat ik net vertelde over kaviaar? Waarom kijk je nu zo? Komt dat omdat je je schaamt? Of omdat je bang bent? Het is niet goed dat dat soort dingen zo op je gezicht te lezen staan hoor. Ik zou graag willen dat je je op je gemak voelt, Seyŏn. Ik ben nieuwsgierig hoe je je voelde toen je hem met die benen van je in mijn keuken omstrengelde. Men zegt dat het lekkerste gedeelte van een walvis zijn in zout ingelegde tong is en datzelfde geldt ook voor de flamingo. Niet dat ik dat al een keer gegeten heb. Flamingotong is blijkbaar zo lekker dat een Romein er ooit dit over heeft geschreven: 'Mijn roze verenkleed heeft mij mijn naam gegeven, maar mijn tong heeft me dankzij fijnproevers roem bezorgd.' De tong heeft veel vreemde kanten. Hij lijkt perfect, maar is ook onbesuisd. Maar wat uit je mond komt, komt uit het hart, niet waar? Dus als je eenmaal iets gezegd hebt, moet je je eraan houden. Als je gezegd hebt dat je van iemand houdt, moet je dat tot het einde toe volhouden. En dat is precies wat ik van jou wil, Seyŏn. Dat ding in die donkere mondholte van je, Seyŏn.

32

Op vrijdag lezen de patiënten de korte autobiografietjes voor die ze hebben geschreven voor de gezinsbijeenkomst. Het ligt voor de hand dat deze draaien om het volwassenwordingsproces, de gezinsomstandigheden en verhalen hoe men aan de alcohol verslaafd is geraakt, waardoor onvermijdelijk de privédetails van de patiënten naar buiten komen. Mijn oom heeft aan allerlei trainingsprogramma's meegedaan – video-onderwijs en de liedjesklas – maar hij heeft nog nooit hieraan meegedaan. Waar ik bij ben althans. Ik kijk steels naar het gezicht van mijn oom terwijl hij zijn tot twee velletjes A4 teruggebrachte autobiografie voorleest ten overstaan van vreemden. Ik voel hoe angst, twijfel, droefheid en blijdschap elkaar op het gezicht van mijn oom kruisen. Ik vraag me af hoe hij veranderd zal zijn. Had oom in juni in het stadium van het trainen van de wil om je leven weer op te pakken verkeerd, nu in juli lijkt oom in het stadium van sociale aanpassing te zijn aanbeland. Dat is zoals de arts me heeft verteld het derde en laatste stadium van de drie trainingsstadia van het behandeltraject voor alcoholverslaving. Blijkbaar vinden sommige veranderingen plaats aan de buitenkant en sommige van binnen. Ik bedenk me dat zo'n verandering misschien teweeg is gebracht doordat mijn oom zichzelf met de vraag heeft geconfronteerd wat er zou gebeuren als hij niet zelf van de drank af zou blijven wanneer bij hem de behoefte om te drinken weer opkomt. Waarmee ik bedoel dat je wilskracht en moed nodig hebt om jezelf te confronteren met zo'n fundamentele vraag die je niet kunt beantwoorden.

We verlaten de behandelkamer en gaan net als altijd naast elkaar op het bankje in de tuin zitten. Mijn oom haakt zijn vingers achter zijn hoofd in elkaar en tuurt de verte in. Vandaag is misschien wel de eerste keer geweest dat hij in het bijzijn van anderen over mijn tante heeft gepraat.

'Deze bloem ziet er precies zo uit als cosmea,' zeg ik met mijn vinger wijzend naar gele meisjesogen in bloei in een bloemenperk.

'Ik wist niet dat geel zo mooi kon zijn,' antwoordt mijn oom met gefronste wenkbrauwen wat onbeholpen. De kleur donkergeel ziet er intens en krachtig uit, net als uitgestrooide saffraan. 'Heb je je voorgenomen om tante te vergeten?'

Zou het door die bloem komen? Ik gooi de vraag die ik niet had moeten stellen er pardoes uit.

'Lijkt het daarop?'

'Tja, ik weet het niet.'

'Hoe zou ik zo iemand moeten vergeten?'

Zo, iemand, probeer ik mijn oom langzaam na te zeggen.

'Ik heb haar begraven.'

'...'

'Alleen zo kan ik weer verder. Ik denk niet dat ze had gewild dat ik zo zou leven.'

'Vind je niet dat liefde op basilicum lijkt, oom?'

'Waar heb je het over?'

'Er was eens een vrouw die geen afscheid kon nemen van het lichaam van haar overleden man, zijn hoofd afhakte en het in een bak begroef waarin basilicum geplant werd. De vrouw vergoot er tranen als water boven, maar haar verscheurde hart was niet te helen en uiteindelijk stierf ze. In de pot groeide de basilicumplant groter dan ooit, verser ook en sterk geurend, waardoor mensen van heinde en verre de plant kwamen bekijken. Vandaar dat ik me afvraag of dat niet het gezicht van de liefde is: een vrouw houdt van

een man, de man gaat dood, de vrouw wordt gek, vergiet tranen als water, er groeit een plant uit.'
'Niet alle liefdes verlopen zo.'
'Ik zou niet meer weten wat liefde is, wat echt is.'
'Echte liefde is niet iets wat je alle balans doet verliezen. Dat is eerder een soort waanzin.'
'Maar er schuilt een enorme kracht in waanzin, oom.'
'...'
'Liefde is krachtig, oom.'
'Inderdaad, hoe je het ook bekijkt.'
'In basilicum zit toch ook een bestanddeel dat mensen het hoofd op hol brengt. Daarom mag je er nooit te veel van in een keer eten.'
Op die woorden werpt mijn oom een snelle blik op me en lacht bedroefd.
'Ik heb echt geen flauw idee wat er fout is gegaan.'
Ik laat mijn hoofd hangen.
'...'
'Wat is er toch met ons gebeurd?'
'Daar vraag je me wat.'
'Oom, af en toe begrijp ik er helemaal niets van. We zijn allebei bij oma, die zo goed was dat je zo iemand op deze wereld niet meer vindt, appels en peren etend rustig opgegroeid, maar waarom zijn wij allebei zo mislukt?'
'Waar zijn we dan in mislukt, vind je? In de liefde?'
'...'
'Zo erg zal het niet zijn. We zijn niet mislukt, we hebben slechts een kleine fout gemaakt. Dat zou ook kunnen, toch?'
'Dat betekent allebei hetzelfde.'
'Weet je dat nog? Die keer dat we een meloen even in de vriezer hadden gelegd om 'm te eten als-ie lekker koel was, maar we zijn hem toen tot de volgende dag helemaal vergeten. Hij was keihard bevroren en toen we hem openspleten om 'm weg te gooien zagen we opeens zoveel ijsvormige kristallen schitteren dat het helemaal licht werd voor onze ogen, weet je nog wel? Het zag er echt prachtig

uit. Als we toen die fout niet gemaakt hadden dan hadden we dat nooit te zien gekregen.'

Ik weet het nog. Die ijsdeeltjes die fonkelden als sterren en die ons kreten van verwondering hadden doen slaken.'

'En jij bent helemaal niet mislukt. Jij vindt toch altijd troost in je gerechten.'

'...'

'Niet iedereen kan dat, weet je.'

'Wat ben je sentimenteel geworden. Hoe komt dat zo?'

'Omdat ik bang ben.'

'Huh?'

'Om weer van voren af aan te beginnen.'

'...'

'...'

'Oom.'

'Wat?'

'Als de cosmea bloeit, ben ik hier denk ik niet meer.'

'Wat? Wat bedoel je?'

'Ik wil ergens waar het vredig, rustig en zorgeloos is nieuwe manieren van koken ontwikkelen. Op het moment voel ik alleen maar droefheid, wat voor lekker eten ik ook maak en eet. Ik moet ergens anders wat tijd doorbrengen.'

'Je bent moe, of ga je naar iets nieuws op zoek?'

'Allebei.'

Mijn oom zegt niet dat ik niet moet gaan, hij wenst me ook geen goede reis. Hij vraagt niet wanneer ik weer terugkom. Alsof hij weet dat ik een doorzichtige leugen vertel. Maar zo is het niet, oom. Ik vraag me af hoe het komt dat een mens altijd affectie gaat voelen voor zijn meest fundamentele verlangens. Hoe het komt dat het allereerste gevoel dat ik heb na het nuttigen van lekker eten droefheid is.

'Ik verlang naar het eten dat oma maakte,' zegt mijn oom terwijl hij zijn rug strekt.

'Ik ook.'

'Als je terugkomt, maak je het dan voor me?' vraagt hij, zijn hoofd snel omdraaiend en me recht in de ogen kijkend.
Jawel, knik ik.
'Weet je wat mijn favoriete geur is, oom?'
'Tja.'
'De geur die ik ruik als iemand eten voor me kookt.'
'Ja, als je het zo zegt, denk ik dat dat voor mij ook geldt.'
'Vanaf nu komt Munju waarschijnlijk in plaats van mij. Dat is toch goed? En dat zout dat je gegeven hebt, dat wil ik graag houden.'
'Goed, doe maar.'
'Maar oom, heb je nog steeds badhanddoeken nodig?' vraag ik met plagerige ogen.
'Nee, ik ga hier toch binnenkort weg.'
Hij volgt mij en staat ook op. Afscheidsgroeten lijken elke keer weer wat gênant. Je kunt niet lachen en niet huilen. Toen oma overleed was dat ook zo. Als ik er over nadenk, ook toen hij het huis uitging en ook toen Paulie was doodgegaan. Voor de hoofdingang van het ziekenhuis drukt mijn oom zijn lippen een keer op mijn kruin. Dan zegt hij het volgende: 'Vergeet niet dat jouw twee handen niet alleen maar kunnen koken. Dat je met die twee handen ook een omgevallen stoel kunt oppakken en zelf weer overeind kunt komen.'

Ik loop het ziekenhuis uit en denk ingespannen na over wat de juiste vraag is die ik mezelf moet stellen als het inderdaad zo is dat een vraag waarmee je jezelf confronteert veranderingen teweeg kan brengen, zoals bij mijn oom. Als ik het nu niet zou kunnen, wat zou er dan gebeuren? Als ik nu niet zou weggaan, wat zou er dan gebeuren? Als ik het nu niet zou zeggen, wat zou er dan gebeuren? Dit zijn niet de juiste vragen voor mij op dit moment. Wat ik nu moet doen, is ten uitvoer brengen wat ik heb besloten. Er is niet veel om over te aarzelen. Ik luister naar de boodschap die van binnenuit zachtjes omhoogkomt, niet langer in staat om zich rustig te houden en ik voel alles, als een zeespons die ook onder het water alle trillingen opvangt. Je kunt niet alles begrijpen van de liefde en dat begrip laat zich ook niet afdwingen. Ik realiseer me dat ik nooit van deze liefde los zal komen, iets wat ik zelf ook moeilijk te begrijpen vind. Als ik een vis was geweest, zou ik het moeilijk vinden om los van het water te denken. Als je iemand vraagt een vis te tekenen, tekenen de meeste mensen een gestroomlijnde vorm, maar in werkelijkheid is het zo dat er honderden verschillende vissenvormen zijn. Je moet nu niet aarzelen. Ik schreeuw het hard tegen mezelf. Ik weet dat dit is alsof er een trein met knipperende rode lichten en huilende hoorn op mij af snelt. En dat die uiteindelijk met mij in botsing zal komen.

33

Ik vertelde haar de legende over de stinkende gouwe die als je er een bosje van op het voorhoofd van een ziek persoon legt, hem laat huilen als hij beter gaat worden en een lied laat zingen als hij zal sterven. Daarna legde ik kalm een bosje stinkende gouwe met mandarijnoranje bloeiende bloempjes op haar voorhoofd.
We zullen nog even moeten wachten voordat we het echt zeker weten, maar het ziet ernaar uit dat het een goede keuze is geweest om voor B en D te kiezen. B was door mij gekozen, D door de chef-kok. Een tijdje lang konden we niet anders dan degene die we niet hadden willen kiezen met argusogen in de gaten houden. Gelukkig had B de tekortkomingen van D, namelijk de algemene basisvaardigheden en -kennis van een kok, terwijl D de creativiteit bezat die B ontbeerde. Ze wisten hiermee om te gaan en deelden hun kennis. Wat nog beter was, was dat beiden aan de eerlijke kant waren. Vroeger heb ik wel eens gedacht dat je twee soorten koks hebt. De eerste soort bestaat uit technici die net als ingenieurs en timmermannen met machines werken, de tweede soort bestaat uit kunstenaars die wachten op inspiratie en hoe dan ook de mond van degene die hun gerechten eet in vuur en vlam willen zetten. Ik denk dat ik de chef-kok misschien wel in de tweede categorie indeelde. En mezelf als kok in een ongemakkelijke spagaat ertussenin. Kijkend naar B en D begon ik me af te vragen of een kok eigenlijk niet een ambachtsman is. Ik bedoel maar, technici en kunstenaars zijn uit-

eindelijk ook ambachtslui. Het is belangrijk om de eigen techniek te verfijnen, nieuwe dingen te ontdekken, te genieten van en vreugde te vinden in het bevredigen van de gasten en niet om jezelf te profileren. De vraag of een kok een technicus of een kunstenaar is, is niet belangrijk. Het is van belang of hij in de keuken blijft of niet. Een excellente kok verlaat uiteindelijk de keuken niet. Dat de chef-kok ook nadat hij eigenaar van het restaurant was geworden en het ontvangen van gasten een belangrijkere taak was geworden dan het bereiden van gerechten, nog altijd zo goed als evenveel tijd in de keuken doorbracht, zette me aan het denken, net als mijn observatie van B en D. Maar de kok die mijn hart stal was natuurlijk wel B. Anders dan D die iets showerigs, niet te overdreven, had als een patissier die van mening was dat zijn brood en koekjes de beste van de wereld waren, viel B niet echt op met zijn goede werk. Voor de rest kende ik hem niet, maar in een keuken die te krap was, naar van alles rook en zo druk was dat je er flauw van zou vallen, is iemand die niet opvalt iemand die je goed kunt gebruiken.

In de dertien jaar, een niet korte tijd, die hij·mij in het oog had gehouden, had de chef-kok zich denk ik ook wel eens gerealiseerd dat ik, onopvallend als ik was, wel degelijk een bruikbare kok was. En als hij me wat aandachtiger in het oog zou hebben gehouden, had hij ook geweten wat ik nu wilde. Afgelopen februari, op de dag dat ik weer aan het werk was gegaan, legde ik de schone, ongebruikte theedoeken die waren binnengekomen op zijn bureau en de witte envelop die ik kocht voor de ontslagbrief die ik toen ik vier jaar geleden bij Nove wegging ook niet had geschreven. Volgens mij hebben we bij tijd en wijle formaliteiten nodig. De chef-kok nam de ontslagbrief aan zonder iets te zeggen. Hij deed er zo luchtig over, alsof hij wist dat dit moment eraan zat te komen, dat ik er bijna spijt van kreeg. De man die als een monnik zweeg als hij at, die niet snel lachte, die altijd druk uitoefende, die als hij snel een stukje vlees proefde in een keer wist of het de dag tevoren gerijpt was of al een week geleden, die het in zich had om onverwacht tortellini's, pasta in de vorm van navels, te maken en als tussendoortje en 's middags aan te bieden aan twee van zijn verliefde werknemers, die als een Maori tatoeages op zijn schouders en handpalmen had rondwervelen als draaikolken, die als hij met iemand in gevecht zou raken hem misschien niet knock-out zou kunnen slaan, maar het absoluut tot de laatste ronde zou uithouden zonder neer te gaan, de man die vond dat hij nooit verbaasd mocht zijn wat er ook gebeurde, de man die mij de wereld van het koken had binnengeleid, zou die man nu echt door me heen kunnen kijken alsof hij door water keek? Terwijl hij niet eens wist wat ik dacht?

Ik duwde haar mond open nu ze onder zeil was geraakt door de kruidnagels, stak een vinger naar binnen en pakte haar tong. Deze bestaat uit pure spier en is bedekt met een slijmvlies, het stuk onder het verhemelte dat van het tongbeen en het onderkaakbeen omhoog kwam, was glad als de tong van een schaap en voelde stevig aan. Ik trok de spieren uit die van het bot bij de buitenkant van de tong tot aan de tong liepen en die gebruikt worden om de tong naar voren te steken en naar achter te trekken. Deze waren minder lang dan ik dacht. Als de speekselklier op de bodem van de holte onder de kaakboog open kwam te liggen nadat ik de tongspier langs de kaaklijn van onderaan bij de kin had losgesneden, zou ik volgens mij het onderste gedeelte van de spier los moeten kunnen snijden.

Om te koken moet je ten eerste de structuur van je ingrediënten begrijpen. En in het geval van vleesgerechten geldt dat helemaal. Het is het beste om als je een beest doodt het dood te slaan. Dat maakt het vlees lekker mals. Als het om smaak gaat, aarzelen fijnproevers over het algemeen niet erg vaak. Ze hebben wel eens een zwangere zeug zo hard doodgeschopt dat haar tepels en haar foetussen niet meer uit elkaar te halen waren. Toen sneden ze een foetus los en dienden die op. Ze hebben een gans geplukt en hem ingesmeerd met boter, waarna ze hem levend braadden met een bakje water bij zijn kop zodat hij zijn dorst kon lessen en niet voortijdig zijn laatste adem zou uitblazen. Toen de gans na als een gek met zijn vleugels te hebben geslagen ging waggelen, sneden ze met een mes plakjes vlees af en aten het hele beest op voordat hij goed en wel dood was. Om rundvlees van goede kwaliteit te krijgen knepen ze in het scrotum van jonge stierkalveren totdat het helemaal opgezet was en sneden het er dan in een keer af. Bij het slachten goten ze water over hun hoofd en schudden het hoofd dan heen en weer. Ook al hadden ze maar een diklipharder gevangen, dan werd deze in een afgesloten glazen fles gestopt, waarna ze keken hoe hij slaand met zijn staart en opspringend in leven probeerde te blijven en dan uiteindelijk langzaam en bleekjes doodging. Zo werden ze getrakteerd op een vermakelijk schouwspel voordat ze de smaak van de vis proefden. Dit gebeurde in de tijd dat men dacht dat wrede gerechten meer smaak hadden en ook beter voor de gezondheid waren. Nu leven we in een tijdperk waarin is bewezen dat een vis die in een stabiele omgeving zonder pijn wordt gevangen veel lekkerder smaakt.

Ik was bang dat ze weer bij bewustzijn zou komen en verlegde haar voorzichtig zodat ze recht zou komen te liggen. De tekeningen van de delen van het menselijk lichaam in boeken gingen allemaal van deze houding uit. De typische anatomische houding. Zelfs als je niet alleen de tong maar ook de tongriem die het midden van de onderkant van de tong in de vorm van een spier verbindt met de mondklier, helemaal zou wegnemen, dan nog verlies je je smaakzin niet. De reden dat mensen die vanaf hun geboorte geen tong hebben of bij wie de tong weggesneden is toch kunnen proeven, is dat er smaakpapillen niet alleen op de tong maar ook aan de binnenkant van de wangen verspreid zijn. Waar je onder lijdt als je geen tong hebt is niet het proeven van smaak maar de pijn van het slikken. En heel zure of bittere dingen veroorzaken ook ondraaglijke pijn. Ik legde wat korrels zongedroogd zout op haar tong en sloot haar mond toen meteen.

Hij keek zonder iets te zeggen naar mijn recept. Dit was de verbeterde versie waarin ik een paar ingrediënten had vervangen. Ik voelde dat ik ongeduldig werd. Ik had nu echt geen tijd meer om het nog verder te verbeteren. Het recept heeft me lang geplaagd en ik heb er lang over gefantaseerd. Als ik dit gerecht niet kan maken, kan ik misschien wel nooit meer iets maken. Langzaam knikkend alsof hij ermee instemde, legde hij het vel papier neer en zei dat de geur veel te sterk zou zijn. Probeer eens groene peper, als je dat kunt vinden, in plaats van zwarte peper. Ik knikte. Bij zwarte en witte pepers wordt de zaadkorrel gebruikt die volledig rijp wordt geplukt, maar groene peper gebruik je nadat hij geplukt is, net voordat de bes rijp is, waarna hij snel wordt ingevroren in pekelwater of azijn. Vergeleken met zwarte of witte peper ruikt groene peper veel rijker, als de geur van verse vijgen, en is deze daarom bijzonder geschikt voor vleesgerechten met eend of rund. De chef-kok vroeg me deze keer niet of ik rundertong zou gebruiken. In plaats daarvan zei hij dit. Moet je nu echt een gerecht maken met zo'n massieve en krachtige smaak? Ik knikte weer. Het recept was af, dus volgens mij was ik nu wel zo'n beetje klaar. Ik knikte een keer met mijn hoofd en zei dat ik graag een mes wilde lenen. Mijn mes is veel te bot geworden. Ik heb een wat scherper en buigzamer mes nodig, chef. Ik kon voelen hoe zijn ogen zich in mijn voorhoofd boorden. Neem maar mee.

Hij haalde een witte envelop uit zijn zak tevoorschijn die leek op degene die ik hem gegeven had, en duwde die naar mij toe. Ik liet voor de vorm mijn ogen even rusten op het logo van de luchtvaartmaatschappij dat in een hoek van de envelop gedrukt was, een langgerekt zijaanzicht van een vogel. Toen vroeg ik hem of er niet iets was dat hij graag zou willen eten. Ik heb niets te geven en niets om hier achter te laten, maar een warme paddenstoelensoep of een Koreaans spinaziegerecht heb ik zo gemaakt. Hij lachte geluidloos. Hij lachte dan wel zonder geluid te maken, maar hij lachte wel breeduit. Ik liet mijn hoofd zakken. Dat kun jij niet maken, wat ik wil eten is het eten dat door iemand gemaakt is die van mij houdt. Dat kan ik inderdaad niet maken. Maar als hij het soort bescheiden en eenvoudige eten dat mijn oma altijd maakte wil, dan kan ik dat wel maken. Maar dat zei ik niet. Dan maak ik de volgende keer wel iets lekkers voor je. Ook dat zei ik niet. Omdat ik niet wist of ik me daaraan zou kunnen houden. In plaats hiervan sprak ik geïrriteerd. Je wilt van mij altijd alleen gerechten die onmogelijk te maken zijn, chef. Alsof dat ook het grootste probleem in onze relatie was. Als het zo heet is als vandaag, dan is het tijd om sensuelere gerechten te maken, als je een jonge kok bent, tenminste. Ik vroeg hem waarom de naam van het restaurant 'negen' was. Een getal dat compleet lijkt, maar het niet is. De chef-kok lachte droef.

We zaten nog een minuut of tien zo zonder iets te zeggen tegenover elkaar.

Na een tijdje stond de chef-kok als eerste op. Hij was nu blijkbaar klaar om afscheid te nemen. Ik duwde mijn stoel naar achter en stond ook op. We stonden tegenover elkaar. Ik denk dat ik als ik ouder ben samen zou willen zijn met een man die zo'n beslissing voor mij kan nemen. Nu kan ik het zelf. Ik stak pardoes mijn rechterhand uit om zijn hand te schudden. De chef-kok pakte mijn hand niet. Hij liep achter me langs alsof hij me hartelijk op mijn schouder wilde slaan, maar hij legde zijn hand kalm in mijn nek. Was het zijn wijsvinger of middelvinger? Ik voelde in ieder geval iets dat als een door zonnestralen warm gebakken steen aanvoelde tegen mijn halswervel aandrukken. Hij ging met die vinger mijn gewelfde ruggengraat langs. Ik bleef kalm staan. Bij iedere ruggenwervel die hij aanraakte, leek hij iets in zichzelf te mompelen. Ik kon het niet goed horen, maar ik knikte telkens met mijn hoofd. Er was maar een heel korte tijd verstreken, een minuut? Misschien twintig of dertig seconden, maar het voelde als het langste moment in de tijd dat we elkaar kenden en het leek alsof we een lange afscheidsbegroeting aan het uitvoeren waren. Nadat we afscheid hadden genomen zonder tranen, zonder lach, zonder spijt, draaiden we elkaar de rug toe en ging hij de keuken van Nove in en duwde ik de glazen deur van Nove open om naar buiten te gaan.

Ik werd opeens wakker. Te midden van de geur van de kruiden kwam er een dun en zweverig liedje dat gehuild leek te worden aanzetten.

34

Tong met truffel

Recept voor één persoon.

Ingrediënten:
150 gram verse tong, donkerrood van kleur
Truffel
Twee asperges gestoken nog tijdens het seizoen
Prei
Tijm
Ui
Wortel
Rettich
Selderij
Witte wijn
Water
Een mespuntje zout

Ingrediënten voor de saus:
100 gram waterkers
Knoflook
Truffelolie
Wat druppels citroensap
Volledige groenepeperkorrels

Bereidingswijze:

1. Doe de prei, ui, wortel, selderij, rettich, tijm, witte wijn, zout en de tong in water en laat ongeveer dertig minuten koken (laat de tong met het water meekoken, omdat de tong sneller krimpt als je hem in kokend water legt).
2. Verwijder als de tong afgekoeld is het vel van de tong als het er nog niet vanzelf af is gevallen.
3. Verwarm de oven voor op 200° Celsius.
4. Doe de tong in de oven en laat 15 minuten bakken.
5. Snij de gaar gebakken tong in gelijke stukjes van 1 centimeter breed.
6. Snij de harde onderkant van de asperges af en stoom ze alvast gaar of bak ze in olijfolie in een koekenpan.
7. Meng alle ingrediënten voor de saus (gebruik ook volledige gedroogde en gelijkmatig gemalen groenepeperkorrels).
8. Doe eerst de saus op een bord en leg daar de gelijk gesneden stukjes tong netjes op. Leg twee of drie schijfjes truffel midden op de stukjes tong. Leg de asperges aan een kant van het bord en serveer.

Praktische tips:

- In plaats van de gekookte tong in de oven te bakken kan deze ook in olijfolie in een koekenpan gebakken worden.
- Als de geur van de saus te sterk is kun je ook in plaats van de waterkers voorzichtig geplette Italiaanse peterselie en knoflook in een verhouding van 3:2 gebruiken.
- Mocht de tong niet helemaal vers meer zijn of ietwat bedorven, dan wordt dit verborgen door nootmuskaat aan de saus toe te voegen.

35

Ik denk niet meer dat de truffel de belichaming van de liefde is. Als de bliksem inslaat, bezwijkt de liefde, maar groeit de truffel juist extra goed. Wat ze wel gemeenschappelijk hebben en wat niet verandert, is dat beide moeilijk ter hand te nemen zijn. De truffel, die niet te ontdekken valt met het menselijk oog, wordt geplukt door een speciaal getrainde zeug met uitstekende reukzin voorop te laten gaan. Daarom ligt dit eigenlijk dichter bij jagen dan bij oogsten. Een truffel is zwart als een vergeten en aangebrande aardappel en is rond van vorm. Het is een paddenstoel die onder fijnproevers op een even bijzondere ontvangst mag rekenen als kaviaar en foie gras en waarvan men zegt dat alleen de geur een mens al in een staat van opwinding kan doen verkeren en zintuiglijk genot kan brengen. De truffel wordt ook wel de zwarte diamant uit de aarde genoemd, maar hij breekt makkelijker dan glas en is moeilijk te bereiden. Als je er veel van eet werkt hij als een afrodisiacum, net zoals specerijen als kruidnagel en nootmuskaat. Bij het plukken steekt ook de expertplukker zijn vingers voorzichtig in de grond en haalt ze er extreem behoedzaam weer uit. Net als de plukker een expert dient te zijn, moet de kok ook zeer vaardig en ervaren zijn, anders is het een te moeilijk ingrediënt om te bereiden. Vanuit het oogpunt van een kok of een fijnproever is de truffel als ingrediënt een object dat de hoogste verering verdient. Hij valt niet op en niemand weet precies waar hij zit, maar men bedekt de grond waar men denkt dat truffels zouden kunnen groeien met boomtakken om de juiste vochtigheidsgraad in stand te houden. Men plukt ze in oktober of november en ze hebben de eigenaardigheid te rotten in de zomerregen. Maar de herfstregen laat ze als herboren zijn. De gedachte is ook wel eens bij me opgekomen dat de bijzondere ontvangst die de truffel krijgt bij elke gelegenheid die er is om truffels te eten, niet zozeer te maken heeft met de unieke smaak en geur die het resultaat lijken te zijn van de truffels langdurige inname van modderige aarde, maar eerder te danken is aan het feit dat hij niet opvalt en dat het onmogelijk is om truffels te verbouwen. Het is nu eenmaal zo dat de allerbeste gerechten altijd truffel bevatten. Ik haal de fles tevoorschijn waarin een truffel in olijfolie verzegeld zat en die de chef-kok met veel moeite voor me had gevonden afgelopen mei. Als je perfectie wilt proeven moet alles volmaakt zijn.

Dat hij al onder de indruk lijkt te zijn nog voordat ik het hoofdgerecht heb opgediend is waarschijnlijk te danken aan deze truffel. Zijn ogen glinsteren als die van een fijnproever voor een banket waar de meest schokkende dingen worden opgediend, en zijn huid, waar je eerst een scalpel in zou zetten als je hem zou ontleden, is strak gespannen van opwinding. Dan vraagt hij me nog een keer als om er zeker van te zijn: 'Dus ik hoef echt alleen maar te komen eten?'

Ik zeg dat er hierna geen reden meer voor ons zou zijn om contact te hebben. Nadat ik zeven keer achter elkaar hetzelfde telefoonnummer heb gebeld heeft hij uiteindelijk toegestemd en vandaag was hij er dan. Ik zet de truffel neer en draai me naar hem om. Dit is de persoon die ik het allerbeste heb willen geven wat ik maar kon geven. De persoon die mij elke keer als ik hem zag het gevoel gaf alsof ik een betere versie van mijzelf zag. Het allerlaatste wat mij nu nog rest om hem te geven, het enige nog, is het banket van vanavond. Ik trek mijn mondhoeken omhoog en zeg lachend: 'Inderdaad. Ik zal je ook niet meer bellen. Ik hou me aan een gegeven woord, dat weet je.'

'Dat is zo. Dank je.'

'Geen dank, je hebt nog niet eens gegeten. Maar wat is er met Seyŏn aan de hand?'
'Hè?'
'Ik heb het van Munju gehoord. Dat ze zonder iets te zeggen verdwenen zou zijn.'
'Nee hoor, zo zit het niet.'
'Hoe dan wel?'
'Ze wilde alleen wat tot rust komen. Als ze eenmaal met haar kooklessen begint, dan heeft ze geen tijd meer voor zichzelf.'
'Mm... Heb je iets van haar gehoord?'
'Ja, een paar dagen terug.'
'Waar is ze dan?'
'Waarom ben je zo nieuwsgierig? En je mag Seyŏn niet eens.'
'Nee hoor, dat is nu niet meer zo.'
'Is dat zo?'
'Ja, Seyŏn heeft me laten beseffen hoe belangrijk je bent voor mij.'
'Ik weet niet goed wat ik daar mee moet.'
'Zei ze wanneer ze weer terugkomt?'
'Snel.'
'Snel?'
'Ja.'
'Ja, ze zal wel weer snel terugkomen. Alsof er niets aan de hand is.'
'Maar wat is er? Je ziet eruit alsof je je ergens over verheugt.'
'Misschien vanwege een droom.'
'Een droom?'
'Ja, ik heb over een zeebrasem met een gouden kop gedroomd.'
'Een zeebrasem met een gouden kop?'
'Dat is een vis die ze in de Middellandse Zee vangen, hij heeft een patroon van gouden halvemaantjes op zijn voorhoofd. Naar verluidt gebeurt het maar heel zelden dat ze zo'n vis vangen.'
'Als je over zo'n zeldzame vis hebt gedroomd, dan zal je blijkbaar iets goeds overkomen.'

Ik sta in de keuken, met mijn schoenen met de parel op de zool en nette witte kokskleding aan. Er was een tijd dat dit het allerbeste ter wereld was; ik die in een open keuken het avondeten stond te koken voor degene die daar zat, degene van wie ik hield. Ik vraag me af waarom dingen die eenmaal voorbij zijn zo verschrikkelijk ver weg lijken te zijn, alsof ze nooit meer terug zullen keren. Ik leg de snijplank tussen ons in en kijk naar hem. Han Sŏkchu, ik ben blij dat ik na deze avond langzaam afstand zal kunnen nemen. Ik houd mijn warme vingertoppen even in wat ijswater.

'Ik ga morgen naar Italië, weet je.'

'O, echt waar?'

Hij kan zijn blijdschap niet verbergen. Ze lijken op elkaar, die twee, ze zijn even onvoorzichtig. Ik doe de koelkast open en haal er de rijpe tong uit waarvan ik de pezen en de uitgerekte spieren heb weggesneden. Nu moet ik mijn koud geworden vingertoppen zich laten concentreren op de paarse tong. Ik neem het mes in mijn handpalm. Het voelt goed. Het gevoel dat je mes precies wordt omvat door je handpalm. Vlees hoor je zo te snijden, denk ik. Ik schenk hem als aperitief een glas champagne in. Dan fluister ik vriendelijk: 'Je mag nog niet dronken worden. Ik ben namelijk van plan om een gerecht te maken waar je tong van zal smelten.'

Hij ziet er afwezig uit vanwege zijn verwachtingen over het eten of misschien wel door het feit dat ik morgen niet meer hier zal zijn. Als de een verandert en de ander niet, wordt de liefde erbarmelijk, hardnekkig en wreed. Het zou beter zijn om niet over vroeger te praten. Maar misschien is het wel de laatste keer vandaag. Dat we zo met z'n tweeën tegenover elkaar in onze keuken het avondeten nuttigen. Ik voel dat ik in plaats van zielig, sentimenteel aan het worden ben.

'Denk jij er nog wel eens aan?'

'Waaraan?'

'Toen je weer bij bewustzijn kwam.'

'O, toen.'

'Dat heeft precies zes maanden geduurd, toch.'

'Dat klopt.'
'Ik weet nog precies wat je zei toen je je ogen opende.'
'...'
'Je greep mijn handen stevig vast.'
'...'
'Duurt het nog lang voor we gaan eten?'
'Laten we nooit meer uit elkaar gaan, zei je. Je zei dat het je beangstigde om mij nooit meer te zien. Die angst was zelfs terwijl je bewusteloos was zo levendig geweest dat het je benauwde. Je hebt me toen toch gezegd dat je dacht dat het een droom was, een droom, dat je in een lange droom zat.'
'Je hebt gezegd dat je dit niet zou doen. Je hebt gezegd dat we gewoon samen zouden eten.'
'Toen ik voor je zorgde toen je bewusteloos was en naast je zat, was dat voor mij geen kwelling. Degene die het ongeluk had veroorzaakt was misschien wel dood, maar ik wist dat jij eens weer bij zou komen. Omdat jij iemand was die voor mij absoluut weer bij zou moeten komen.'
'Als je zo blijft doen, ga ik gewoon weg.'
'Ik ben nu toch het eten aan het maken. Heb even geduld. Het is zo klaar. Als je er nu vandoor gaat, val ik je misschien wel weer lastig met mijn telefoontjes. Dan ga ik nergens naartoe en blijf ik hier, bedoel ik. Dat wil je toch ook niet, of wel soms?'
'...'
'Hou je mond dan alsjeblieft en blijf rustig zitten.'
'Wat voor hoofdgerecht heb je?'
'Een vleesgerecht, natuurlijk, omdat jij dat zo lekker vindt. Maar voor vandaag heb ik het vlees dun gesneden.'
'Waarom?'
'Weet je waarom mensen zijn begonnen met het dun snijden van vlees in gerechten?'
'...'
'Dat gebeurde vanaf het moment dat ze het onhandig vonden worden om het hele beest op tafel te zetten. Als je vlees wilt eten is

zo'n heel beest onhandig. Dus gingen ze beetje bij beetje steeds dunner gesneden vlees eten. Zo konden ze het gevoel van verwantschap met de beesten die ze aten uitwissen. Maar vind je dat niet grappig? Het is niet alsof ze de aard van het vlees veranderden of zo.'

'Ik heb honger. Schiet 's op.'

'Je wilt hier zeker snel weg.'

'Nee, ik wil echt snel eten. Wat is die heerlijke geur in godsnaam?'

'Weet je nog toen je aan het revalideren was. Tijdens het wandelen zei je toen dat je op dat moment het allergelukkigst was. Je aaide met een hand over het hoofd van Paulie en met de andere hield je mijn hand vast en trok je me mee. Ik was zo gelukkig dat de tranen in mijn ogen stonden. Dat je bijgekomen was, dat ik je hoorde zeggen dat je gelukkig was, dat was echt ontzettend fijn, weet je. Ongelooflijk fijn. Toen rook ik de geur van tijm overal om me heen. Ik voelde hoe de subtiele geur van het kruid als popcorn overal openbarstte.'

'Heb je me vandaag uitgenodigd om zo te blijven doen?'

'Nee, nee. Het eten is bijna klaar nu. Ik heb eerst een koude soep gemaakt.'

Hij ging weer op zijn stoel zitten alsof er toch niets aan te doen was. Ik denk dat ik nog een ding over het recept moet uitleggen. Bereidingstijd, dertig minuten nadat de tong gekookt en uit het water is gehaald. Uit de diepvries haal ik een Aori-appel waar zich ijs op heeft gevormd en ik haal het klokhuis er boven zijn couvert uit, waarna ik het midden op een wit bord leg. Hij eet de koude soep die ik maak van het appelvlees zonder klokhuis, boter, suiker en jus. Het glijdt zoet en zacht het keelgat in. Ik heb een soep gekozen die het best past bij de sterke, taaie smaak van het tonggerecht. En zoals ik al had gedacht, licht zijn gezicht helemaal op na de eerste lepel soep.

'Koud, zoet en zacht. Precies zoals de eerste appel die op deze wereld geboren werd zal hebben gesmaakt, denk ik zo.'

'Adam en Eva vrijden met elkaar nadat ze de appel gegeten hadden.'

'Huh?'

De appel heeft onder haar oksel geklemd gezeten. Datgene wat mensen als deze man die een scherpe smaakzin hebben en gevoelig zijn voor sensualiteit het meest het hoofd op hol brengt is de geur van het zweet van een geliefde. Hij maakt de soep helemaal soldaat en schraapt hem met de lepel tot de bodem uit. Haar geur zal hem gerustgesteld hebben. In ieder geval voordat dit banket eindigt.

'Oké, dan krijgen we nu de salade.'

Ik reik hem een salade van rucola en grapefruit aan. Daarna is het de beurt aan het hoofdgerecht. Nu moet ik zijn smaak geleidelijk aan helemaal laten ontwaken. De zoetzure grapefruit en de ietwat bittere rucola zullen de smaakpapillen voor, achter en opzij van de tong zachtjes als een lentewind beroeren.

'Het ziet er gewoontjes uit, maar ik proef de smaak van de natuur er puur doorheen.'

'Goed zo. Ik zal je andere wijn inschenken. Het is tijd om aan het hoofdgerecht te beginnen.'

Ik haal twee schone wijnglazen tevoorschijn met lange, dunne voet en met een kelk in de vorm van een onontloken tulp. De wijn die ik voor het banket vandaag heb uitgekozen is een Barolo Zonchera. Een wijn die bijzonder goed past bij sterk smakende vleesgerechten. De wijn die hij bestelde toen hij voor het eerst bij Nove kwam, toen ik hem stiekem gadesloeg leunend op de doorgeeftafel terwijl hij zijn steak als een gek aan het verorberen was. Ik schenk mezelf ook een glas Barolo in. Ik leg het tonggerecht precies in het midden van een enorm wit bord, plaats er drie dunne schijfjes truffel bovenop en de verse in de oven gebakken asperges aan de zijkant van het bord in de vorm van een wigwam. Het donkere bruin van de tong op het witte bord, het nog diepere donkerbruin van de truffel en dan het halfslappe veilige groen van de asperges geven het gerecht nog voordat je er een hap van gegeten hebt, visueel een vertrouwd gevoel, zo lijkt het. Naar verluidt eten chimpansees elkaars hersenen omdat daar de ziel zit. Onze ziel zit hier. In de tong bedoel ik. Nou, hoe smaakt het? Nu is het woord aan jou. Ik dim het licht in de keuken.

Ik haal een witte servet met een kanten zoom uit een lade. Ik til het bord plechtig op en zet het voor hem op tafel neer. 'Baudelaire, waar je zo van houdt, heeft dit toch gezegd. Dat je dronken moet zijn, aan wijn, poëzie of deugd.'

Hij kijkt alleen maar naar het bord en een grote glimlach verspreidt zich over zijn gezicht. Hij antwoordt: 'Het lijkt wel alsof je me nu zegt de onschuld op te eten.'

'Klopt. Neem maar snel een hap.'

Ik doe hem de witte servet om alsof ik deze eigenlijk over zijn hoofd wil doen. Ik zeg dat ze ortolaan op die manier aten, als ze zo in het donker met een servet over hun hoofd krakend kauwden op de borst en vleugels van het vogeltje, zijn botten en zijn ingewanden, dat ze dan het hele leven dat die vogel geleefd had zeiden te kunnen proeven. 'Je hebt toch een goede smaak?' fluister ik. Gehoorzaam neemt hij vork en mes in zijn handen. De tong, die vanaf het voorste gedeelte in plakjes is gesneden, ligt netjes bij elkaar in gestroomlijnde vorm in de saus van knoflook, ui, tijm, champignons en de klavertjeviervormige waterkers. Hij prikt met zijn vork in het middelste plakje, het grootste plakje met de duidelijkste vorm. Ik zit doodstil te kijken naar hoe hij het in zijn mond stopt, zijn mond sluit en zijn kaken langzaam bewegend kauwen. Na een tijdje begint een lach zich over zijn gezicht te verspreiden.

'Hoe smaakt het?'

'Wat zal ik zeggen, het is enorm taai, dus lekker om op te kauwen. Het kraakt tussen je kiezen alsof het een heel harde groente is. Is dit echt rundvlees?'

'Zeker, zeker.' Ik knik hard met mijn hoofd.

Hij stopt weer een stukje tong in zijn mond en mompelt: 'Hoe krijg je het voor elkaar om het zo te laten smaken?'

'Er zit toch altijd iets bijzonders in mijn gerechten.'

'Je voelt in je mond een soort kracht alsof twee sterke mannen

een krachtmeting houden. Niet gewoon een gevecht waar de bloedspetters van afvliegen, maar een soort van harmonieus gevecht, een gevecht der smaken.'
'Echt waar?'
'Ja. De smaak leeft echt, ik heb het gevoel dat die boven op mijn tong heen en weer loopt te springen.'
Smaak bedriegt niet. Zijn pupillen beginnen zich enorm te verwijden. Plakje voor plakje kauwt, eet en slikt hij plechtig. Zijn gezicht is rood geworden alsof een heilig licht er bezit van heeft genomen en het zweet staat op zijn voorhoofd. Hij valt geleidelijk aan voor mijn nieuwe gerecht. In de verte horen we katten voorbij lopen door de tuin, regen valt in de goot. Het banket moet de allerlaatste taak van de dag zijn. Te midden van deze rust en intimiteit. Als twee reizigers die op dezelfde bestemming willen aankomen. De wortels onder mijn voeten lijken rustig heen en weer te golven alsof ik op water sta. Een plotselinge duizeligheid als hoogtevrees overvalt me en gaat voorbij. Ik roer de meloensorbet die het toetje gaat worden, stop er dan mee. 'Zullen we een keer, één keer maar onze lippen elkaar laten ontmoeten?' fluister ik met mijn mond tegen zijn oor. 'Dit is de laatste keer, niet?' Zijn pupillen worden nog groter. Ik pak zijn rechterhand, waar hij de vork in heeft, stevig vast.
'Inderdaad, je bent een geweldige kok. Maar dit is echt de laatste keer.'
We naderen elkaar langzaam, net als toen we onze gezichten tegen het winterse raam met de ijsbloemen hielden, onze lippen vinden elkaar makkelijk. Niet te heet, niet te dichtbij, niet te gepassioneerd. Stiekem, zacht als een verlegen eerste kus. Ik doe mijn ogen open en kijk naar zijn gezicht. Een man en een vrouw. Zoals bij alle liefdesverhalen bestaat er als je terugkijkt een tijd dat we gelukkig waren. En het moment van de verleiding waar we elkaar in meetrokken. Maar het is nu tijd om weer terug naar onze eigen plekken te gaan. Om nog meer te voelen, om nog meer te herinneren. Ik besef dat we eindelijk weer bij het allereerste ogenblik zijn teruggeko-

men. Alleen wisten we niet dat we uit elkaar gegroeide bomen zouden worden. Bomen die zo uit elkaar zijn gegroeid dat ze niet anders meer kunnen dan op van elkaar verschillende hoogten zonlicht tot zich te nemen. De grond zit te allen tijde vol met allerlei levende dingen, maar alles begint te sterven op het moment dat het geboren wordt. Sommige dingen bloeien op, andere gaan ten onder, weer andere dingen worden opnieuw geboren, en sommige dingen drijven voorbij. Alles wat leeft verandert op zijn beurt. Het is nu niet belangrijk om ergens naartoe te gaan maar om in beweging te zijn. In het donker veeg ik snel een traan van mijn wang met de rug van mijn hand en duw zachtjes het plakje tong op de vork tussen zijn rode lippen door naar binnen.